# 落石镇

## 玛雅山脉的蝴蝶农场

［美］戴安娜·马库姆（Diana Marcum）著
王海颖 译

# THE FALLEN
# STONES

中国出版集团
中译出版社

追寻蝴蝶,

探秘玛雅,

在路上发现希望。

举起酒杯,
纵情狂欢吧!

——《世界末日》,德鲁·霍尔库姆和邻人乐队
（*End of the World*,Drew Holcomb & The Neighbors）

# 作者声明

如果我翻开一本书，看到作者在开头的声明中强调书中某些内容与事实有出入，那么我在接下来的阅读过程中就会忍不住想，某某人是否真的有一头鬈发，这个地方是否真的有一栋房子，那个人是否真的说了那样的话。

我也想在这里声明，本书中有些内容与事实并不完全相符，不过，那些都是无关紧要的小事。比如那些偶遇的人，无论是我还是他们都未曾料到会突然出现在本书中，为了保护隐私，我对他们的描述做了一些细节上的改动。为了避免有人对自己的所作所为感到尴尬，我用了化名并隐去了他们的身份。至于其他一切，我已尽最大努力真实呈现。

| | | |
|---|---|---|
| 159 | 第十一章 | 爱丽丝 |
| 173 | 第十二章 | 蝎　子 |
| 189 | 第十三章 | 米切尔-赫奇斯水晶头骨 |
| 203 | 第十四章 | 生日聚会 |
| 217 | 第十五章 | 爱情故事和领导者 |
| 229 | 第十六章 | 许多巨嘴鸟 |
| 235 | 第十七章 | 最危险的动物 |
| 241 | 第十八章 | 盘式刹车和最蓝的蝴蝶 |
| 257 | 第十九章 | 在路上 |
| 267 | 第二十章 | 不确定性 |
| 283 | 如何打造蝴蝶花园 | |
| 289 | 致谢 | |

# 目 录
CONTENTS

第一章　01
糟透了的假期

第二章　15
蝴蝶农场

第三章　25
大不列颠最后的土地神

第四章　49
佛罗里达

第五章　63
丛林小屋

第六章　81
海啸和蜘蛛

第七章　95
便利贴

第八章　115
巨嘴鸟

第九章　127
此处为家

第十章　139
龄　期

## 第一章
# 糟透了的假期

作为一名女生，每次去图书馆找书我一般都会迅速翻一下书页，扫两眼故事情节，要是发现小说一开头男女主人公已经在一起了，就会马上把书塞回去。一场已经尘埃落定的爱情还有什么看头呢？

所以我不想在一开始就提到杰克·穆迪（Jack Moody），因为当我们去伯利兹发现了后来让我沉迷的蝴蝶农场时，我们就已经是一对情侣了——一对徘徊在分手边缘的情侣，不知道这算不算一个能增加本书看点的桥段。

我们经常开玩笑说我们两人的关系就像一场包办婚姻。我们认识太久了，其间没有一点要发展男女之情的苗头。他是离异的单身父亲，带着两个孩子，住在街的另一头。我们在同一家报社工作，我是专栏作家，他是摄影记者。报社有

好几个人都叫杰克（所以我们编辑部习惯喊他的姓——穆迪）。我觉得他脾气怪，他则认为我太随便。

然后到了那一年夏天，他的孩子都长大了，而我们也终于不再是一家报社的同事，就像埃尔文·毕晓普（Elvin Bishop）在歌里唱的那样，我们开始约会，然后坠入爱河。尽管对彼此的性格、脾气都有诸多不满，但我们都很清楚对方大体上是个正派的好人。每个在情场上经历过一番摸爬滚打的人都知道"是个好人"很重要，这没什么可笑的。

直到我搬到大西洋中部的某个岛上之后穆迪才顿悟，打来电话说"我爱你"。我觉得这个时机颇为可疑，毕竟我人在9656千米之外。他两次从加利福尼亚州（下文简称为加州）飞到亚速尔群岛。不过，我们老大不小了，都想表现得更有头脑，所以在给这段关系定性时就像两家人为了交换多少头羊那样讨价还价。等谈妥后，两人都庆幸自己的相亲技巧居然还不错。我们喜欢回忆从前那些无私的举动。有一次我准备和一个医生分手，穆迪知道后劝我："他可是个抢手货，而且都不嫌弃你大笑时的那副鬼样子。"我也曾卖力地撮合穆迪和我的那些单身女性朋友，我跟她们说："他话不多，但长得帅啊。要是你喜欢像宇航员、棒球运动员那样的国标长相，那他肯定是你的菜，因为他们看起来都长得差不多。"我们的小日子过得甜蜜愉快，直到我去哈佛大学担任新闻研究员。

对我来说，这算弥补了我心中长久以来的一个遗憾。我没上过大学，虽然我认定自己天生就是做学问的料。现在，机会来了。去了哈佛，说不定我就能在地图上迅速定位某个国家，准确说出"女权主义"的定义，真正"实现"光合作用。我满脑子只有一个念头：去哈佛。我做梦也没想到这所高等学府会恩准我去那里探秘。

穆迪觉得这个主意不错——离开加州，到东海岸住一年。他想去芬威球场看棒球比赛，吃那种软塌塌的薄底比萨，用镜头探索全新的环境。

于是，我们带上行李和两条狗一起搬到了剑桥[1]。

事后，我发现我对于哈佛研究员的理解纯粹就是"火星人塔可"。这个短语是我的朋友迈克尔·梅休（Michael Mayhew，为了押上头韵我只好把他的名和姓一起写出来）在我们十几岁时发明的，专门用来为他的"玩偶匣"塔可（汉堡连锁店"玩偶匣"售卖的一种墨西哥玉米薄卷饼）开脱。迈克尔对这种山寨塔可有种莫名其妙的偏爱，但在我看来它们就是一堆让人倒胃口的调制品大杂烩。

---

[1] 此处的剑桥（Cambridge）指的是位于美国马萨诸塞州，与波士顿市毗邻的一个市，也是哈佛大学和麻省理工学院的所在地。——译者注

**火星人的塔可**

想象一下，对一个从来没见过塔可的火星人做如下描述：在一个脆脆的、对折的可食用容器里装满软绵绵、油滋滋、香喷喷的东西，然后在上面覆上一层又松又脆、绿油油的玩意儿和类似乳制品的碎片，最后再淋上一些酱汁。

火星人按照字面意思做了一个塔可，但成品跟地道的"玩偶匣"塔可完全不搭边。迈克尔说关键就是要像他一样把山寨版当作真正的塔可。所有的解读都基于先前的经历，记住这一点很重要。

我就是一个身在哈佛的火星人，对于哈佛的期望都建立在别人的描述上，并且按照我——一个从来没有接受过高等教育的人的想象对这些描述进行了解读。

入学手册上承诺新闻研究员有机会和不同领域的领军人物进行近距离交流，于是我的脑海里开始浮现出我和科学家、文学家们围坐一圈谈天说地的美好场景。一想到马上能结交到新朋友我就特别兴奋，要是他们当中有人住在海滨别墅那就再好不过了。

现实却是，工作人员到点走进房间按响小铃，而我们挨个在观众席就座。如果你想向当天的受邀嘉宾提问，你就得像在白宫做简报那样，把自己的资历、头衔从头到尾介绍一遍。

研究员的配偶或伴侣被称为"随行人员",哈佛强烈建议他们一起参加研讨会。我们被告知,这是"两个人的"一年。

这一年始于为期两周半、每天8小时的入学指导,内容涵盖了从如何正确佩戴自行车头盔到哈佛校园里每座雕像的历史介绍,而其中的重头戏是前研究员们的经验分享。

其中一位前辈建议我们抽时间多做些有意思的事。她告诉我们,她在做研究员的那一年里不仅研究了统计学、冲突学和以色列,还报名参加了一个诗歌班,兴之所至又去学了克罗地亚语,甚至为了不浪费哈佛大学提供的折扣价,每天起个大早租条船,在清晨5点的河上荡起双桨。

"你可别把我算在里面,"那天晚上穆迪对我说,"这可能是你想干的事,但不是我想做的。我会自己安排时间,比如去公园遛狗什么的。"

"什么意思?"我说,"我们不能被他们给吓住了。"

"我没有被谁吓住,"穆迪说,"但谁会为了好玩去学斯拉夫语?太奇葩了,反正我不会和你一起去做那种事情。在哈佛做研究员的是你,不是我,我有自己想干的事,你不会介意吧?"

最后一个问题不是征询,而是命令——你不许介意。

他去了公园,又去了几次新罕布什尔一日游。在这样的拉锯战中我日处下风，心情也变得越来越糟。

我要扳回一局，让他搞清楚我现在为什么患上了社交恐惧症。

"我们那儿有个法国作家，她从来没跟我说过话，就是看我不顺眼，我不知道为什么。"我对他说。

我把那天发生的事说给穆迪听。当时，我的第一本游记快写完了，正在和一个关系不错的同行聊其中一个章节，那个法国作家突然跑过来说了一句："知道吗？我也写了一本书。"

我说："不好意思我不知道，不过真的太棒了！那本书是关于什么的？"

"一个死去的记者。"她瞪着我说。

"那双眼睛就差没射出两把匕首来。"我跟穆迪说，"我也没说什么啊，我们聊的章节不过就是我的狗吃光了邻居家的面包。"

"是你想多了吧？"穆迪说。

"如果你当时在场就不会这么说了，可你从来不跟我一起去。"我咕哝了一句，然后爬上楼梯回房间，而他待在沙发上没动。

下雪了。起先，它像施了魔法似的在乔治（George）——一只我们从亚速尔群岛带回来的长毛流浪狗的眉间留下亮晶晶的冰花，这给喜欢在人行道上嗅来嗅去寻找食物的拉布拉多犬墨菲（Murphy）增添了一项挑战。大雪吸引着我和穆迪走出屋子，走进夜里，在寂静、明亮的街道上漫步。自从我开始参加那些不得不参加的聚会，这是我们第一次把时间花在彼此身上。那些名目繁多的聚会其实跟一般的派对没什么两样，唯一的不同就是在那儿听不到欢声笑语，而我去得又是那么不情不愿。

雪一直在下。一度洁白纯净的雪堆很快就被城市的烟灰染脏了，染脏后的颜色倒是和灰暗的天空遥相呼应。

一天下午，在研究员会馆里，一个印度女生和一个加拿大男生对这里寒冷的天气感叹了几句，他们的视角完全相反，但语气里的震惊程度却不相上下。他们的话恰巧被馆长听到了，他随即对两人说，要是他们在来波士顿之前对这里的风土气候多做些调查也就不至于这么惊讶了。

两人都有些惶恐，生怕刚才的言论让人觉得自己不知好歹。一种没着没落的不安情绪弥散开来，这让我想回加州。

这件事过去没多久，一位业内非常优秀的记者对我说，我原本可以成为这个时代最杰出的记者之一，只要——她一时语塞，可我仿佛已经看到那后半句没说出口的话被打成了一行字幕——"只要你不是现在这个样子"。

我告诉穆迪，最后从她嘴里冒出来的原话是："只要你不是……现在这个样子。你……要不要再添点茶？"

"哈！你本该是个有竞争能力的人，"他模仿马龙·白兰度（Marlon Brando）的腔调说这句话，接着又说，"你怎么这么不自信？你为什么不直接问她到底对你有什么意见？"

"我为什么想要听那些？"我冲他喊，"为什么你就不能站在我这一边？"

"我当然站在你这一边。"他停了一下，"我想暂时离开一下，我受不了这里的鬼天气，受不了这里的一切，我觉得你就像加入了一个邪教。我想回加州待几个星期，住在我哥哥那儿，你不会介意吧？"

第二次了。这不是征询，而是命令。

之后的两个星期，我们在剑桥的出租屋里相敬如"冰"，用这种方式伤害对方。我特别羡慕那些脾气火暴的情侣，他们从不藏着掖着，心里不爽索性吵一架。如果有了矛盾，双方一味地压抑情绪，这么做不仅不够坦诚，还很容易把对彼此的感情消磨殆尽。

一天早上，我们做了一顿丰盛的早餐（在没有新鲜牛油果的情况下，这顿饭已经算非常像样了）。

"要不带着路上吃？反正你总是急着出门。"穆迪说。

"说得就像我有的选一样。"我马上顶了一句。

"怎么没的选？你难道没有一早去过咖啡馆？难道从没跟

你的研究员同事们约好一起喝一杯?"他的语气拿捏得恰到好处,愣是把原来的反问句问成了疑问句。

"我不要吃这些蛋,"我的语气也很平和,"你煎的不是蛋,是橡皮。"

那次爆发后,我们还能不能继续走下去就变得不太好说了。他回加州那天,我对他说:"玩得开心。"

而他说:"照顾好自己,还有狗子们。"

不用说也知道,这段关系已经岌岌可危。

地上的雪积得更厚了,天也更冷了。

又是一个阴沉沉的下午,我在床上学习,身上盖着3条毯子,趴着两只狗。穆迪不喜欢让狗待在床上,可是有什么要紧呢?他现在又不在我们的床上,他在十万八千里外的加州。

电话铃响了。我叹了口气,来电显示上是一张我和穆迪在亚速尔群岛拍的合照,那时的我们很幸福。我差点没接。不过转念一想,要是由着性子不接电话,全世界都会觉得小气的那个人是我。

"嘿,我在。"我语气里的雀跃听上去假得不是一点点。

"听我说,"穆迪的声音从电话那头传来,"我们这样下去不是办法,我有个主意,趁这个寒假一起去伯利兹吧?"

"好,"我说,"伯利兹在哪儿?"我的地理常识一如既往地匮乏。

我认真做了研究。从地图上看,伯利兹是一个狭长的国家,一端延伸至加勒比海,另一端深入中美洲丛林,北部与墨西哥接壤,南部和西部毗邻危地马拉,东邻加勒比海。伯利兹的官方语言是英语,它是中美洲唯一讲英语的国家,因为它的前身是英属洪都拉斯。它拥有世界上第二大珊瑚礁,还有一串串沙洲和白色的沙滩。

这本该是个冰释前嫌的假期,可我大概并不是第一个发现一张机票修复不了一段关系的人。一天晚上,在海边的一个小村庄里,我和穆迪原本在海边散步,走着走着,耳边忽然传来节奏布鲁斯(R&B)乐队的歌声,我们跟着音乐来到一个酒吧,人们正随着旋律在舞池和沙滩上跳舞。我们坐在那里。我盯着一群喧闹的当地人,希望他们也能朝我们这边看过来。没过多久,我和一个餐馆老板娘攀谈起来,她的加拿大籍牙买加裔丈夫出于善意邀请我跳一支舞。一看就知道他是派对的灵魂人物,非常擅长调动气氛。就在我跳到兴头上的时候,眼角的余光突然瞥见穆迪怒气冲冲地跑向海滩。

等我追上他时,他一个劲儿地冲我吼:"你怎么这么不要脸,当着我的面跟别人跳舞?"

当我抱怨这几个星期以来他让我独自面对"我们的"研究年时,他又开始烦闷。于是,他说服自己,他需要一个能在聚会上高谈阔论的拍档,需要一个喜欢……比如跳舞的人。

现在回头想想，也许我不该那么冲动。可怜的穆迪。然而当时我整个人都快气炸了，我最看不起那些小肚鸡肠、觉得女人就该乖乖听话的男人。

"你抽什么风啊？你要是想告诉我，我可以做什么，不可以做什么，那就见鬼去吧！"我大叫道。太好了，我终于不用再羡慕暴脾气的人了。

"也许你应该去找个喜欢跳舞的迭戈、米哈伊尔或皮埃尔！"他一边咆哮，一边笨拙地模仿恰恰舞的舞步，"也许没有我你会更开心，也许我们一开始就不该在一起！"

我从来没觉得自己是那种夸张矫情的人，但很明显，我是。我哭了起来。

"让我一个人待着，别跟着我。"我冲他低声吼道，然后沿着沙滩奔回了他预订的小破屋。没错，是他订的，这人只看网上拍得花好稻好的照片，从来不看底下有227条差评。

他进屋后我挪到床的远侧，背对着他，不想说话。

我们在一起前我一个人过得很开心，是他跑到亚速尔群岛，利用他的正直、善良打动了我，把我拽进了这段关系。我好不容易才慢慢建立了安全感，现在好了，砰，一切都毁了，结束了。

第二天他起得很早，开车出去兜风，还看到了一只彩虹巨嘴鸟。我坐立不安，护照在他那里，他会不会扣着不给我？我需要护照赶飞机，我要回加州。

但我在加州的房子已经转租了，穆迪也卖了他的房子。除了剑桥，我没有地方可住。另外，《洛杉矶时报》那边的工作我也请了长假，总不能就这么跑回去告诉他们哈佛不是我的菜。对于高冷的哈佛，除了感恩戴德不能有其他情绪。还有狗！我该怎么把它们带回西海岸？我怎么可以让自己的生活和别人的搅和在一起，让原本好好的日子变成一团乱麻？

穆迪看完鸟回来跟我道了歉，还给我带了份早餐。太迟了，我心想。他凑过来盯着我仔细看。

"怎么了？"他警觉地问，"你看上去不太对劲。"

"你伤透了我的心，"我说，"你觉得我看上去应该是什么表情？"

"不对，你看上去不止伤心那么简单。"他说。

我很疲倦，浑身乏力，身上摸上去热热的，皮肤又红又痛。那天下午我腋下至腰上的皮肤起了一大片疹子。

穆迪认为我是被沙蚤咬了，这些虫子早些时候把我的脚踝咬得血淋淋的。穆迪坚持带我去找药剂师看看。

我们慢慢地骑着自行车来到镇上，一路无话。药剂师看后说这不是被虫咬的。

她让我们去看医生。医生的办公室在几个街区外，门口挂着块牌子，上面写着"D医生"，边上还有一个画成微笑图案的听诊器以及一个电话号码。我们打电话过去，D医生随后就来了。他看了看我的侧身，然后说我得了一种伯利兹当地人称为"火蛇"的病，也就是人们常说的带状疱疹。

带状疱疹？我索性带上拖鞋直接去养老院得了。接下来是什么？佝偻病？维生素C缺乏病？

在哈佛当研究员期间是没有医疗保险的，如果我是在美国得了病，就会陷入财政危机。还好我们是在中美洲，所以我有医疗保险。医药费和问诊费加起来一共40美元。

接下来的几天，穆迪给我带来新鲜的菠萝汁，在我的额头敷上浸过冰水的湿布，还从一家上点档次的酒店借来几本平装小说。在网上一通搜索后我才知道情况可能会更糟糕，我也许会损伤神经，也许会失明。

都说带状疱疹是由压力引发的，所以看吧，穆迪差点害我变成盲人。当然，在患病期间他把我照顾得很好，算是功过相抵。我没有其他选择，只能指望他在康复期也对我好一点。

一周后，除了极度虚弱和变了色的小腹外，我基本恢复如常。我们离开小屋来到了西卡提乡村旅馆。这是一家其貌不扬的生态度假村，地处伯利兹南部的托莱多区，我们准备在那里度过假期的最后几天。一天晚上，我们坐在丛林小屋的露台上，听着远处吼猴绵绵叠叠的叫嚷声。

"我们得谈谈。"穆迪说,我一听这话就知道不是什么好兆头。

"我是个傻子。"他说,"我爱吃醋,这是我的老毛病,和你没关系,回去后我就想办法改。"

"我希望我们能一直在一起,我爱你。我的脑子清楚的时候知道你也是爱我的。我们肯定会吵架,可你不能每次吵架就要分割我们的狗子。"

我以前借的那些爱情小说里从来没有哪一个追求者会信誓旦旦地跟另一半说:我俩日后一定会吵架。

他用肩膀轻轻推了推我。

"愿意和我跳支舞吗?身体吃得消吗?"

他已经在手机里找好了歌曲。

是艾尔·格林(Al Green)的《让我们在一起》:就那样爱着你,无论以后是好是坏,是开心是难过。

我提醒他不要碰到我身上的疹子,然后和他一起跳了起来。

## 第二章
# 蝴蝶农场

午后的西卡提闷热，凉爽的海风早已离我们远去。穆迪正在浴室冲刷一身的狼狈，刚才在丛林远足时因为拐错了道，他不慎弄得满身血痕。我留在主屋查看手机上的电子邮件（当然，也是为了躲开那些爱吸人血的虫子）。

西卡提的老板娘艾莉·冈萨雷斯（Alli Gonzales）此时正在一旁摆弄电脑。她有一双淡褐色的圆眼睛，长而翘的睫毛，眉毛又细又弯，笑容可掬。她把头发束在脑后盘成一个整齐的发髻，不过我觉得她的脸型和波波头才是绝配，要是戴上镶着珠宝的发箍或插上一枚鸵鸟羽毛，那活脱脱就是20世纪二三十年代的摩登女郎。

她告诉我，一年半前她还是一名负责合规与培训的公司经理，和工程师丈夫爱德华多（Eduardo）还有他们的儿子豪尔赫（Jorge）、小爱德华多（Little Eduardo）住在得克萨斯州的郊区。

有一次，因为休斯敦有到伯利兹的直达航班，全家便决定来伯利兹度假。在这里，他们爱上了夜间吼猴的长吁短叹，爱上了一卡车接着一卡车送来的新鲜菠萝，爱上了大海。

等度完假回到家，艾莉和爱德华多开始注意到附近街区的孩子们成天只知道窝在家里打电子游戏，和大自然的接触几乎为零，言行举止间都有点神经质，还老缠着父母买这买那。照这么下去，用不了几年，两个儿子就会变成他们的翻版。夫妻俩果断修正了生活目标，决定尽一切可能为豪尔赫和小爱德华多留住童年，确保他们不管在哪个年龄段都不会染上那些坏毛病。

他们在网上看到有对英国夫妇正在出售西卡提乡村旅馆。这处可以自供水电的地产包含了附近的丛林小道，有6栋铺着硬木地板的小屋，还有一间带大露台、四周兰花环绕的餐厅兼酒吧。两只黑白相间的猫——平托·米斯和布克斯·米斯（凯克奇人，也就是玛雅印第安人将猫称为"米斯"）也被打包出售。

他们买下这个地方，然后辞去工作，卖掉家产，把儿子们从原先的生活环境中"连根拔起"，举家搬到了伯利兹。

"当然，我们的决定是经过反复讨论的。"艾莉告诉我，

"不过我们也担心要是一直瞻前顾后,那么讨论的结果就是说服自己打退堂鼓。"

就在他们还忙着理清头绪,思索该如何经营一家旅馆时,一名身家百万的英国富翁火急火燎地找上了门。克莱夫·法雷尔(Clive Farrell)是位慈善家,同时也是一名环保主义者及鳞翅目昆虫学家,他拥有英格兰最大的蝴蝶展览园——斯特拉特福蝴蝶农场,以及伯利兹最大的蝴蝶繁殖场——落石蝴蝶农场。

他告诉他们,西卡提乡村旅馆的前主人身兼落石蝴蝶农场的业务经理一职,负责帮他把蝴蝶从热带雨林运到埃文河畔的斯特拉特福。他说,如果艾莉和爱德华多不接手这份工作的话,哥伦比亚圣佩德罗玛雅村的许多家庭将因此失去养家糊口的生计。

责任重大,艾莉和爱德华多最终还是决定接管蝴蝶农场的业务。不过他们提出了一个条件:爱德华多希望能特许旅馆客人参观这个不对外开放的蝴蝶繁殖场。他考虑到,如果客人们能享有这一特殊待遇,西卡提旅馆就能在业内具备人无我有的优势。

我和穆迪就是旅馆的住客。那天恰巧是星期四,爱德华多要开车去山上的农场看看,然后把即将运往世界各地展览的蝶蛹带下山。机不可失,我赶忙喊上穆迪一起去开开眼界。

爱德华多开车带着我们沿南部高速公路往北行驶，在一个叫丹普的小镇下了高速。我们穿过哥伦比亚圣佩德罗的凯克奇玛雅人村庄，那儿有圆形的山丘，有茅草屋顶的房子，还有多得数不清、四处闲逛的鸡群。粉红色的九重葛开得热火朝天，层层叠叠的，竟然比棕榈树还要高；女人们穿着五颜六色的裙子在河边洗衣服——眼前的一切都让我惊叹不已。行驶了大约40分钟后，我们拐上了一条坑坑洼洼的山路，饶是四轮驱动的车子也经不起折腾，车轮不停地打滑，我们三人就跟上了弹簧似的在车里上蹦下跳。

一个骑固齿自行车的人竟然超过了我们。我诧异地看着他，这人胸前绑着一个帆布口袋，里头装满了树叶。

这段过山车般的旅程终于结束了，我跌跌撞撞地下了车，大口喘着粗气。我们来到山顶上一块地势平坦的圆形空地。爱德华多指着西面浅蓝色的远山淡影说："那儿就是危地马拉。"往一边转个九十度，哥伦比亚圣佩德罗便跃入眼帘，再远一些是碧波荡漾的加勒比海。向北远眺，只见巨大的山谷中生长着一片稠密幽深的热带雨林。

爱德华多把卡车停在一棵开满橘红色花朵的凤凰树下。车子前方有一段往山下延伸的石阶，那些石阶看起来像是用玛雅遗址的石头铺就而成的。

农场经理塞巴斯蒂安·肖尔（Sebastian Shol）迎上来招呼

## 第二章 蝴蝶农场

我们。他有一张宽大的脸庞，两道眉毛笔直浓黑，看上去面无表情，异常严肃。几个月后，我看到他在讲完一个冷笑话时嘴角微微抽搐的样子后，那张脸就更让人敬而远之了。

我们跟着塞巴斯蒂安走下"之"字形的石阶，然后沿着一条小径往前走去。地上湿漉漉的落叶散发着特有的香气，靴子踩在上面发出咯吱咯吱的声响。

他带我们参观的"农场"其实由一个个架在木桩上的木棚组成，它们错落地分布在树木和缀着花朵的藤蔓之间。工人们清点着小小的蝴蝶卵，给木箱里的毛毛虫换树叶。木棚边上围着高高的铁丝围栏，里头满是水果、鲜花和蝴蝶。我们走到一个围栏边上，塞巴斯蒂安嘱咐我和穆迪快点进去，随后关上了身后的门。

我们立刻被黄色的蝴蝶包围了。它们落在我们的头发上，停在我们的鼻尖，扑闪着翅膀掠过我们的睫毛。它们来得如此轻悄，你只是恍惚觉得有些细微的痒痒的感觉。我们又惊又喜，一边笑一边忙不迭地拍照。在离开围栏前，我们不得不把停留在衣服上的蝴蝶一一拈下来。

在另一个飞棚里我们看到了明艳的大蓝闪蝶，它们的翼幅长达15厘米，比刚才的黄色蝴蝶大了足足3倍。大蓝闪蝶绕着歪歪斜斜的圆一圈又一圈地飞着，仿佛喝了一肚子最爱的霉烂杧果和酸橙汁液后露出了醉态。当它们休息时，合上的翅膀上会显现出由棕色和金色组成的复杂图案，看上去就像掠食者瞪着一双警惕的眼睛。

我们的出现引发了连锁反应，犹如在平静的湖中投入一颗石子，激起层层涟漪。蝴蝶纷纷打开炫目的翅膀飞了起来，我们一下子就被卷裹在一片比闪烁的灯光还要明亮的蓝与紫中。人类大脑感知颜色的速度比识别形状、运动及其他任何事物都要快。这个由神经系统完成的过程使得我们与颜色之间仿佛灵犀相通。我瞬间被那片斑斓的炫彩击中，如同被插上了电源，只觉得体内有股电流喷薄涌动。

我听到穆迪在边上感叹："太太太不可思议了！"我转过身，以为他在调侃我，要知道穆迪一直说"不可思议"这个词快被我用滥了。可我发现他没有一点开玩笑的意思，他抬起头，脸上带着由衷的赞叹。

大蓝闪蝶的颜色是如此浓烈瑰丽，难怪会有丛林飞行员报告说曾在空中俯瞰到它们在林间飞过时留下惊鸿一瞥的蓝色闪光。当你亲眼见到大蓝闪蝶，那种油然而生的震撼真不是用手机里哪个浅薄的表情符号就可以轻易表达的。

这种令人难以置信的颜色并非来自色素，而是源于蝴蝶身上错综复杂的结构——由成千上万个闪亮的鳞片排列而成的钻石形图案，每个鳞片上都布满棱纹和凹纹，犹如一个个微小的棱镜和镜片。它们阻断可见光，只反射人类可以感知到的闪烁的蓝色的波长。建筑师们一直在研究大蓝闪蝶的翅膀构造，希望从中获取为楼群甚至整个城市打造节能降温系统的诀窍。

我们不能在农场待太久。英国的斯特拉特福蝴蝶农场送来了这周的蝴蝶订单。他们的主要客户是动物园和公共花园，对蝴蝶情有独钟的俄罗斯寡头政客也会时不时下单，偶尔他们也会收到电影摄制片场安排蝴蝶出镜的请求。

在蝴蝶农场，我们看着工人们轻手轻脚地把蛹装进一个木头箱子里。他们仔细记录每颗卵孵化的日期，以及每条毛毛虫悬在树枝上开始蜷缩成蛹的具体时间。在蛹的内部，毛毛虫溶解成液体，在充满遗传物质的溶液里一只蝴蝶不知怎么的就幻化成型了。每一颗娇弱的蛹都必须掐着时间运走，不然它们就有可能在途中破蛹化蝶或直接死去。

我们得把这些打上标记的货物搬上卡车。这些蛹会被送到只有一间屋子的蓬塔戈尔达机场（伯利兹当地人习惯称蓬塔戈尔达为PG），飞往伯利兹城，接着到休斯敦和伦敦通关，再由卡车送到埃文河畔的斯特拉特福，在那里它们会被拆分、打包，按照订单信息送到每个客户手中。整个运送过程可能需要一个多星期，在这段时间内蜕变尚未发生。

我和穆迪跟着爱德华多爬上古老的石阶，四周生机盎然。野蝴蝶在它们钟情的花朵上轻颤，蜜蜂嗡嗡，鸟儿啁啾，一阵带着花香的微风轻拂过蝴蝶家园的树叶。

卡车颤颤巍巍地驶下陡峭的山坡，我伸手握住穆迪的手——这是我第一次在和穆迪吵架后主动示好。大自然的奇观真的可以治愈人心。

我们在赶去机场之前还有些时间在附近的玛雅遗址卢班顿停留片刻。在现代玛雅语中，"卢班顿"意为"落石之地"，这也是蝴蝶农场名字的由来。落石蝴蝶农场铺就台阶的石头就来自被纳入保护前的卢班顿遗址。

卢班顿只有我们三个游客。一个名叫阿波利纳里奥（Apolinario）的管理员按外国人的标准收取了我们的门票钱，他和塞巴斯蒂安长得很像，原来是塞巴斯蒂安的侄子。我们踏上一片辽阔的草地，这里曾是古代玛雅人玩橡胶球的专用球场。

西班牙殖民者在到达南美洲之前从未见过橡胶。据说玛雅人将乳胶和牵牛花藤的汁液混合在一起，为分量颇重的球增加了弹性。我默默地把"弹力"一词添加到了玛雅人在数学、工程、日历所取得的辉煌成就清单之中。

金色的斜阳照在这片历史可以追溯到公元700年的残垣断壁上。在深邃的寂静中，我忽然觉得这片土地的历史比我鼓起勇气去探寻的还要深、还要远。我们三人从不同的路径走入无边的静谧中。于匆忙间感受永恒是种非常奇妙的体

## 第二章 蝴蝶农场

验——很快我就看到爱德华多挥手示意我们该出发了。

那天晚上,在把那箱蛹顺利送到机场后我开始思考寂静。当我们想要抓住某个瞬间或逃离某个瞬间时,周身万物仿佛都静止了。我们希望时间就此停驻,在万籁俱寂中尽情享受甜蜜的初吻或用心觉察意想不到的危险。这难道就是超然于时间之外的卢班顿如此宁静、如此岑寂的原因吗?为什么时间在它那里停住了脚步?它想要留住什么?它又在期待什么?

我躺在床上,吼猴在远处长啸。我翻开《波波尔·乌》——一部记述凯克奇玛雅人神话和历史的文献,开始读其中的一段节选,里面提到了它——寂静:在世界出现之前便已存在。

这是万籁俱寂时的记录。一切平静安宁。天空的子宫内空无一物,寂然无声。

这就是第一句话,第一次诉说。人类与动物尚不存在,飞鸟、游鱼、螃蟹、树木、岩石、山洞、峡谷、草地、森林,万物皆不存在。世上唯有苍穹。大地尚未显现,唯有无涯的大海和整片天空的子宫。没有任何东西聚集一处。一切都在安歇,没有动静,慵懒地在天空中安眠。世间尚无一物挺然而立。只有广阔的水泽,只有宁静的大海,一切安适自在,沉寂无息。

## 第三章

# 大不列颠最后的土地神

回到剑桥后，我试图挽回之前因沉湎于自怜所造成的损失。在哈佛大学做研究员让我有机会结识一群平时很难见到的人物。一旦你在某个行业中扎根并且建立了一个固定的圈子，那么像这样拓展人脉的机会一生中还能碰到几次呢？团队中有许多值得珍惜的人，他们大都热情、真诚，只是他们的表现方式让我之前没有给予他们应得的赞誉。不过，对人脉候选团多做几轮评估就好比录制周日早新闻前多进行几次彩排一样，总不会有什么坏处。

每天去研究员会馆的路上我都会经过皮博迪考古学与人类学博物馆。1915年，皮博迪考古学与人类学博物馆曾赞助卢班顿的考古挖掘工作，博物馆内至今仍收藏着在遗址中发现的玛雅人橡胶球球场的标记。卢班顿的管理员阿波利纳里奥肯定不会认同这种在他看来无异于偷盗的行径。

在哈佛大学的校园里矗立着几座高大的石雕，那是玛雅文明鼎盛期后期留下的记事石碑的复制品，上面雕刻着玛雅人像和古代统治者的面部肖像。每次经过那里我总会驻足片刻，静静地感受它们与周遭环境的格格不入，而当玛雅诸神或统治者的头上覆上冰雪时，这种违和感就更强烈了。我有幽闭恐惧症，没法坐在窗户又高又小的教室里听课——这些爬满常春藤的建筑从外面看倒是赏心悦目许多。即便如此，我还是报名参加了一个关于玛雅文明的本科课程，如饥似渴地翻阅课本和文献资料。我带着一腔曾经只为演唱会日程单倾注的热情，在哈佛大学自然历史博物馆的演讲活动一览表上搜寻着任何与蝴蝶相关的信息。伯利兹和落石蝴蝶农场点燃了我内心深处的某种东西，我对蝴蝶的好奇与向往之火依然在熊熊燃烧着。

在东海岸游历期间我经常给老朋友珍妮特·斯勒伊斯（Janet Sleys）打电话，她是我十多岁时就结交的闺密。那时候，我们都是穷人家的女儿，而且都暗下决心一定要过上另一种闪亮精彩的生活。然而时至今日我们发现自己并没有脱胎换骨，一个记者，一个园艺师，谈不上一无所有，但离飞黄腾达又差着十万八千里。不过，我们倒是保留了打小就有的共同爱好——找出美国社会阶层的标志物。既然来到哈佛，我自然要和她分享大学现场演讲的笔记。我还经常问她在伯利兹见过的那些花都叫什么名字，春天来了，在波士顿也能看到它们的身影了。

穆迪不再一逮到机会就往加州跑了，他甚至召集我的研究员同事们一起去看了场红袜队的比赛。我们和好如初，只是，两人关系中某个脆弱的点并没有消失，而在那次吵架之前它并不存在。波士顿的经历已经让我们明白，如果想要维系一段长久的关系就不能太任性，不然就有可能面临分手。我曾经参加过一次婚礼，司仪在台上说一夫一妻制并不是永远只爱一个人，而是不止一次地爱上，然后不爱，之后再次爱上同一个人，如此循环往复。我为他的妻子感到难过，当时她就站在我的身边。然而现在，我却觉得也许他已经洞悉了一些事情的本质。

归根结底，生活中没有什么是永恒的，一切都在变化中。在某一天，我还是个年轻的单身女人，之后，"年轻"这个词放在我身上就变得不再恰当。现在，我正在适应告别单身的生活状态。长久以来"单身"一直是我的身份、我的标签，有时我会对此感到沮丧、惆怅，有时却因此身心愉悦，而且决定就这么一直单身下去。

穆迪曾是一个知足的已婚男子，一个乐呵呵的父亲，之后经历了一场痛苦的婚变。现在，他和我谈恋爱准备开启新生活，我很清楚有时他会把过去那段情伤跟我们现在的感情混为一谈。"过去"和"现在"就这样令人目不暇接地交替着，唯一的希望就是当包括你我在内的世界万物陷入动荡不定时，我们都能找到对的人。

这一学年结束了，我们收拾好行李，带上狗，开着车一路西行。车开到怀俄明附近时穆迪问我接下来有什么打算。

我说我想去伦敦看我们的朋友卡丽·霍华德（Kari Howard），而且可能会延长行程。还没等我说完，他就插嘴说了句"因为还要去找那个蝴蝶男克莱夫"。

我惊讶地看着他，穆迪笑起来。自从艾莉说到克莱夫出现在西卡提门口的那一刻起，这个蝴蝶男就在我的脑子里生根了。

"你知道自打我们假期回来后你提过多少次蝴蝶农场吗？戴安娜，你要到什么时候才知道你那点小心思压根就逃不过我的眼睛？"

随后他又加了句："我觉得这是个好主意。"

6个月后，我来到多塞特郡郊外的克莱夫家，那是一个英国乡下的小村庄。他提议一起散步去他的野生动物保护区看看，但天气预报说待会儿要下雨，这让他有点郁闷。英国从来就不是一个以艳阳天著称的国度，所以每次看到英国人因多雨天气而烦恼时我总觉得不可思议。

"天气好的时候田野里到处都是蓝色的蝴蝶，"他说，"真希望你能看到。"

克莱夫70多岁，身量短小精悍，留着银白色的短胡子，脸上既有一种恶作剧般的狡黠，又带着一丝淡淡的忧伤。他戴着斗笠，手里拄着拐杖。

出门前他借给我一双长筒雨鞋，这双鞋似乎处于随时待命的状态，等着为各种脚码的客人提供服务。我们沿着一道篱墙往前走，克莱夫说这是全世界最长的醉鱼草篱墙。他告诉我，这种穗状花序上紫色花朵的花蜜是准备冬眠的蝴蝶最喜欢的食物。

四周的田野是一片经过修复的自然栖息地，随处可见簇拥成团的马利筋、神气活现的黄色马蹄蕨、紫色球状的针垫花，还有其他可供蝴蝶任意挑选的美味大餐。此处的野外景观与英国正儿八经的花园、绵延起伏的乡村形成了鲜明对比，在那些地方已经看不到烂漫的野花和专司授粉的蜜蜂、蝴蝶，单一作物种植已经让它们失去了安身之地。

我们沿着一条从野外动物群中穿过的土路来到一栋隐身于山坡的小屋前。灰绿色的景天铺满了整个屋顶，就好像山丘作势要把小屋占为己有似的。如果不是边框上镶着装饰用的贝壳，我很可能就错过那扇被风化的门了。

我们弯下腰清理了一下门框，克莱夫说这是多德尔

（Doder）的小屋，土地神都长得矮小。我要学的东西还多着呢！

没有人在家。不过工作台上立着蜡烛，边上还散落着一些面包屑，圆形的窗户上结满了蜘蛛网。克莱夫说他有一次闯了大祸，当时一个清洁女工没搞清状况，把刻意留在那里的蜘蛛网打扫得干干净净。

我们转回到屋外，克莱夫指着一座精美的雕像让我看，那是一个坐在甲板上抽烟斗的土地神，他高约1.2米，鼻子长长的，眼窝深陷，神情悲伤。他有一对尖尖的耳朵，留着一把美髯，一条假腿上连着一个用橡子做成的膝盖骨。

这就是多德尔，大不列颠最后的土地神，也是克莱夫孩提时代最爱看的童书《小灰人》里的人物。克莱夫告诉我多德尔的一条腿被狐狸咬掉了，他一直坐在这里等他的兄弟接他回去。看样子多德尔已经等了50个年头了。

"只留下他一个人，可怜的家伙，一直孤零零地待在这儿。"克莱夫说。

往前穿过一片苹果林，一条巨龙盘踞在山顶上。它的吻部很长，看上去甚至比一个成年人的身高还长，蜷曲的背部宽阔得能给幼儿园一整个班的孩子当攀岩馆（附近确实有小学生每个月都来这里玩）。这条龙看上去是用灰色的石头雕刻而成的，不过身上的鳞片闪着绿色的幽光。龙下的蛋躺在高

30

高的杂草和金雀花丛中。

雨迟迟没有落下。我们继续前往梦之岛，那是一个野花环绕的绿洲。岛上耸立着一张巨人之床，还有一口井和一把梯子。

克莱夫说："那是你进入梦乡的地方。人们梦到水，接着就会梦到地府，所以我们打了一口井，人们可以去幽深的暗黑之处一探究竟。"我听说过爱尔兰人和他们的精灵树，不过克莱夫所说的这些有点超乎想象了。

他指了指伸向天空的梯子，它看上去似乎永远在往上延伸，越来越窄，还没有到达顶端就已经看不见了。

"这是通往银色月亮的金梯。"克莱夫说得煞有介事。

我做梦都没想过能看到眼前这番奇景。克莱夫倚着拐杖腼腆地看着我。

克莱夫对我说："我小时候就是个梦想家，几乎读遍了所有充满幻想色彩的书。"这也是我唯一能猜到的地方。

我们往前走着，克莱夫如数家珍地指给我看不同的植物和动物。他是那么兴致盎然，对于这些真实存在的小生灵所抱有的激赏之情一点也不亚于他亲手缔造的梦幻世界。

"快看那个池塘！"克莱夫叫道，"里面有数不清的小家伙——蜻蜓、豆娘，那儿还是大冠欧螈的最佳栖息地！"

忽然，他在树叶上发现了像水滴一般清透、细小的蝴蝶卵。他把叶片翻过来，一条伪装得极好的毛毛虫正在进食。克莱夫的眼睛虽然追踪着蚂蚁、小鸟，却不妨碍他随时报出蝴蝶的名字："来，快看！绿豹蛱蝶！"

天开始下雨了，可这有什么要紧呢？克莱夫正在打造一个仙境，任何天气都能和这里的美景相得益彰。不过我特别理解克莱夫因为没能让我看到蓝色蝴蝶而有多么失望，这些小精灵的存在证明了他所做的一切并非徒劳，证明了生命与生命之间存在着至关重要且出乎意料的关联。

克莱夫的团队把起伏的山坡还原成草场，种上疗伤绒毛花，毛茸茸的花萼上开出一簇簇黄色花朵。它们是小蓝蝴蝶的寄主植物，这种幽蓝色的蝴蝶长得非常袖珍，每年在这里都能看到它们翩翩起舞的身姿。

他们还种上了数不清的马蹄蕨，希望这种同样开出黄色花朵的植物能够引来阿多尼斯蓝蝶。由于农民不再放牧绵羊，栖息地变得杂草丛生，致使这种蝴蝶在英格兰一度濒临绝迹。克莱夫的团队正在着力挽救这个族群，克莱夫希望有朝一日能在天边看到闪着湛蓝色微光的雄性蝶群如同云朵般翻涌而来，而它们身披华服的伴侣——巧克力棕色上点缀着橙色和蓝色的雌性蝴蝶——也陪伴左右。不过到目前为止，阿多尼斯蓝蝶的数量仍屈指可数，克莱夫说着，忍不住叹了一口气。

阿多尼斯蓝蝶一生只产一次卵，它们会把扁平、圆盘状的卵产在马蹄蕨叶片朝阳的一面。这些卵像一个个光斑，几乎很难被发现（当然，克莱夫除外，说话间他就已经找到一颗并指给我看）。

从卵里孵化出来的毛毛虫通体绿色，身上有短短的黄色条纹，这身装扮使它与深绿色的树叶底部融为一体。毛毛虫不仅有天生的伪装保护，还有一个貌似不可思议的同盟军——蚂蚁。毛毛虫会分泌一种甜甜的黏液，这种物质对红蚂蚁和黑蚂蚁来说简直就是琼浆玉液，它们会用触角挠毛毛虫刺激它快点"下奶"。毛毛虫在成长的过程中，身边始终有蚂蚁守卫军保驾护航。有时候蚂蚁甚至会在晚上把几条毛毛虫埋在与蚁巢相连的"房间"里，这么做显然是为了保护它们。等到毛毛虫进入化蛹阶段，蚂蚁会继续守护数周，直到蝴蝶破蛹而出。像蝴蝶和蚂蚁这样共生的例子不在少数，尽管蚂蚁也是蝴蝶捕食者。

那天晚上我打电话给穆迪，絮絮叨叨地跟他描述多德尔、卧龙、蚁后、树精灵、蓝蝴蝶，以及看到、听到的一切。

"你知道我们家附近那栋房子吧？那儿有微型鹅卵石桥、野花，还有好些森林动物、小精灵的雕像，对吧？"我说，"克莱夫带我去的地方跟那儿很像，唯一的不同就是克莱夫的仙境足足有100多亩（1亩≈666.7平方米），而且招聘幻想工程师。"

如果克莱夫只是一个对蝴蝶颇有研究的富翁,我大概不会对他念念不忘。有钱人总得找点东西打发时间、挥霍钱财。在我来这儿之前,我觉得这完全说得通。

来这儿后我才发现先前在构思一个关于蝴蝶迷兼慈善家的故事时,我把事情的逻辑顺序搞反了。事实是克莱夫在还很年轻的时候就立志要赚大钱,只有这样他才可以心无旁骛地研究蝴蝶。

他对于蝴蝶的迷恋可以追溯到童年时发生的一件小事。当时他还只是一个六七岁的孩子,有一天他碰巧看到一条浑身毛茸茸的虫子正在横穿花园小径。

这就是"童年时代某个奇妙的瞬间,每个人都有那样的瞬间,尤其当一个人的童年非常快乐,比如我;在这之后,我们总会有意无意地想要找回那一刻"。这是克莱夫在2016年当地报纸采访他时说的原话,不过这段话并没有打动我从而让我决定立即去拜访他。

克莱夫是第二次世界大战期间一名英国皇家空军飞行员的儿子,从小在英国乡村长大,虽然生活简朴,倒也衣食无忧,家里人都喜欢亲近大自然。克莱夫学习很刻苦,然而在考试那天,一想到未来的日子都要枯坐在办公室里度过,他一下子乱了方寸。就这样,克莱夫的法律生涯还没开始就宣告结束了。

克莱夫转而走向另一条路：他和朋友在伦敦一边借钱，一边转卖公寓，两人拼命工作，废寝忘食。之后他们结识了一位牙医。他开着一辆捷豹，平日里花钱如流水。牙医带着资金加入他们的公司。到了20世纪80年代初，克莱夫已经在房地产开发这一行站稳了脚跟，赚得盆满钵满。

差不多就是在那个时候，克莱夫做兽医的哥哥被召到诺森伯兰郡公爵（Duke of Northumberland）的庄园去照看一只生病的鬣蜥，哥哥把克莱夫介绍给了公爵。不久，他便从公爵那儿租了一块地，建造了伦敦蝴蝶馆。

克莱夫申请了巨额贷款，搭建了好几个暖房，里面满是珍奇植物和不同种类的蝴蝶。这是一次豪赌，也是史无前例的创举。他不知道这些蝴蝶能不能活下来，不知道这么多蝴蝶关在一起会不会引发蝴蝶疫病，他也不知道蝴蝶会不会在暖房里飞来飞去，他更不知道，如果它们真的存活下来，会不会像正常蝴蝶那样飞舞，人们会不会来看它们。

克莱夫此举无疑是把刚到手没多久的钱财置于打水漂的风险中，然而伦敦纸醉金迷的生活实在让他感到太空虚了，他想做点有意义的事，而在他看来有意义的就是蝴蝶。

有一天，就在他焦虑得无以复加的时候，电话铃响了。打电话的是一位名叫米丽娅姆·罗斯柴尔德（Miriam

Rothschild）的夫人，她是银行世家的女继承人、全世界数一数二的跳蚤专家，同时也是研究一系列让人吃惊的动植物的权威人士。

她听说了克莱夫的项目，想知道他的具体计划，看她能不能帮上什么忙。她邀请他去阿什顿沃尔德，她的父亲查尔斯（Charles）之所以选择在北安普敦郡安家，正是因为那里有许多蝴蝶。

克莱夫记得他开车沿着一条又长又窄的路来到了一栋乡村宅院前，房子的外墙爬满了藤蔓月季、常春藤、紫藤和铁线莲。

"就像整栋房子已经隐入森林中一样。"他说。

米丽娅姆·罗斯柴尔德戴着标志性的紫色头巾，穿着一身宽松的衣服和橡胶靴出来迎接他，她向来反对用动物皮革来制作衣饰（哪怕是去温莎城堡，她也照样穿着橡胶靴）。6只设得兰牧羊犬围在她身边。

克莱夫不知不觉对着这位素以心直口快著称的女士说出了心里话：蝴蝶项目的规模太过宏大，他感到很焦虑。

"这叫什么话！"米丽娅姆·罗斯柴尔德说。她一生中做了许多前人从未做过的事，她的成就包括：她发现了跳蚤是如何跳跃的；第二次世界大战期间她帮助盟军破译了纳粹密码；她还利用海藻制造出了一种全新的养鸡饲料。

在60多岁的时候,她注意到,由于使用了现代农业技术,田野里已看不到野花的踪影,于是她让1000多所学校在校园里播撒来自阿什顿沃尔德的种子,乔叟诗歌里的野花终于在英格兰再度绽放。

在米丽娅姆·罗斯柴尔德的牵线搭桥下,克莱夫和全英国最优秀的蝴蝶研究科学家取得了联系,同时她也不遗余力地推进这一项目。

克莱夫记得,应该是在他们第一次见面时她就对他说,蝴蝶展之所以重要并且值得冒险一试是因为"哲学始于惊奇"——这是苏格拉底在与柏拉图对话中的观点的提炼。从此以后,这句话便成了克莱夫最爱引用的名言,也成了他的精神感召。在他看来,他的使命就是激发他人的好奇。

在蝴蝶展馆里,来自世界各地的蛹和热带植物一起茁壮成长。暖房里的一幕幕景观以往只能在丛林中见到。

蝴蝶展终于在1981年开幕了。克莱夫兴奋极了,他盼望着"每个人都带着自己的祖母"排队观看暖房里的奇观。然而在一年多的时间里,展馆门可罗雀。没有人知道蝴蝶馆到底是做什么的,毕竟这是前所未有的东西。蝴蝶展的财政前景看起来相当不乐观。

到了1983年,著名的自然环境保护主义者大卫·阿滕伯勒爵士(Sir David Attenborough)制作了一档关于大自然的系列纪录片，并在英国广播公司播出，其中有一集以蝴蝶为主角。就在那集纪录片上映后的第二天，伦敦蝴蝶馆的门外排起了长龙。

克莱夫在当时就已经具有了概念验证的意识。他改变了世人对于蝴蝶展的看法，它们不再是一件件被压在玻璃罩底下没有生命的展品，而是一个个生机勃勃的迷你生态圈。

活蝴蝶展览为蝴蝶养殖创造了更大的市场。20世纪90年代初，克莱夫终于将他最看重的伯利兹的那块地收入囊中，他在那里开办了一个蝴蝶农场，用来出口大蓝闪蝶和其他热带雨林蝴蝶。

我第一次联系克莱夫的时候以为我只是把线抛给了一个永远不会"上钩"的人，没想到他不但立即回复我了，而且带着一种急迫的意味。原来，他希望我能尽快去见一见雷·哈伯德（Ray Harberd），他是落石蝴蝶农场的创建人，但是他的身体不太好。克莱夫和雷一同创办了落石蝴蝶农场，克莱夫主要负责出资，而雷则凭借自己的聪明才智和坚定意志在伯利兹荒原上专门辟出一片土地建造养殖场，创立了在保护土地资源的同时为居住在自然栖息地的当地人提供就业机会的新模式。

克莱夫说在他认识的人里就属雷最有头脑。雷是一名昆虫学家，也曾是为政府和石油公司工作的探险家。他亲手撰写了一本《热带蝴蝶养殖手册》。此外，他还是一位油画家。他身材颀长，面容英俊，歌也唱得好。

雷身上的闪光点多得数不清，很显然，他是克莱夫心中的英雄。雷已经90多岁了，最近不小心摔了一跤，伤得不轻。我和克莱夫准备去他在威尔士的家看望他。

在去的路上，克莱夫把他那辆黑色的梅赛德斯开得飞快，一边跟我讲话一边还时不时地转过脸来看我。

"我是不是开得有点快？"途中他问我。

"怎么会？一点也不快。"我没说实话。我希望自己能尽量保持从容淡定的坐姿，但又不由自主地紧绷着身体。英国的乡村小道蜿蜒曲折，路上会遭遇什么真不好说。

后来我收到克莱夫的电子邮件，里面提及他被不知藏在哪个路口的探头拍了个正着，收到一张超速罚单，对此我一点也不惊讶。

雷的家是一栋两层的石头房子，有三面山墙和许多烟囱。雷站在门口迎接我们，他站得笔挺，凛然抵抗着年龄的胁迫。他有一头长而茂盛的白发，留着浓密的白胡子。

门厅的墙壁上挂着一张雷年轻时拍的照片。雷的妻子埃尔茜（Elsie）记忆力严重衰退，克莱夫轻轻告诉我，她有时候会固执地追问照片里那个年轻男人究竟去了哪儿，她说什么也不相信眼前这个鸡皮鹤发的老人会是她的丈夫。因为有陌生人来访，埃尔茜显得非常不安——我都开始怀疑我们是不是不该来，可是雷为了接待我们尽其所能地做了精心准备。在起居室里，他按照时间顺序整理好了一摞信件和照片。

克莱夫已经跟我描述过他们早年在落石蝴蝶农场的经历。雷在架起的木桩上造了一栋大木屋，俩人各有一个房间，中间是公用区域，他们的事业就是在那里正式起步的。

屋子外面有一个木质平台，和木屋连接在一起。

克莱夫和雷在木台上解决三餐。早饭通常是热带水果，晚饭有两种选择，如果今晚吃咖喱鱼，那么明晚就吃咖喱虾。在克莱夫的记忆中，这是他人生中最快乐的时光之一。

"到了晚上，我就坐在那里，远处的雨林如同海浪一般起伏，木台下不时能看到路过的丛林动物闪着幽光的眼睛，"克莱夫眼神迷离，"而我和雷海阔天空无所不谈。"

"你们都聊些什么？"我问。

"哦，"克莱夫有点语焉不详，"比如上帝是否存在。"

在开办落石蝴蝶农场之前，雷曾在菲律宾养殖珍稀蝴蝶，后来因为经常遭到当地游击队的追击，随时有性命之虞，只好离开。

在伯利兹，他负责监督那条通往落石蝴蝶农场的陡峭山路的修建。等道路修建好，农场也已落成并开始运营了。雷在英国的家人会趁着学校放假来伯利兹帮忙。

原先的小农场不断扩大规模。那里不仅有养殖业，还为旅行冒险家们修建了几栋平房，甚至在山顶上建了一个饭店兼酒吧。

2001年，就在雷动身前往英国的途中，伯利兹遭遇了飓风艾瑞丝（Hurrican Iris）的袭击。

"我花了整整三天时间才打通塞巴斯蒂安的电话。"他回忆道。雷去英国期间由塞巴斯蒂安——也就是那位带我和穆迪去围栏里看蝴蝶的农场经理——负责农场的日常经营。等到他们最终通上话，他听到电话那头说："雷先生，完了，什么都没了。"

雷从一堆照片中挑出一张放在地毯上，这是雷回到伯利兹视察受灾情况时拍摄的。他站在类似木台的残骸边，四周散落着木材，一片狼藉中一把木头椅子竟完好无损。他一手抵着髋部，从山巅放眼远眺。什么都没剩下，村庄、大山谷里的树木，一切都消失不见了。他一脸怒容。雷是那种不会轻易接受败局的人，哪怕打败他的是大自然。在照片的边缘处他写下底片号码和一行文字：2001年11月视察废墟。

"我们开始重建，接着又遭遇火灾。"他的声音里透着苦涩。

我开始理解，雷和克莱夫不同，他记忆中的落石蝴蝶农场并没有朦胧的光环笼罩，他说落石蝴蝶农场是被诅咒过的。

"可是，雷，"克莱夫带着哄人的微笑问，"难道你的回忆里就没有雨落下来的声音？就没有巨大的蝴蝶云？"

"没有，"雷语气肯定地回答道，"留在我记忆里的是飓风和火灾，还有我亲手打造的一切是如何毁于一旦的。"

我们离开时，雷和埃尔茜站在门口握着我们的手迟迟不肯松开。等我们发动汽车后，他们又朝我们挥手告别。

之后，我们就快速驶往斯特拉特福蝴蝶农场。

我知道这是英国最大的蝴蝶农场，所以一开始我以为它应该具有圣地亚哥动物园或环球影城那样的规模。

等到了那儿我才发现，按照美国观光胜地的标准来看，它显得过于精巧——当然对于蝴蝶而言，这地方的确足够大了。

我们从公共展区开始参观。玻璃隔板内西番莲的藤蔓在所有物体表面卷曲缠绕，恣意生长。一条巨型鬣蜥在岩架上打盹，在它旁边竖着一块警告牌，上面写着：当心鬣蜥的便便。空中都是飞舞的蝴蝶，包括落石蝴蝶农场从20世纪90年代开始出口的大蓝闪蝶。

一个女人半跪着，扶着她5岁的女儿伸出的手臂。一只大蓝闪蝶停在女孩的手臂上，不一会儿又飞走了。母女二人目送蝴蝶远去直到它消失不见，她们开心地笑了很久。

我停下来跟她们打招呼。年轻的妈妈带着点东欧口音，她说站在这里让她第一次忘记了自己的难民身份。这个地方有一种魔力。

领着我参观的克莱夫说，蝴蝶总能引发人们内心强烈的反应。蹒跚学步的娃娃上一秒还在为空的饮料盒哭泣，一见到蝴蝶马上就会喜笑颜开地迈步追逐。他还说，经常会看到成年人独自一人静静地坐着，任凭蝴蝶停落在身上，泪水滑落脸颊。

在展馆旁边的楼里，我见到了农场经理詹姆斯·西普（James Ship）和负责进出口蝶蛹的员工萨尔卡·博哈克（Sarka Bohac）。

当萨尔卡走进房间时，我惊讶得差点忘记了表情管理。起先我以为进来的应该是一位扎着马尾辫、身穿拉链毛开衫的生物学家，没想到我看到的是一位时髦女郎：一头黑发的萨尔卡脚踩高跟鞋，穿着一条特别显身材的连衣裙，眼睫毛长得超出了自然规律。为了健身她还报班学了钢管舞。

詹姆斯长得很英俊，聪明但不张扬，为人随和。年轻男人身上一旦有这样的特质就不免让我心存疑虑（我也曾年轻过，也曾无法抵挡这样的魅力）。不过我还是决定将詹姆斯归入愿意在社区剧场中扮演角色的可亲邻居一类，而不是像简·奥斯汀（Jane Austen）在《傲慢与偏见》里刻画的无赖威克姆（Wickham）之流。

曾有一度詹姆斯认为会说多国语言、精力旺盛的捷克人萨尔卡对他而言百无一用，而他温和、随意的工作方式也让做事风风火火的萨尔卡难以适从。

不过，早先发生的一次危机将斯特拉特福的员工卷入一场关乎农场生死存亡的战斗中，他们因此紧紧地团结在了一起。

詹姆斯是在2014年重新担任农场经理一职的。有一段时间他去当警察，因为他觉得从一个喜欢蝴蝶的高中生慢慢升迁到经理职位已经碰到了职业生涯的天花板，而且当时他和妻子也想快点要一个孩子。

不过，加入一支因暴力执法而饱受诟病的警队他心里总归有点七上八下，而且他可能会被派到离家很远的地方工作。最后，詹姆斯还是觉得在蝴蝶农场工作能带给他更优裕、快乐的生活，所以他回到了原先的工作岗位（现在詹姆斯已经有了两个女儿，两家老人也住得很近）。

詹姆斯的上司理查德（Richard）是一位心地善良但脾气火暴的知名昆虫学家，他不能想象居然有人会舍弃蝴蝶去当警察！虽然他重新雇用了詹姆斯，但一直晾着没重用他。直到有一天，农场合伙人伯特（Burt）声称要去出差却再也没回来，和他一起消失的还有维持农场经营的巨额资金。

随着无法兑现的支票不断被退回，债主的抱怨电话越来越频繁，写给伯特的电子邮件石沉大海，一支看起来有点不像那么回事的救援队伍应运而生了。这个世界就是这样，当位高权重的骗子践踏人们的信任，将他们的生计甚至这颗星球的命运置于险境中，拯救世界的往往是一群齐心协力的普通人。在离群索居的合伙人前来评估伯特失踪所带来的损失前，斯特拉特福蝴蝶农场还有许多事情急需处理。

詹姆斯接管了伯特留下的烂摊子，他和萨尔卡不停地给客户、供应商打电话道歉、赔罪、承诺补偿，请求对方再给斯特拉特福一次机会。在那段漫长而艰难的岁月中，两人之间建立了一种亲如手足般的关系，当然也包括像兄弟姐妹那样无所顾忌地打闹、争吵。

在伯特离开前，他曾跟在礼品店打零工的简·肯德里克（Jane Kendrick）说，如果她想要成为正式员工那就得让自己忙起来，让别人觉得少了她不行。当时伯特悠闲地喝了杯茶就早早离开了。

当伯特不会再回来的传言甚嚣尘上，斯特拉特福的员工都开始以为农场离破产之日不远时，简想，好吧，是时候让大家认识到少了她就不行了。

她学习如何制作网站，从图书馆里借书研究如何做广告。她制作了一本吸人眼球的小册子，里面记录了学校的孩子们来农场参观的情景，虽然现在回想起来，这好像也算不上特别有创意的主意。

脸颊红润、梳着灰色马尾辫、爱穿羊毛开衫的简纯靠自己打拼一跃成为营销总监,在之后的5年里,她将参观农场的游客人数提升了4万之多。

理查德、简、詹姆斯和萨尔卡都相信,等那位少了合伙人的农场主人看到所有业务都能顺利开展,那么他就不会让农场关门大吉。

在伯特消失6个月后,农场唯一的拥有者克莱夫离开了他在多塞特的家,前往斯特拉特福评估损失。克莱夫在1985年出资创办了这个蝴蝶农场,之后把日常运营业务交给了伯特掌管,以便自己能专注于其他投资项目,以及在多塞特的花园和蝴蝶。

伯特的背叛对他而言是一个沉重的打击,他一直视伯特为亲密伙伴。他都怀疑自己以后还能不能再相信别人了。

可当他来到斯特拉特福,他亲眼看到了员工们如何力挽狂澜,意识到他们具有经营好农场的能力。他和大伙一起把原本混乱的账目一一理清,在此期间他被斯特拉特福日益浓厚、家人般亲密无间的情感深深感染了。

他很快就发现,来这之前害怕自己再也没法相信别人的担心消失了。他不仅信任,而且爱上了这支人数不多的团队,他们在困境面前没有坐以待毙,而是争分夺秒,想尽一切办法战胜了困难。

通过成功守护斯特拉特福蝴蝶农场,这支英国团队也间接守护了伯利兹的落石蝴蝶农场和那里的员工们。他们帮助玛雅人村庄十多个家庭保住了生计,也保护了一大片热带雨林。

虽然素未谋面,但身处异地的员工之间同样相互依存、彼此依赖。雷·哈伯德那张飓风来袭后满目疮痍的照片依然历历在目。克莱夫的蝴蝶帝国非常宝贵,同时也非常脆弱,它完全依靠一支忠于职守的团队与数不清的威胁、困境奋力搏斗,他们每一个人的命运都与蝴蝶的命运交织在一起,彼此之间存在着千丝万缕的联系。

克莱夫刚把我介绍给詹姆斯和萨尔卡,就有人来通报说从伯利兹发出的木箱已经到了。所有的客套寒暄马上停了下来,詹姆斯和萨尔卡去另一间房间快手快脚地拆卸木箱,取出蝶蛹。这些箱子看上去就是塞巴斯蒂安跟工人们在落石蝴蝶农场打包的那些木箱。每一颗蝶蛹都被安置在泡沫橡胶小小的凹洞里,因为蝶蛹非常娇弱,很容易压碎,所以需要轻轻扭动才能将它们完好无损地取出来。这些蛹之后会被分门别类、清点个数、重新打包,然后发送给客户。

我也想帮忙,他们立刻答应了。我手脚不停地帮忙拆包、打包,那一刻我仿佛看到了落石蝴蝶农场的工人们归置木箱时的情景。

詹姆斯和萨尔卡很快就能亲眼看到两地员工之间的联结。他们兴奋地告诉我，他们就要动身去佛罗里达参加一个蝴蝶会展，然后将首次去往伯利兹，也就是这些蝶蛹的发源地看一看。他们终于能见到落石蝴蝶农场的同事了。

一听这话，我马上开口问："能不能把我也带上？"

## 第四章

# 佛罗里达

2019年11月,国际蝴蝶参展商与供应商协会(IABES)在佛罗里达州的奥兰多召开大会。会上的某些主题,比如"利用羽化和寿命数据来优化蛹的质量"听得我云里雾里。不过主办方也承诺这次的会议安排一定可以"媲美1998年的基西米蝴蝶丹农场之旅"。

佛罗里达之行对我而言无疑是一声发令枪。从英国回来后我又重新开始了我的新闻报道工作,也回到了我在加州的家。不过我已经准备休一年假,专心写蝴蝶农场的故事(报社为社内同人在选题自由度和时间安排上做好了充分准备)。

我和詹姆斯、萨尔卡相约在召开蝴蝶大会的酒店大堂碰面。萨尔卡穿了一条印着爬行动物的连衣裙,依然踩着高跟鞋,头发染成了洋红色(她告诉我不管哪种发色她都不会保留太久）。詹姆斯正和前台服务员套近乎，他想升级房间，不过看样子没能如愿。

那天晚上，酒店的一个宴会厅在举行破冰派对，我在那儿第一次见到了"蝴蝶人"——他们都乐意这样称呼自己。有的是培育当地蝴蝶的业余爱好者，比如来自萨拉托加矿泉城的苏珊（Susan），她把自己养的蝴蝶带到了记忆康复中心。苏珊之所以会有这个念头是因为她母亲得了阿尔茨海默病，病情不断恶化以致她母亲完全忘记了苏珊已经离世的父亲，也就是她结婚60年的丈夫。记忆康复中心的人们几乎都不记得什么事，但是每次苏珊带着装满蝴蝶的网眼笼子过去，他们总能记起她。她认为这种现象源于人类与美好的事物之间存在着的一种内在联系，而且她相信这种联系比一个人最久远的记忆埋藏得更深。

还有像里奇（Rich）这样的商业精英，他的核心业务是负责北美地区的蝴蝶运送。詹姆斯和萨尔卡已经将他视为最有力的竞争对手。我能看出来他在蝴蝶贸易圈里是号人物，因为他的身边总围着一堆人听他高谈阔论。不过他总是缠着我聊他最新的风险项目：萤火虫。

他解释说萤火虫很难养殖，因为许多种类的萤火虫都是食肉昆虫，如果有机会它们甚至会吃掉同类。他需要找到一种喜欢以植物为食，而且能飞来飞去的品种。如果只是待在一个地方发光，那还不如装一个LED灯呢！他正在想办法培育一种来自中国台湾的群居性同性萤火虫，从科学角度讲，这就意味着它们不会以同类为食。

100名参会者来自世界各地，尤其是那些拥有珍惜蝴蝶品种的地方，比如哥斯达黎加、菲律宾、泰国、印度和肯尼亚。蝴蝶养殖场可以由家庭经营，专门养殖一种蝴蝶，也可以像伯利兹的落石蝴蝶农场那样，员工配备齐全，培育的蝴蝶数量占斯特拉特福展厅蝴蝶总数的1/4，并且还能为其他参展商提供订单。有些参展商来自像南达科他州苏福尔斯镇的小型博物馆，有些则帮助运营大型动物园，比如鹿特丹市中心的一家动物园，每年要接待160万名游客。我注意到奥兰多华特迪士尼世界也派来了一名代表。

唯一能和我脑海中的蝴蝶人形象对上号的就是79岁的加雷思（Gareth），一看到他我就会不由自主地想象他戴着遮阳帽挥动捕蝶网兜的样子。

留着胡子、戴着眼镜的加雷思来自英格兰北部的矿区村庄，说话的时候带有浓重的卷舌音。他头上倒是没有戴那种引人瞩目的遮阳帽，不过每天都披挂着同样的装备：上身穿一件狩猎背心，胸前别着一枚纪念阵亡将士的虞美人徽章和一枚大蓝闪蝶的胸针，脖子上挂着相机，皮质挂带上镌刻着他的名字。

他缺了颗门牙。加雷思告诉我之所以没有补牙是出于非常实际的考量。每个星期他都会和老朋友们在当地酒吧小聚，只是他已经到了这把年纪，身边的空位子也越来越多。有一次他从梯子上摔下来磕掉了门牙，他觉得人生中所剩的日子不多了，没有必要把钱花在补牙上。

我们坐大巴去位于佛罗里达大学的佛罗里达自然历史博物馆参加一个实地考察会议，两小时的车程中我一直坐在加雷思身边。他说他错过了上一届会议，因为当时他正在加里曼丹岛的婆罗洲搜寻粮秣——哦，这事是不是发生在菲律宾？他记不清了。他告诉我他在亚马孙河上划过船，在喀麦隆追过蝴蝶，还给卡扎菲（Gaddafi）造过足球场，为的是换取在的黎波里建造蝴蝶馆的机会。是他帮助英国人准确定位了这个独裁者。我偷偷在手机上输入他的名字，屏幕上跳出一篇新闻报道，附带一张加雷思年轻时拍的照片，当时他穿着量身定制的西服，一口牙无一缺席。

我俩就坐在大巴司机身后，这个大块头男人正用他低沉的嗓音跟着基思·斯韦特（Keith Sweat）高唱《我想宠坏你》，他边唱边在座位上扭动身体，手指头也不时地在驾驶台上打着鼓点。车上好几个蝴蝶人都跟着摇晃起来，不过，大概是因为不太好意思，他们的动作幅度都不大。

紧跟着播放的是艾瑞莎·富兰克林（Aretha Franklin）的

经典之作，当唱到高潮部分"R-E-S-P-E-C-T"时，加雷思直接在座位上跳起舞来。在他的带动下，其他人也放开了手脚。他告诉我有段时间他迷上了迪斯科。

到了博物馆，我们参观了麦奎尔鳞翅目昆虫研究中心，那里有全世界最大的蝴蝶收藏之一，标本数超过了1000万，其中许多标本来自蝴蝶收藏家家人的捐赠。研究中心将所有标本都放在抽屉里，就好像它们是图书馆里的目录卡片一样。

在活体蝴蝶产业兴起之前，蝴蝶贸易是秘密进行的。有钱的收藏家会花巨资换取一枚夹在书本里的珍稀蝴蝶标本。事实上，直到现在仍然存在着买卖濒危蝴蝶标本的黑市，不过所幸蝴蝶贸易展横空出世，它以蓬勃跃动的生命力对此予以迎头痛击。直到20世纪80年代克莱夫将自己的童年爱好成功转化为吸引大众前来观赏的盛事后，全球性的蝴蝶产业才真正出现。克莱夫的伦敦蝴蝶馆已在全世界不同的国家、地区被复制，他本人也在不同的地方创办蝴蝶馆，其中有些大获成功，有些则惨遭冷遇。蝴蝶发烧友和鳞翅目昆虫学家所举办的展览对蝶蛹产生了大量需求，这就为生活在热带雨林地区的人们创造了就业机会，而且这样的工作不会像伐木业那样破坏环境。他们的工作保护了全世界的自然栖息地，因为要养殖蝴蝶，就需要蝴蝶寄主和可以为蝴蝶提供食物的植物。可以说，圈养蝴蝶其实是保护了野生蝴蝶和其他生物赖以生存的土地。

　　我以前只觉得蝴蝶迷的爱好多少有点另类，没想到原来他们是环境保护运动的重要组成部分。

　　大会的最后一站是去蝴蝶丹农场，农场主人丹（Dan）对于蝴蝶的迷恋可以追溯到小学一年级——有一天老师把一株马利筋带到学校，花朵引来了一只帝王蝶。蝴蝶丹农场是佛罗里达州最大的蝴蝶养殖场，美国第一届蝴蝶博览会的主办方"蝴蝶世界"就是他们的客户。1988年，蝴蝶丹农场在佛罗里达州的椰子湾建成，克莱夫是它的合伙人。

　　这次乘坐大巴去农场的路上我和萨尔卡坐在一起，我俩聊着聊着，话题便转到了她的童年。她告诉我她两岁的时候被寄养在一户人家，挨打受骂是家常便饭。跟她关系最亲近的是一只名叫厄洛斯（Eros）的德国牧羊犬，每次厄洛斯遭了毒打她总会留在它身边安慰它，如果被打的是她，厄洛斯也会不离不弃地守护她。

　　萨尔卡拥有灿烂的笑容，一段已持续17年的婚姻，一份为她所爱、围绕脆弱而坚韧的小生命开展的工作。她自信满满地对我说，她很幸福。在人生的头15年里深陷暴力泥淖的萨尔卡找到了涅槃重生的活法。

　　当她问我为什么想写关于蝴蝶的故事时，我的脑海里冒出的第一个念头就是因为我喜欢奇迹——正如她刚才告诉我的那段经历一样。我在蝴蝶农场看到的一切都有一个相同的特质：无论碰到怎样的逆境与挫折，它们总能起死回生，进而欣欣向荣。不过我脱口而出的答案却是我曾经目睹并且撰写过的加州一场可怕的旱灾。绝望的家庭、垂死的野生动物、熊熊燃烧的山火让我对随时可能崩塌的自然环境有了刻骨铭心的认识。对于气候变化，蝴蝶具有某种能捕捉最细微异动的敏锐器官，我有一种强烈的意愿，想要写一个如何保护这种物种的故事。

我没有接着往下说，但我深切地感到这些年的旱灾、山火已经让环境威胁渗透进了我的每一个细胞。可是生活还在继续，我依然会因为发梢分叉、句子结构混乱而烦恼，也会因为没来得及享受当下而焦虑。我有点不知所措，不知道这两样东西该如何并存——一边是生存威胁，一边是每天的小确幸。

我甚至从来不觉得只有我一人有这样的想法。太多人都说他们有着和我相同的断裂感，心理学家为此专门想了几个名字，比如"生态焦虑""气候抑郁"。

从某种程度上讲，这种断裂感并不陌生。我十几岁的时候父母就去世了，之后很长一段时间里我把"活在当下"做到了极致。要我老老实实地坐在教室里完成一次重要考试？如果那天阳光明媚，是个去海滩的好日子，那么，绝不！我一次次提醒自己——次数多得都有点不正常了——人总是要死的。绝大部分的青春岁月我都在"及时行乐",以致失去了展望未来的能力。

而现在,气候焦虑就像是将我个人的悲伤投射到全球范围的一面镜子。可是,为什么是蝴蝶呢?

它们是短暂的,同时又是永恒的。它们穿越时间、跨越文化,它们象征着希望、重生、复兴、蜕变和人类的灵魂。

2018年,一项关于化石的科学研究发现,早在两亿年前地球上就已经存在蝴蝶和蛾了,这比之前认为的时间提前了足足7000万年。它们比花朵更古老,并且在发生于侏罗纪之前的一次物种大灭绝中幸存下来。

在现今的自然环境中,如果空气和水是清新干净的,如果植物和昆虫世界里的其他生命都是蓬勃健康的,那么蝴蝶就是抛撒在空中、庆祝一切安好无恙的五彩纸屑。如果我们好好对待蝴蝶,那么我们就是在好好对待包含蝴蝶在内的整个生态系统。

然而,它们和其他所有生物一样都面临威胁。蝴蝶种类的减少令人担忧。现存蝴蝶种类的60%都生活在热带雨林,而这一生存环境正在迅速消失。但是眼下,不管怎样,蝴蝶还存在着。

如果你碰巧是一个努力发现日常生活中的美好事物,尽情欣赏大自然奇观的人，同时你又相信我们正一步步走向世界末日，那么把时间花在古老文明废墟边一个保护热带雨林的蝴蝶农场上，也许并不算是一个糟糕的主意。

在蝴蝶丹农场，我们一行人被分成了两组。第一组登上昆虫电车先去参观佛罗里达州南部专门给蝴蝶提供食物的植物群，剩下的人留在原地等候下一辆电车。趁着等车的工夫大家闲聊起来，而他们选的话题提醒了我，原来我有冬眠爬行动物恐惧症。

这种事应该不太会轻易忘记。不过，在日常生活中我倒是没怎么遇见过蛇，要是这么说的话，我对蛇也谈不上恐惧，应该说是怀有一种"情结"吧。比如我——一个成年人——在看电影《奇幻森林》时，忽然看到一条唱着歌的卡通蛇从树上爬下来，我会忍不住大声尖叫。在一次徒步旅行中，我们遇见一条响尾蛇，当时它盘着胖乎乎的身子在山路中央晒日光浴。虽然我恐高，但为了避免和这个打着盹的家伙近距离接触，我毅然决然地绑上绳索从一块高耸的巨石上滑了下去。旅行团的其他成员一个接一个从响尾蛇身边经过，好在大家都平安无事。

在蝴蝶大会期间，蛇、有毒的植物、虫子、青蛙以及在你表皮下产卵的昆虫都是大家闲聊时经常涉及的话题。这些参会的人们总是在丛林里钻进钻出，在他们眼里，这世上所有的生物都是可爱的、有趣的,而那些有毒的小家伙更是让他们像打了鸡血似的兴奋。

他们的声音慢慢低了下去。故事讲着讲着居然还讲成了一出戏,原来他们正在描述见到一条矛头蛇的情景,这种蛇不仅带有剧毒,而且攻击性非常强,有时候甚至会追击人类。

一听这话,我的皮肤马上就有了一种刺痛感。这要是在从前,只要觉察到跟蛇有关的逸闻正在酝酿中,我立刻就会跳开老远。

可那天我们正站在大巴外面等电车,我想躲都没机会躲。一个男人突然拽住我的胳膊,这人总喜欢把津巴布韦念成殖民时期的旧名——罗得西亚,一路上还老爱谈论他的伯利兹籍助手伊莱亚斯(Elias)。他把我拉到一群人中间,兴高采烈地准备放一段视频给我看。

"你一定得看看我们最近在伯利兹喂养的这个大家伙。"他说道。

视频里的几个男人正把一个白色的大袋子放在地上,袋子从里面被打开了,只见一条大蟒蛇竖着脑袋慢悠悠地探起身,身体越伸越长,越伸越长,探出袋子的部分足有两米。此情此景看得我眼冒金星,脚底发软,人直往后缩。那个男人见我后退,居然抓住我的胳膊把手机屏朝我的面孔直贴过来。

## 第四章 佛罗里达

"你一定要看,这家伙可了不得,是不是美得一塌糊涂?"他追着我问。我顾不上礼貌了,用力甩开他的胳膊,离开人群,大口地喘着气。视频里的大蟒蛇继续引得众人发出一阵阵惊叹。

伊莱亚斯见我呼吸过于急促,赶紧给我端了杯水来。

"抱歉,"我对他说,"真不好意思,我想我可能有点怕蛇。"

"我懂,"他说,"我怕黄蜂。"

"黄蜂?"我问,"一直都怕吗?"

"我是说真的。"他说,"在伯利兹,我们从小就知道有一种黄蜂特别厉害,只要被它叮一下就会全身麻痹。"

几年前,他就被黄蜂叮过。当时他觉得脖子上像是有什么东西,还没等他伸手拍掉,就被一阵灼热的刺痛击倒。等他醒来的时候发现自己已经躺在医院了,浑身肿胀,一动也不能动,被抢救了整整5天才转危为安。

"之后就留下心理阴影了,"他说,"只要有人说'黄蜂'这两个字,我的脑袋里就嗡嗡响。"

"我一直以为恐惧症都是莫名其妙地害怕某种东西,"我说,"可你完全是事出有因啊。"

他的好心分散了我的注意力,我终于不再那么喘了。没过多久就轮到我们坐上电车穿过花园和蝴蝶飞棚去参观植物了。

那天傍晚，蝴蝶丹农场摇身一变成了美式海鲜一品煲。我们搭起了遮阳篷，把桌子摆到屋外，一桶桶冒着热气的当季香肠、大虾、螃蟹、土豆、玉米被倒在铺着塑料布的桌子上等着我们好好享用。

燃烧的火把把周围一切都染成了瑰丽的琥珀色，空气中弥漫着阵阵烟雾——对于驱散成群的蚊虫而言，这烟雾的作用实在是微乎其微。人们一边排着队领取放了干冰的冰激凌，一边依依道别，气氛既热烈欢腾又有点令人伤感。

晚些时候我回到酒店，一边涂抹苯海拉明一边数身上究竟被咬了几个蚊子包，不过数字一超过"10"我就搞不清哪些蚊子包数过了，哪些还没数。就在这时，火星人塔可的创始人迈克尔·梅休给我发来了短信。

我简明扼要地告诉他我现在在佛罗里达州，刚从美式海鲜一品煲里出来，第二天准备去伯利兹。不过这好像不是一个好主意，因为我非常怕蛇，而那里正好有条超级恐怖、足足有两米长的大家伙正等着我。

他先给我推荐了几家能享用更多煮玉米和土豆的餐厅，然后一下子抓住了我的痛点——恐惧症。

迈克尔现在是一个拥有电影学学位的纪录片编导，所以从他的专业角度看，我的恶心、厌恶对我的写作都是有利无害的：

灰色对话框（迈克尔）：这种类型的故事一般都要按照经典的故事结构来叙述。主人公有一个目标（丛林），同时面临一个难以逾越的障碍（蛇），他想尽一切办法消除障碍（得到帮助）。对于患有创伤后应激障碍的人来说，有一种非常独特、非常有效的治疗方法，就是让他们一直看到或听到那些触发他们恐惧心理的画面或声音，直到他们慢慢适应，最后习以为常。你那么怕蛇，完全可以试试这种疗法。怎么样，这个章节肯定会特别有意思吧！

蓝色对话框（我）：有意思个鬼！你竟然让我去习惯身边有条蛇！去死吧！

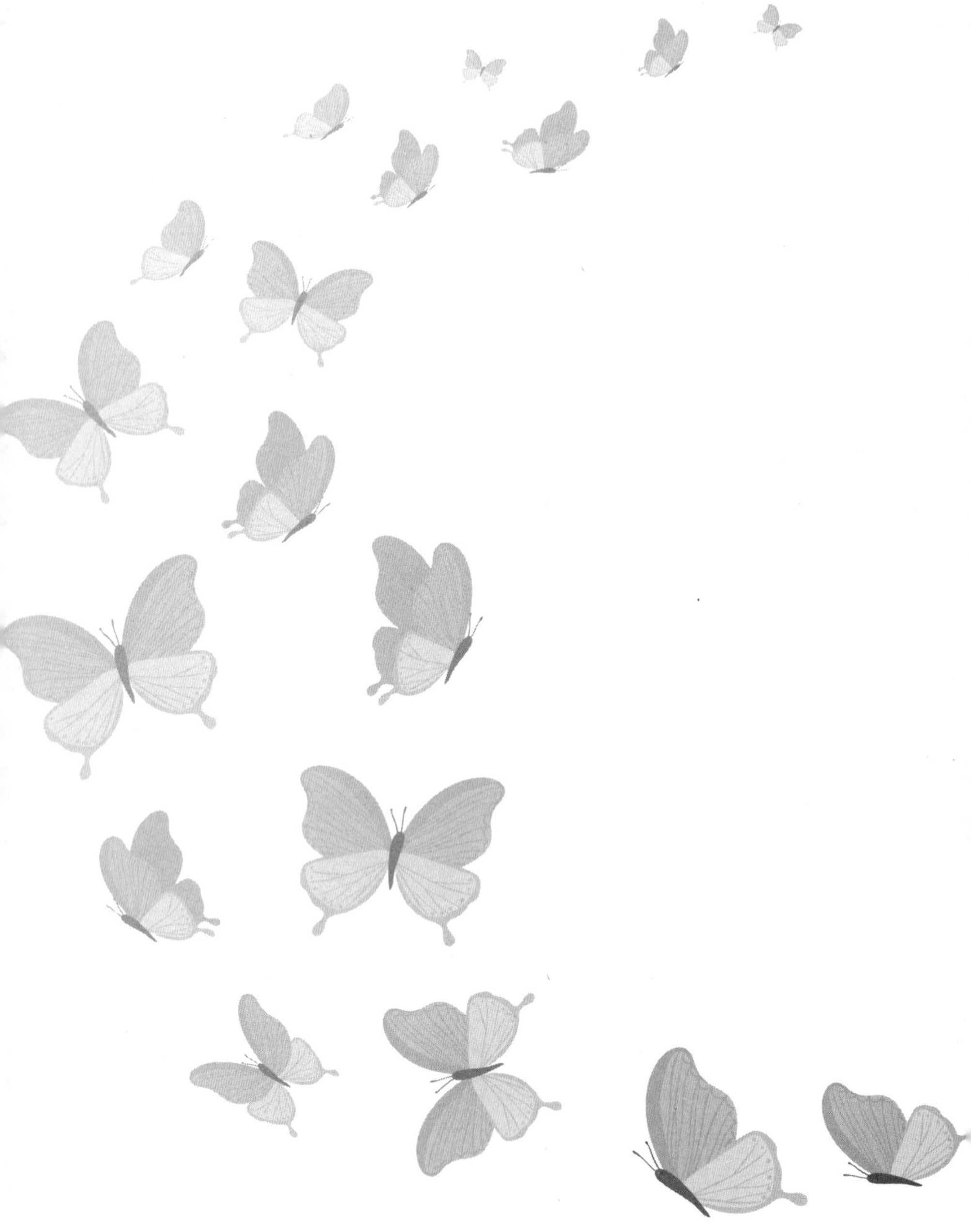

## 第五章
# 丛林小屋

天空中飘着雨，一架九人座的塞斯纳飞机正停在空荡荡的飞机跑道上。它将载着我、詹姆斯和萨尔卡从伯利兹城出发前往蓬塔戈尔达机场，这也是我们此行中的最后一程。

萨尔卡跟詹姆斯保证飞行过程中一定会握紧他的手，我真希望她也能握着我的手。我和詹姆斯都害怕坐这样的飞机，我们一致问道："为什么不开车去呢？"

不过等飞机上了天，眼前的美景立刻攥住了我的心：雪白的沙滩，墨绿的红树林，蓝绿色的大海上倒映着朵朵白云。詹姆斯也忘了害怕，跟前座的乘客聊得热火朝天。这个乘客是一名医护人员，正动身前往登革热暴发的疫区。萨尔卡则忙着拍视频、拍照片，她一个人简直能抵得上一支纪录片摄制组。

我们降落的航站楼是一栋只有一间屋子的棕黄色建筑，

楼外有一棵杧果树，树荫下斜斜地竖着一个遮阳棚，还有一块已经被太阳晒得泛白的看板。

克莱夫比我们早到一天，此刻正等着迎接我们。我很高兴见到他，当然，也很高兴看到爱德华多是开车来的。

自从我上次见到爱德华多和艾莉后，他们的生活发生了一连串变化。爱德华多收到了一份能给家庭带来更多经济保障的工作邀请——在一家世界各地都有制造工厂的企业里负责安保，虽然这意味着他必须驻扎在密苏里州的堪萨斯城，但他还是接受了这份工作。和我一样，这次他也算是旧地重游。

艾莉说她回不去了，她已经爱上了丛林生活，所以她一边继续经营旅馆一边担任蝴蝶农场的业务经理。两个男孩也报名进了伯利兹当地的学校。

克莱夫告诉我他曾经问艾莉会不会和爱德华多离婚，还好她大笑着说不是他想的那样，他心里的石头总算落了地。

我很想知道既然不是克莱夫想的那样，那是怎样，不过我跟她还没有熟到那个份儿上，所以也没好意思开口问。

那天晚上，我们在一家餐厅吃晚饭。餐厅有一个露台，向外一直延伸到海面。为了增添情调，餐厅给裸露的灯泡罩上了干酪刨丝盒，灯光如同雨丝般洒落。那晚，爱德华多不止一次大赞艾莉不仅长得美，而且特别有头脑。

我悄悄对艾莉说："他太浪漫了，这么会说好听的话。"

## 第五章 丛林小屋

艾莉是土生土长的中西部人,她和爱德华多是在澳大利亚读研究生的时候认识的。听我这么说,她立马朝天翻了个大白眼。

"他就是那德性,嘴上抹了蜜似的。"

这时,餐桌上的另一个话题吸引了我的注意力。克莱夫正在跟萨尔卡和詹姆斯说他有多高兴,因为等我结束这场为期有点长的报道之旅后,我将和穆迪一起入住"克莱夫的丛林小屋"。

"那栋房子已经关了好长时间,它一定寂寞坏了。"他说。

他邀请我们入住的就是几十年前他和雷住过的房子。我告诉他我很感谢他的提议,只是这件事还没最后定下来。其实我希望能在海滩附近捡个漏,租一间超级便宜的小屋,一听到我住在海边,朋友们肯定愿意飞过来看我。小屋里只要能冲上热水澡就行。

据我所知,克莱夫的房子已经有30年没人住了。如果我们住进去的话,那么等工人下班离开后,丛林里就只剩下我和穆迪了,我可是认真听过克莱夫是如何描述夜间动物闪着幽光的眼睛的。

我极力想表达我对克莱夫这一慷慨提议的感激之情,但心里一直在疑惑我究竟说了什么让他以为我已经接受了他的邀请。我开始不安起来。

第二天一大早,蝴蝶农场的大卫·科恩(David Cohen)

开着爱德华多的卡车来西卡提接我们四个人上山。和农场的其他员工一样,大卫来自哥伦比亚圣佩德罗,他在西卡提附近的平地上独自打理一个全新的养殖中心,专门为斯特拉特福提供喜欢生活在低海拔的蝴蝶。大卫的笑容特别有感染力,他一咧嘴,我们所有人就都跟着笑起来,这就好比只要一个人打哈欠,屋里其他人都会觉得困一样。我立刻喜欢上了他。

那会儿正好是雨季,路上的小土坑都变成了一个个水洼。大卫不得不猛踩油门,尽量让轮胎走在露出水面的窄窄的土脊上。

像上次我和穆迪上山参观那样,塞巴斯蒂安依旧在山顶上迎接我们。和上次不同的是美景都隐藏在一片云雾中。当我们在湿漉漉、滑溜溜的石阶上找落脚处时,天开始下雨了。

"塞巴斯蒂安,你不是说不会下雨吗?"克莱夫说。

"这哪是下雨啊,克莱夫先生,不过是些溅开的水珠子罢了。"塞巴斯蒂安接口道。

第一次从远处看到那栋木屋,我就被震撼到了。房子非常大,由漂亮的木材搭建而成,整栋屋子架在高高的木桩上,有一个和整间屋子一样长的露台。能够架起这么一栋建筑本身就是一个奇迹。我们经过了几处石头地基,在飓风艾瑞丝来袭前木屋就是架在那上面的。

厨房和整栋建筑分开,就建在木屋下面。塞巴斯蒂安打开厨房门的时候我跟在他身后,越过他的肩膀,我看到成群的虫子呼啦一下冲进黑暗处。

"我得告诉它们厨房还没开放呢,着什么急啊!"塞巴斯蒂安板着脸说。

厨房里有一个水泥砌成的案台、水槽,还有一个看上去有点像三角火炉架的大家伙,要是通上煤气,它就能变成煮饭用的灶头。

克莱夫从门外探了探脑袋。

"塞巴斯蒂安,告诉你一个好消息,戴安娜和她的男朋友穆迪也许就要在这里住下了。我们得帮他们搞一台冰箱,他们需要这东西!"

听到"也许"两个字我多少放下点心来,可他继续说道:"是不是很棒?这屋子空了太久,它一定感到寂寞了。"

这房子也不见得有多寂寞,楼梯间旁边的墙壁上就牢牢趴着差不多十几二十只蝙蝠。

"快看,"萨尔卡轻声说,"它们是不是很可爱?"

一点也不可爱。它们长着啮齿类动物才有的尖耳朵、袖珍的猪鼻子,还有一双吸血鬼的翅膀。它们身上贴着一层短短的绒毛,但又不像狗,像发了霉的桃子上的霉菌。

我们打开通往主屋的门,一只蝙蝠猛地朝我们扑了过来,我没叫。在我们这群人里,我大概是唯一一个需要下意识克制才能不叫出声来的人。

里头很暗，不过仅有的光线倒也足够让我看到床上堆满了塞巴斯蒂安的工人们用来打包装箱蝴蝶卵的泡沫橡胶，一摞摞堆得老高。我有点好奇，不知道有没有什么活物在这堆泡沫橡胶底下的床垫里安营扎寨。

卧室窗户边的桌子上还搁着雷·哈伯德的油画颜料，有些颜料管开着盖子，被挤得瘪瘪的，所剩无几的颜料也早已变成了贴着泛黄标签的一截固体。我的思绪飘到了威尔士，想象着雷曾经画过的如云般涌来的蝴蝶群。

借着手机电筒的光，我看了下黑黢黢的浴室，里面有一个污迹斑斑的水槽，一个用煤渣砖砌成的淋浴房。我盯着下水道看了一会儿，总觉得那里会有什么东西爬出来。

萨尔卡的声音从另一个房间的浴室传过来。

"冲澡的地方有只蝎子。"她喊道，语气里透着惊喜。

詹姆斯和萨尔卡继而又发现了一只不大不小的狼蛛和一只耶稣蜥蜴。詹姆斯告诉我耶稣蜥蜴的学名是蛇怪蜥蜴，之所以会有"耶稣蜥蜴"这么个雅号是因为它们能在水上行走；另一种说法是当蛇怪蜥蜴从人的脚背上蹿过去时，人们通常都会发出"哦，耶稣基督！"这样的惊呼。

詹姆斯和萨尔卡倚在露台的栏杆上对这栋漂亮的房子赞不绝口。

## 第五章 丛林小屋

"我好想住在这里，住在雨林中间，谁会不愿意呢？"萨尔卡问。

"这里真的是太好了，"詹姆斯说，"要是有人喜欢大海、沙滩，他们可以去希腊那样的地方，而这里可是真正的雨林啊！"

我倒是想把此情此景描写成"两人的目光落在了起伏的丛林深处"，不过林子离小屋实在太近，几乎快要覆盖整栋屋子，所以能见度差不多只有不到一米。

我给穆迪拍了一段视频，让他看看房子长什么样。我在视频里的声音听上去完全是一副就事论事的样子。"这是房间，那是窗户，房间里也有蝙蝠。这边是雨林，离得很近，就快要碰到房子了。"现在听，我不得不承认，流水账式的介绍中隐隐夹带着一丝歇斯底里。如果换成在希腊的某个小岛上，这声音肯定不会这般无趣。

接着我们参观了农场。因为之前来过，所以我也就没把自己当成一个一无所知的外人。詹姆斯和萨尔卡对每个蝴蝶屋里的工人们都不吝溢美之词，并且仔细询问了每种蝴蝶要吃多少叶子，它们化蛹的时间有多长，以及一年中什么时候是产卵高峰。

最后一间蝴蝶屋里的工人显然为克莱夫的到访做足了准备。他刚剪过头，头发按照分好的头路精准地倒向两边。他看上去非常紧张。

塞巴斯蒂安向我们介绍说这是曼努埃尔·卡尔（Mánuel Cal），不过不久之后我就喊他萨米（Sammy）了，而且我再也看不到他梳着分头或是老老实实地站着一动不动的样子。他要么正在爬香蕉树，要么说话的时候手势乱飞，小动作多得就像——嗯，我一样。

塞巴斯蒂安告诉克莱夫这个年轻人正在喂养黄三带绡蝶。

"太厉害了！"克莱夫倒吸了一口气。塞巴斯蒂安知道，他一直想要这种特别的蝴蝶。

萨米开始讲述他是如何发现黄三带绡蝶的，说话的时候他羞赧地低着头，几乎不敢和任何人有眼神接触，但不一会儿他就加快了语速，向我们描述了那天的经历。

一天，他在小屋里喂了几个小时的毛毛虫，走出屋子时看到了一只野生蝴蝶。它身上有着浅黄绿色和黑色相间的斑马纹，翅膀的末端镶有珊瑚状的条纹，黑色的边缘嵌着白色的圆点。他问塞巴斯蒂安那是什么蝴蝶，塞巴斯蒂安告诉他，那就是克莱夫梦寐以求的黄三带绡蝶。

"这之后他总是瞪大眼睛，走哪儿都带着他的蝴蝶网兜。"塞巴斯蒂安说。

萨米暗下决心一定要培育一种落石蝴蝶农场至今还没有出口过的蝴蝶。他的人生目标就是用他的发现震惊整个蝴蝶养殖界,而实现目标的第一步就是通过这种蝴蝶获得克莱夫的认可。一天的午休时间,萨米在他工作的飞棚外网住了一只黄三带绡蝶。

他活灵活现地再现了那一刻,我们都不由自主地转过身看向屋外,仿佛那一幕正在门外重演。

他捉住了在半空飞舞的蝴蝶。因为时机不对,所以他不知道蝴蝶的寄主植物,也没有看到它是如何进食、在哪里产卵的。

"刺孔雀葵!"克莱夫脱口而出。我觉得所有和蝴蝶相关的词汇克莱夫都了然于心。

"是的,克莱夫先生,"塞巴斯蒂安说,"但是我们必须找到这只蝴蝶喜欢的刺孔雀葵。"

花和蝴蝶的进化演变是紧密交织在一起的,以至于经常会出现这样的情况:一个特定的蝴蝶亚种只会在某种植物的一个特定亚种上产卵。

克莱夫想知道某个相似的植物亚种是否能满足这只蝴蝶。刺孔雀葵是一种具有乳汁状汁液的开花植物,曼努埃尔和塞巴斯蒂安把能找到的刺孔雀葵统统试了一遍,都不行。这是一只非常挑剔的蝴蝶。他们只能将它放生,不然一直关着它又无法给它提供食物,这只蝴蝶会饿死的。

"不过我告诉自己我要继续找。"萨米接着说。

一天，在圣安东尼奥以西的莫潘玛雅村庄，萨米突然看到了这只蝴蝶的身影，他沿着岸边的灌木丛紧紧跟着它，"它飞到哪儿我就跟到哪儿"。然后他看到蝴蝶在一片叶子底下产下了卵。

"我当时的心情简直就是……哇哦！"萨米说。

"太了不起了！"克莱夫说。

蝴蝶把他带到了寄主植物那里。萨米将那棵带着蝴蝶卵的植物连根刨起带回了落石蝴蝶农场。

现在他和塞巴斯蒂安在想办法为毛毛虫培育这种植物。

他们已经有300多棵郁郁葱葱的寄主植株了，但还远远不够。目前，萨米有70只即将产卵的蝴蝶，而它们都孵化自萨米在圣安东尼奥成功找到的第一批卵。

克莱夫满脸喜色。萨米又把头低了下去，不过这次他嘴角含着笑意。我们不约而同地望向飞棚，披着条纹衫的蝴蝶在姹紫嫣红的花朵中翩翩起舞。萨米和塞巴斯蒂安就像我们这些第一次看到它们的人一样，一脸惊叹地看着眼前的蝴蝶。

离开农场后，我们徒步去往位于克莱夫地产边界的瀑布。之前听塞巴斯蒂安说"溅开的水珠子"时我觉得那会儿就是在下雨。

行至半路，老天让我见识了什么才是真正的雨水，我也明白了塞巴斯蒂安当时说的话一点没错。雨林的树冠浓密丰厚，底下的我们几乎没有淋到雨，可是雨水打在树叶上的声音如同雷鸣一般震耳欲聋。

我就像家里那条一直保持高度警觉的牧羊犬乔治一样，东张西望忙个不停。我很清楚在这片丛林中蛇不仅在树上流窜，也在地上爬行。不过队伍里头好像只有我一人为此心神不宁。

雨势更大了，倾泻而下的雨柱击穿了树冠，劈头盖脸地浇了下来，我脸上雨水纵横，已经看不清路了。

"我们得找个地方避雨。"塞巴斯蒂安大喊道。这话让我觉得困惑，哪里能避雨？我们四周除了树就是草，还有一些各种未知动物的绝佳藏身之处。

他把我们带到一棵长得略显纤弱的棕榈树下，但哪怕只是暂时离开林间小路也让我胆战心惊。他转身冲进了雨林。

每次折返他都给我们带回来几把"玛雅人雨伞"——海报大小的棕榈树叶。有了避雨装备，我们一行人便重新回到小路继续往前走。每个人的脑袋上都顶着棕榈叶子，看上去活像一队顶篷装饰着流苏、从里到外都湿透了的游览马车。

我曾经在内华达山脉沿着约翰·缪尔径（John Muir Trail）徒步过一小段，途中成功地掉进过数条河流。所以当我们来到一条小溪旁，我马上就意识到在湿滑的岩石上保持平衡绝对不是我的强项。从岸边往水中岩石的第一跳总是危机重重。

詹姆斯放下棕榈叶，朝我伸出手。我犹豫不决。萨尔卡早些时候跟我聊过她是如何出手阻止一场狗狗打斗的。她有一条宝贝得不得了的斯塔福德梗犬，有一次它和另一条下巴骨同样坚实的狗打了起来，萨尔卡想都没想就把手伸到两条狗中间想把它们分开，结果手腕骨折，最后还是自己开车去的医院。

我不想在像萨尔卡这么勇敢无畏的人面前装优雅，但我也确实不想掉进溪流里。于是我一边抓住詹姆斯的手，一边暗暗希望萨尔卡没有朝我们这边看。

瀑布其实是由3个高低错落的水池组成的，地势较高的池水缓缓流入地势较低的池子里。岸边覆满了羽毛般的蕨类植物和棕榈叶。这样的美景本该让我心醉神迷，可是眼前的一切对我来说实在太过熟悉了。我来自棕榈泉，你可以在当地很多家万豪酒店的大堂里看到一模一样的人造景观。我怀疑自己是不是已经失去了身处大自然中应该感受到的那份宁静，因为对我而言，湿淋淋的绿色丛林只是沙漠地区度假酒店里的标准噱头。

回程是一段艰难的长途跋涉。我滑了一跤，身上、脸上蹭了好些泥巴。我和克莱夫走在队伍最后，所以我们有机会闲聊几句。我见过他的妻子拉伊娜（Rajna），一位美丽的塞尔维亚诗人，也知道她对落石蝴蝶农场没什么兴趣，她的品位应该更脱俗。我好奇的是他的两个已经成年的孩子,我想知道他们当中有没有人想子承父业。

他们志不在此,克莱夫解释道。按照他的原话,他女儿"能制作全伦敦最好的宠物项圈",他还说如果我需要的话可以给我打八五折。他的儿子想做生意,出口"卡代伊",一种手工捶打而成的印度炊具,样子有点像炒菜用的锅,不过更深一些。

克莱夫曾在儿子10岁的时候带他来过落石蝴蝶农场,在丛林徒步的路上他们碰到了一条矛头蛇,它当时盘踞在路中央,见有人过来便立即高昂起头颅不停地摇摆。走在前面的导游半蹲下身,朝它两眼之间开了一枪。

"我当时很难过,"克莱夫说,"那是种美丽的生物,但它们有时候确实很危险。"

他的儿子卢克(Luke)已经30多岁了,但是依然清晰地记得那次旅行。从一个10岁孩童的角度看,那确实算是一次伟大的冒险了。不过在我看来没有什么吸引力。

将近傍晚时分我们才到达山顶,然后等大卫来接我们。那天我们除了早饭就没再吃东西。克莱夫拔了些柠檬草凑到我鼻子跟前,我拼命克制才不至于一把抓过来塞进嘴里。

到了西卡提,我们各自回屋休息。走到半道,我意外地看到艾莉坐在长凳上。据我观察,艾莉是个完全停不下来的人,成天不是忙这就是忙那,在她看来粉刷浴室就等于打发时间。不过那天傍晚艾莉坐在长凳上是为了验收木匠为庭院打造的家具。我也学她的样子开始了用户体验,我走到盖着茅草的自行车棚底下,在一块打磨得非常光滑的木头上坐了下来。

我告诉艾莉,一想到还得告诉克莱夫我不想住他的木屋我就觉得胃痛。我到现在还没有在农场边上找到能租的房子,这一点同样让我非常焦虑。现在我已经大致了解了这边的地形,所以很清楚之前租海边小屋的想法有点不切实际。从沙滩开车到落石蝴蝶农场需要很长时间,尤其最后还要翻越一座山。但这附近总能找到可住的房子吧?艾莉没有头绪。附近唯一的小镇就是玛雅人村庄所在的镇子,那儿的土地是大家共有的。要是家里有孩子结婚,他们就会在边上另建一栋屋子,所以玛雅人没有租房的习惯。艾莉说就算玛雅人愿意租房给我,那房子肯定也比不上克莱夫的丛林小屋。

我琢磨着就算我是罗斯柴尔德家族的女继承人,有足够多的钱在西卡提长住,每天早晨还有人送茶进来,但我还是得花45分钟去农场,而且从那条路的路况看,晚上回来也开不了车。

即便我意识到等会儿不用再当面拒绝克莱夫的提议了,我的胃还是一阵阵地抽搐。我会这么对他说:"太感谢了,我

## 第五章 丛林小屋

们万分期待能和你的房子做伴。"

"艾莉,"我问她,"你是怎么做到和虫子、蛇、酷热还有雨水共处的?我心里总是绷着根弦,老觉得有什么东西在咬我。就算没看到虫子,我还是有那种感觉,赶也赶不走。"

"真想知道我的秘诀?"她问。

我点点头。

"杜松子酒,"她说,"每天晚上都喝,有时候下午也会来一杯。"

我大笑起来。

"没开玩笑,"她瞪大眼睛,"我喜欢这里,但真要在这里长住并不容易。"

两天后,我、詹姆斯和萨尔卡回到迈阿密(詹姆斯和萨尔卡将从那里飞回英国,前提是他们能耐着性子熬过入境管理处的长龙,一眼望不到头的队伍让萨尔卡火冒三丈)。克莱夫将在这周晚些时候动身。为了给行李箱腾出空间,我穿着笨重的登山靴和永远沾着泥巴的裤子上了飞机。我计划在回程中停留一下去看望我的朋友乔丹(Jordan),之前她和我一起参加了哈佛大学的研究员项目。

车子在一幢形似巨型玻璃塔的建筑前停下来,代客泊车点前有一个大得没边的水池。乔丹穿着黑色长袖衬衫、做工考究的黑色短裤,脚踩一双褐灰色的厚底凉鞋。她披着金色的长发，棕色的皮肤晒得更黑了。我看着眼前的乔丹，这是远离了哈佛校园、在属于她的自然栖息地上的乔丹。

我们走进大堂，四周不是落地窗就是艺术品——之前我要是多逛逛高档画廊，说不定也能认出几个来。一个保安朝我们快步走来，乔丹告诉她我是她的客人，女保安看了看我的靴子，终于干透的泥巴纷纷掉落在锃亮的地板上。她让我出示一下证件，一种不够，要两种。

乔丹住在公寓27楼，房间里铺着大理石地板，透过整面玻璃墙能看到比斯坎湾。冲完澡，我换上了白色背心和运动裤，这身装扮站在公寓里总算不显得那么突兀了。

乔丹刚从欧洲参加完一个好友的葬礼回来。她想找人聊聊，聊什么都可以，除了这件事。

我跟她描述了克莱夫的丛林小屋。我想，她要是知道我被几只蝙蝠搞得神经兮兮的肯定要笑死，没准她还会模仿我害怕的样子好好嘲笑我一番，而我也会因此意识到原来自己真的有些反应过度了。

没想到等我讲完，她叫了声："我的天哪！"

她问我有没有照片。当然有，我不仅有照片，还有视频呢！她把那些淋浴房地板的照片全部摊开。

她说："天哪！"

我有点担心，因为这不是乔丹该有的反应。她的职业生涯是在战争地区度过的,她在喀布尔城外经营着一家新闻报道机构,居住条件非常糟糕,所以她宁可冒着被狙击手击中的危险睡在屋外。

她又看着通往瀑布小径的照片。

"我说戴安娜,"她压低了声音,"你知道他们把英国特种部队送到哪里去进行残酷的野外生存训练吗?"不等我回答她就揭晓了答案,"伯利兹丛林。"

乔丹说她有一个朋友曾经在各种不同的环境中受训,但是丛林击溃了他,当时他坐在一棵树上,浑身发抖,一动也动不了。

我不得不花些时间接受这样的事实:养殖蝴蝶的人们所热爱的森林,为了给毛毛虫找到食物每天穿越的森林,其实就是击垮野战受训者的那片森林。在一种文化中被视为难以估量的危险,在另一种文化中却是日常的闲庭漫步。

我要寻找积极的一面。

"那里有各种各样的蝴蝶,种类多得数不清,"我说,"伯利兹是世界上生物多样性最为丰富的地区之一。"

"没错,"乔丹说,"丛林里到处都是不同种类的生物,其中大部分都是想要把你一口吃掉的掠食者,可能是蚊子,也可能是豹子。"我知道从乔丹那里得不到任何安慰。

回到弗雷斯诺的家,手里的箱子还没放下,我就急吼吼地跟穆迪说房子里有蝙蝠,有一次克莱夫晚上出去散步,第二天工人们发现他走的那条路上有美洲豹的脚印,还有,英国特种部队在丛林里直接崩溃了。

"太酷了!"穆迪开心得不得了,"我一直都想亲眼看看美洲豹。"

## 第六章

## 海啸和蜘蛛

我和穆迪一直等到飓风季过去后才动身前往南方。我们从加州驱车北上到俄勒冈，把狗狗们寄放在朋友乔（Joe）和唐娜·马修斯（Donna Marcius）那儿，他们家的伯尔尼山地犬威利（Wiley）能陪着狗狗们一起度过悠长的假期。我们不在的时候墨菲和乔治会去海滩闲逛，在沙丘上玩耍。可惜这次它们要错过真正的热带雨林了，不过从好的方面想，两个小家伙至少不会被美洲豹吞进肚子里去。

克莱夫真的是一个非常称职的笔友，电邮一封接着一封，里面写满了关于旅行、蝴蝶和丛林小屋的最新消息。

在路上，我给穆迪读了最近一封电子邮件的片段：

"我已经拜托艾莉给你们添置了冰箱和太阳能电板，房子收拾妥当后就等你们搬进去了。我觉得你们会喜欢上蝙蝠的，它们是多么美丽可爱的小动物啊！我可以跟你们打包票，这里的蝙蝠跟吸血鬼绝对没有一点关系！"

乔和穆迪自打高中起就是最铁的哥们。20多岁时他们花了近两年时间结伴环游世界。我们赶飞机的那个早上，我坐在乔和唐娜家的露台上，一边享受海边凉爽的空气一边喝着咖啡。穆迪在给乔看伯利兹的照片。

乔问："我说穆迪，还记得我们在印度南部的那次旅行吗？"

当时，他们听另一个游客说在一片荒野上有孟加拉虎出没，游客可以躺在高高的平台上，老虎就在底下踱步。

等他们到了保护区才发现那儿连个人影都没有，只有一条深入丛林的小路。"我们进去没多久就看到了一条那么长的蛇。"乔说，"见有人进来，它一下子竖直了身子，颈部的褶皮唰地暴胀开，我马上认出那是眼镜蛇。当时我心想，好吧伙计，别激动，我们马上往后退。你们猜，这该死的家伙做了什么？"他一边问一边猛地转过头朝穆迪这边戳了戳，"他居然朝那条蛇走了过去，蛇开始往后缩，穆迪又往前跨了一步。"

"我从来没有见过眼镜蛇。"穆迪说。

我和乔瞪着他。

"我那时才20岁。"他又找了个理由。

## 第六章 海啸和蜘蛛

眼镜蛇钻进了身后的洞穴。故事还没完,乔和穆迪继续往前走,不一会儿,他们来到了一片深幽的密林。

"全都是那种巨大的阔叶树,树冠遮天蔽日,感觉就像走进了一个黑洞洞的隧道,"乔说,"我们还没走出50码(1码 ≈ 0.9米)远,整片林子就开始爆发出猴子的尖叫声。那声音刺耳得不得了,吵得人心烦意乱。"

他们开始考虑是不是应该转身回去,不过并不特别当真。很快林子就给高高的杂草让出了道。

"我当时想,妈呀!这是大象草吗?因为那草长得太高了,几乎可以遮住一头大象。"乔说,"接着,冷不丁传来一声大象的吼叫。那声音不仅响而且离我们非常近,就像从我身体里炸开一样。没来得及多想,我就蹿上了一棵树,一边抖一边往上爬。我看到两头大象,一头大的,一头小的。"

"穆迪也上树了吗?"我问。

"没有,"穆迪说,"我想听清楚附近有没有一头发怒的公象,要是有的话,大概在哪个方向。另外,乔,你离树更近些,而且那儿只有一棵树,你已经爬上去了。"

那个晚上他们压根儿就没在什么平台上度过。

"我俩交换了一下意见,觉得还是尽快离开那个鬼地方为妙。"乔说。

而我从他们这段经历中抓住的重点是穆迪径直朝一条眼

83

镜蛇走过去，无视猴子发出的警告，不顾附近有一头充满戒备心的母象坚持留在地面，接着才觉得有必要讨论一下是不是不该待在原地并且在那里过夜。

整理行李的时候我很安静。

"你怎么了？"穆迪问。

"我怕有你在，这次可能就有去无回了。"我说。

"啊，你是指我和乔的事啊，不用担心，"穆迪说，"不会有事的。"

这句话总让我毛骨悚然。

事实上，我自己似乎已经进入了一种"不会有事的"阶段。

以我的经验，为一次旅行做好准备会经历三个阶段。

## 第一阶段：觉得任何事都可能出错

比如，在我们去伯利兹的路上可能会因为被蝙蝠咬而患狂犬病、被蛇咬、被黄蜂叮导致瘫痪，以及乡村住房带来的种种不便，或者没有热水。

为了将这一阶段的作用发挥到极致，你可以再添加一些个人方面的问题：

"我又不是印第安纳·琼斯（Indiana Jones），除了怕蛇是我们的共同点。"

"在那么潮湿的环境下,我的头发铁定会打结变成钢丝球。"

"猴子已经那么明显地警告穆迪了,可他就是不听。"

第一阶段充满了各种想象出来的灾难:贩毒集团、明明过了季还卷土重来的飓风、行军蚁。如果需要更多灵感,请参考网上的旅游论坛。不要有任何顾忌,天马行空,尽情想象吧。

**第二阶段:用一张无可挑剔的物品清单打败所有可能发生的灾难**

告诉自己,不管将要面对什么,周全的计划能扫平一切障碍。

比如,丛林小屋的生活设施不够美观时尚,没关系,我们会将它打造一新作为答谢克莱夫之礼。既然要给百万富翁的房子添置物品,那么总该多点预算,对吧?

所以,来条亚麻床单。给床铺上完美的白色亚麻床单,床腿套上适合夏季用的灰绿色脚垫,奶油色的餐盘,橄榄绿的碗碟。再见,灰头土脸;你好,优雅时髦。

"只要有合适的家纺用品,任何地方都能焕然一新。"这就是我在第二阶段忠实贯彻的座右铭。

带着无限的满足感，我仔细核对了足足有一本拍纸簿那么长的清单，然后在抵达目的地前的3个月开始把家具和厨房用品寄往伯利兹。

我会在行李箱中放一双齐膝高的橡胶靴（想想那里的蛇还有飓风，一定要带上这种靴子）以及防止头发打结的药水。

至于贩毒集团、具有高度组织性的行军蚁团之类的玩意儿，要知道在第二阶段你通常忙着打包各种必需品，根本没有时间去顾虑那些虚无缥缈的东西，而且既然已经把它们安插进了第一阶段，那它们的使命也就基本完成了。

### 第三阶段：不会有事的

等你驶上高速公路，打开收音机，两只脚搁在仪表盘上（请参考不同的乡村歌曲或摇滚音乐以脑补更多画面），头两个阶段就已经变成了历史。不管怎样，你已经在路上了。等你到达目的地，有什么或缺什么都不重要了，反正车到山前必有路。

以我们这次旅行为例。在去俄勒冈的路上，我收到了艾莉的电子邮件，她告诉我寄过去的东西还没有到（11个星期前寄出的），可能还要在路上耽搁一个月。她说她会先去当地的商店看看有什么合适的东西可以应急。就在两天前，我还在脑海里复盘了一下邮寄的大箱子里都装了些什么。我很有把握里头的每样东西都能派上用场，而且都能让克莱夫的小屋改头换面。虽然箱子现在还没到，但此刻我的脚搁在仪表盘上，风吹起了头发，收音机里放着我最喜欢的歌，所以我的反应是："随便啦，会有什么事呢？"

哪个登山者不曾在埃尔卡皮坦峭壁边的吊床上度过一夜？我不也曾只花了30美元就成功操办了一场晚宴？事情总有办法做成，而且所付出的往往比你预想的要少。

到了伯利兹，我们租了一辆吉普车，从伯利兹城一路开到托莱多。在到达落石蝴蝶农场之前，最后一站我们去了蓬塔戈尔达机场的杂货店。

我盯着巴黎矿泉水，盘算着如果准备多喝杜松子酒和奎宁水，是不是就没必要买矿泉水了。这时不知从哪儿传来的说话声吸引了我的注意力。在偷听这件事上我是具有专业水准的，在我看来这非但不是一种失礼的行为，反而是一个作家应该具备的素质。不过这次我花了点时间才留意到话音是从收银台那边传来的。我不确定在它重复了多少次"海啸"之后我的大脑才真正接收到这个词的含义。

我走到杂货店前面，抬头看着垂挂在半空的电视机。屏幕上滚动的字幕显示："牙买加7.7级地震后发布海啸警报。请往高地撤离。"

落石镇：玛雅山脉的蝴蝶农场

"不好意思，"我问聚在柜台边的几个人，"这个海啸警报指的是这里吗？"

"没错，"一个正在买口香糖的女人镇定地说，"他们说要是发生海啸，浪头大概会有3.3米那么高。"

当时是下午两点半，没有人离开。杂货店外，蓬塔戈尔达当地小渔村里的村民依旧像平常那样优哉游哉地做着该做的事。我在装着当地可可农场制作的巧克力的箱子前找到了穆迪，提醒他快看新闻。我们商量后决定还是上山去落石蝴蝶农场最保险，幸好我们还有时间在途中买几个面包。

我们之前和斯特拉特福团队一起旅行的时候遇到过一个导游，他告诉我们有个叫戈米耶（Gaumier）的人做的面包是伯利兹最好吃的面包。穆迪指出导游是德国人，说不定他所说的是那种只有德国人才会喜欢的面包——黑不溜秋、硬邦邦、沉甸甸的。不过，我们还是决定去看看。

戈米耶经营的是一家素食和海鲜料理店，看板上红、绿、黄的条纹背景已经褪了色，上面写着"健康就是财富"。这家小餐馆坐落在临海的街道对面，要不是受海啸警报的影响，我肯定会觉得它很吸引人。

戈米耶高高瘦瘦的，长得像个麻秆似的充气跳舞人偶。他把一头骇人的长发绺往头顶上堆，统统塞进拉斯塔针织蘑菇帽里。他招呼我们的第一句话就是："听说了吗？警报解除了。"

他说完没几分钟，我手机里的新闻速报也传来了同样的消息，看样子戈米耶认识的人多，消息灵通得很。伯利兹是安全的，虽然佛罗里达的高楼目前还在组织人员尽快撤离。

面包还要半小时才出炉。我们点了果汁边喝边等，警报解除后感觉安心了不少。戈米耶端来新榨的红毛榴梿、梅子和阳桃的混合果汁，和我们一起在户外的野餐桌旁喝了一杯。

我们三人凝视着平静的蓝色大海，就在前一刻我们还将其视为张牙舞爪的怪兽。

戈米耶说上次发布海啸警报也是在地震后没多久，当时他的房子摇晃得厉害，可他头晕不舒服，一点没意识到那是地震，他以为只是自己的身体不适，所以爬上床想缓一缓。这时，有人敲响了他家的门。

"戈米耶，快起来，海啸警报来了！"他们在门外大叫。

"现在是凌晨3点，"戈米耶喊了回去，"如果海啸来了，就让它把我连同我的床一起冲走好了。"

看来我的想象力还不够丰富，在"觉得任何事都可能出错"的第一阶段我把海啸给忘了。

拿好了面包（确实有点重，但是闻起来很香），我们开车去了城外几千米远的西卡提。冰箱还没到货，艾莉给我们送去了一个大冰柜，她告诉我们不要对房子抱有过高期望，她

落石镇：玛雅山脉的蝴蝶农场

已经雇了塞巴斯蒂安的女儿玛尔特（Marthe）打扫房间，不过那女孩只有一天时间。艾莉本来想把屋子再好好布置一下，可是她只逛了一家商店我们就到了。

当我打开厨房门的时候，下巴差点掉到地上。虫子都不见了，屋里一尘不染。案台上有砧板、刀具、玻璃杯，还有一个煮意大利面用的过滤篮（我居然忘了把它列在我的物品清单上）。最合我心意的是4条餐巾——红色的、蓝色的、黄色的和棕色的——整齐地挂在椅背上方，左看右看都透着一股喜气。

穆迪端起一个画有水瓶座图案的马克杯——艾莉怎么知道我是水瓶座的？

走上楼梯的时候我有些恍惚，完全没想起来要去外墙的角落看一眼那些蝙蝠还在不在。

屋里没有蝙蝠，只有一大瓶蝎尾蕉，俗称龙虾爪。让我惊喜的是这种植物放上一个月都不会枯萎。那些可爱的花序——没错，它们形如一只只龙虾爪——是橘色的，边缘镶嵌着浅绿和黄色的波浪形条纹。不用问我都知道艾莉是从哪里找来的这些花草，它们像彩带一样从附近长着巨型条纹叶片的植物上垂挂下来，这些树叶跟它们沾亲带故的香蕉树非常相似。

花束安放在一张漂亮的桌子上，上次来的时候我没怎么

第六章 海啸和蜘蛛

留意这张桌子,因为当时它被放在了屋外,上面堆满了捉蝴蝶用的网兜。现在四周的墙壁已经冲刷干净,光裸的水泥表面凹凸不平,看上去有点像某家纳帕餐厅的墙体设计,他们将这种装修风格称为"乡村田园风"。

艾莉重新摆放了家具,使室内空间显得更大,她甚至还为我们准备了木质衣架。我看了看浴室,里面已经换上了新水槽。

床单是棕色的,看上去亮晶晶的。这不会是艾莉的首选,肯定也不是我的。不过我和穆迪有地方倒头睡觉了,而且我们的亚麻床单正在来的路上。

最让人叹服的是屋外的景观也升级了。塞巴斯蒂安将灌木丛全部清理干净了,从露台放眼望去,山谷和群山尽收眼底。紧挨着房子生长着红毛榴梿、香蕉、杧果和牛油果树。几十只亮橙色的珠袖蝶(俗称朱丽叶蝶)在花团锦簇的橘色马缨丹丛中忙进忙出。一只昏昏欲睡的棕色蜥蜴笔直地悬挂在屋旁的树干上。

塞巴斯蒂安的兄弟贝纳尔多·肖尔(Bernaldo Shol)也是农场的管理员,他负责帮我们搬卸行李。贝纳尔多挥着手示意不用我们插手,然后一个人扛起冰柜走下石阶。看他不费吹灰之力的模样就好像他扛的只是一个鞋盒,而不是塞满了冰块、一米多高的大冰柜。他们的另一个兄弟是位电工,他把旧的太阳能电板连接起来，它们还能工作，这样晚上我们就可以开灯了。我们还可以爬上屋里的梯子，把头伸进通往阁楼的活门，打开里面的变频器，等它发出的嗡嗡声越来越响，响到有点闹腾的地步，我们就可以给手机充电了。

那天晚上，我们在露台上看着天空从日落时分的紫红色慢慢变暗，最后归隐夜色。我们碰了碰手中的别利金——伯利兹的国产啤酒，为这次的冒险之旅干杯。被蚊子咬的每一个包都没有白咬，一切都是值得的。

本来一到这里我就打定主意，天黑后绝不出门。我原本想的是在蝴蝶农场待上几天，尽可能多地收集素材，等工人下班后我就喝上一杯杜松子酒，然后锁上门，踏踏实实地窝在屋里哪儿也不去。

可没想到来这儿的第一个晚上，原先的计划就被抛到了脑后。穆迪想去山顶上看看星空下的世界，而我，居然也想去。

我们走了没几步就听到穆迪在喊："哇，太不可思议了，你看到了吗？"

我一直瞪着眼保持警惕，生怕哪儿会突然冒出什么动物的眼睛。我整个人几乎贴在穆迪身后往前走，可是我完全不知道他在说什么。

"戴安娜，你怎么可能没看到！它们有好几百万只呢！"

他说。

我需要更具体的描述。他说他看到"一片闪耀的光芒，如同刚结的白霜那样晶莹透亮"。可我看到的却只有黑黢黢的丛林。穆迪走近后仔细查看，发现了一只蜘蛛。我们蹲了下来，我也看到了那只蜘蛛，但是周围没有什么闪着光的东西。

直到几天后我们才明白到底是怎么一回事。我没找到手电筒，于是抓起穆迪的探照灯准备去厨房，我刚一离开木屋就看到灌木丛和整条小路上都是一片片的亮光。

我们经过一番思索后推断那一定是灯光射入蜘蛛的眼睛后反射回来的光，而且只有当你的眼睛接近光源，比如头上戴着探照灯时，你才能看见。

我们先上网搜索，后又向塞巴斯蒂安请教，两边的结果都证实我们的猜测没错。和大部分东西一样，你看见什么取决于你从哪个角度看。

让我比较放心的是，我被告知丛林里的蜘蛛并没有我们所看到的密密麻麻的亮点那么多。绝大部分蜘蛛有8只眼睛，其中4只眼睛的视网膜后有一层叫作照膜的荧光层。大多数捕食动物都有这样的眼部构造。射入眼球的光线从照膜上反射至视网膜，能让捕食者在黑暗中更清楚地看到猎物，同时也能让它们的眼睛发光。猫就是这样，蜘蛛8只眼睛中的4只同样如此。

那晚,以及之后的许多个晚上,我和穆迪在山顶上一起眺望灯火闪烁的村庄还有远处的大海。夜空中闪耀的星星恍若丛林中蜘蛛凝视黑暗的眼睛。

## 第七章

# 便利贴

蝴蝶学校开课了。只是第一堂课的体验实在不太美妙。

我带穆迪去探望落石蝴蝶农场新落户的成员——由萨米负责养殖的条纹蝶。在路上，我告诉穆迪他们是如何因为实在找不到对它胃口的花朵而迫不得已放走了第一只蝴蝶的，又跟他说萨米是如何梦想着能找到尚未被发现的蝴蝶品种。

等我们走到黄三带绡蝶的飞棚时，发现里面空荡荡的，什么也没有。

我们找来塞巴斯蒂安，问他蝴蝶哪儿去了。

他说都死了。

一天清晨，行军蚁偷袭了蝴蝶围栏。它们之所以叫行军蚁是因为它们能像军团一样排兵布阵然后发动进攻。行军蚁可以轻而易举地杀死一只蝎子，甚至能让一个人丧命，如果这个人没法突破它们的包围的话。

这群蚂蚁有组织有计划地攻入围栏，等农场的工人赶到时，地上只剩下蝴蝶翅膀的碎片和两只活着的蝴蝶。萨米只好从他挂在蝴蝶屋里的蝶蛹开始从头来过。

小屋外有一个新的飞棚，看上去又高又窄，样子有点像电话亭。飞棚底下的四条腿立在几个大水碟里，如同阻挠蚂蚁进犯的护城河。为了保护蝴蝶，大家也是想尽了办法。

在我们逗留的前几天里，我所接受的蝴蝶培训是非常正式的。我和塞巴斯蒂安坐在露台上，手边放着一本蓝绿色的硬皮笔记本，还有一支书写起来十分顺畅的黑色钢笔。手写能帮助记忆。我想起买笔记本的时候我坐在开着空调的书店地板上，仔细挑选着笔记本的封皮，找的全是清新凉快的颜色。现在，笔记本变得热烘烘的，包括我在内，一切都变得热烘烘的。

我在听写塞巴斯蒂安报的蝴蝶寄主植物：

"牛排蝎尾蕉，这种植物带有宽大的条纹叶片，房子边上就有，它们是黄裳猫头鹰环蝶的食物来源。"

雷·哈伯德正是通过这种方式将与蝴蝶有关的所有知识传授给了塞巴斯蒂安。就在同一个露台，也许就坐在我们现在坐的这两把椅子上，雷通过口述让塞巴斯蒂安记下了蝴蝶和相关植物的拉丁名。

## 第七章 便利贴

塞巴斯蒂安只需要记名字就够了。从孩童时期起,他就在不停地观察周遭的大自然,他知道哪一种成年的蝴蝶爱吃哪一种植物的花朵以及它们的幼虫爱吃什么。他知道它们在哪里产卵,也知道它们能活多久。塞巴斯蒂安天生就是个观察家。

在为雷工作前,他曾在香蕉种植园、橘子林和林场上过班,但那些工作收入微薄,而且和他想上学念书,之后在环保组织工作的梦想相距甚远。

他转而种植大麻,这种作物可以让一个没有土地但熟悉丛林的人变成富翁。

然而塞巴斯蒂安的生活很快就被动荡的时局搅得一团糟。新建立的伯利兹(直到1981年这个国家才实现真正意义上的独立)完全依赖美国和加拿大的援助,这些国家向伯利兹提供资金,拉拢当地警察和军队参与到"禁毒战"中。

在人口分布稀疏的伯利兹,官员们很少与组织严密的暴力贩毒集团正面交锋。他们把禁毒工作的重点放在农民身上。塞巴斯蒂安因为种植大麻被捕,在一所跟小学校舍差不多大小的监狱里关押了两年,身边的农民狱友都是他在二、三年级时认识的伙伴。他一直认为伯利兹政府通过囚禁玛雅人换取外国资金。

塞巴斯蒂安出狱后听村里人说山谷里来了个英国人,在

落石镇：玛雅山脉的蝴蝶农场

牛群边安了家。

他想没有人会无缘无故跑来这里，于是他找到帐篷，跟住在里面的人聊了聊。那个人就是雷·哈伯德。他当时正在勘测土地，准备建一条上山的路，通往日后的蝴蝶农场。

塞巴斯蒂安向雷讨了一份差事，他还记得当时雷是这样回复的："我正准备找一个有脑子的帮手，这人得像你一样会说凯克奇语和英语。"

就这样，他成了雷的左膀右臂，他们雇用村子里的男人来修建道路、蝴蝶农场和一个小型度假村。

有一天，雷对他说："塞巴斯蒂安，我没法付你超时工作的薪水，不过要是你愿意在轮休时过来，我会把我知道的都教给你。"

塞巴斯蒂安每周六都去雷那儿，他把书带回家，每晚埋头苦读。如今，知识渊博的昆虫学家偶尔会在蓬塔戈尔达现身，他们是专程来请教塞巴斯蒂安的。他已经将从雷那里学到的专业词汇、科学知识和祖祖辈辈流传下来的智慧，以及在丛林生活中看到的、学到的一切融会贯通，形成了一套自己的知识体系。

作为学生，塞巴斯蒂安比我优秀许多。我能记住名字，也能记住名字所对应的蝴蝶或植物的描述，但是当塞巴斯蒂安指着实物让我报出名字时，我无一例外地每次都张口结舌。

第七章 便利贴

我会把我学过的名字都报一遍,直到其中一个正好对上。这有点像我拿着一小口好吃的逗我的狗狗墨菲,它会坐下、叫唤、打喷嚏,总之会把所有学过的小把戏都来上一遍,希望其中一个正好合我心意。

不过,少数几样植物我倒是一下子就记住了。

粉鸟蝎尾蕉有着和香蕉树非常相似的大叶片,叶子的背面覆盖着一层蜡质的白色物质。农场的工人把它叫作"黑板叶"——手指蘸上水就能在叶子上写字。我试了一下,在房子附近的一棵粉鸟蝎尾蕉的叶子上给穆迪画了一颗心。过了一天他才看到,还说了句:"我还在想什么样的蜥蜴能尿出这样的图案呢!"我继续在叶子上随意涂鸦,比如写下"金子",然后加根箭头。没人注意这些,只有我知道。我简直乐此不疲。

我也记得苦木裂榄木树的名字,因为它读起来像带着舞曲的节奏,当地人管它叫"游客树"。发红的树皮像脱皮似的往下掉,这倒是提醒了我要多涂防晒霜。

农场里的12名员工都是塞巴斯蒂安挑选的,他们轮班工作以保证一周7天都有人看护蝴蝶。我和穆迪正在努力记住每个人的名字。早上,穆迪会去厨房给工作日上班的工人们准备咖啡。要是有人扛着一大捆树叶从房子边上经过,穆迪会大喊一声"早上好",然后两人带着对彼此的好奇开心地聊上几句。这个时候我就喜欢躺在床上偷听，然后起来悄悄看一眼我偷听的对象到底是谁。

慢慢地，我能把声音和人名对上号了。安塞尔莫·伊卡尔（Anselmo Ical）会问很多问题，而且每次会在穆迪回答后慢悠悠地加上一句深思熟虑的"这样啊"。

内斯托尔·洪（Nestor Hun）非常羞涩，每次交谈都让人觉得他特别友善，同时又是那么局促不安。他个头最矮，所以当他扛着一捆1.2米高的粉鸟蝎尾蕉时，看上去就像从密林里钻出来似的。

圣地亚哥·科克（Santiago Coc）长着一张圆脸，曾在珊瑚岛上的一家餐馆打工，结果被人骗光了小费。还有一次，他签了一份工程项目的雇用合同，准备去建造度假村小屋，结果雇主把他和一船人扔到了一个蚊虫肆虐的荒岛，只留给他们几箱水和一袋过期的三明治，过了两个星期才把他们接回来。他笑着告诉我们餐馆员工是如何相互勾结藏匿他的小费，工程项目又是如何不了了之的（因为岛上根本没有人开工）。回来后他们逢人就讲述自己遭受的苛刻待遇，以致这个坏雇主在伯利兹境内再也雇不到愿意为他干活的人。

在和塞巴斯蒂安学习期间，我知道了每一种蝴蝶都有它们特定的寄主植物，而且它们只在寄主植物上产卵。幼虫孵化出来后以最娇嫩的树叶为食。农场里的工人负责采集其所看护的几类蝴蝶需要的树叶。不同阶段的幼虫需要不同叶龄的树叶。团队中的所有成员都要从墨西哥尤卡坦阔变豆树上采集叶子,这是素有"进食机器"之称的大蓝闪蝶幼虫的食物。伯利兹人通常把这种树木叫作蚂蚁树,这个名字起得恰如其分,因为它光亮的叶子上经常爬着3种蚂蚁——红蚂蚁、黑蚂蚁,还有一种个头更小一些的黑蚂蚁。据我所知,这3种蚂蚁都会咬人。在凯克奇语里,蚂蚁树又叫作"桑卡彻"。

这个词的前半部分"桑卡"听上去有点像"山咖"(一种没有咖啡因的类咖啡饮品)。通过这种七弯八绕的联想,我硬是将"桑卡彻"和早晨的咖啡时间扯上了关系,从而实现了凯克奇语词汇零的突破。

很快,我和塞巴斯蒂安都意识到我们应该抛下笔记本以及一字不漏的听写方式,选择每天到处走走、看看的方法,这对我俩都有好处。从哈佛校园到丛林小屋,事实已经充分证明我不适合课堂学习,而且新的安排也能让塞巴斯蒂安得到解脱,不用再特意匀出工作时间两头跑了。我可以跟着他一起巡视蝴蝶飞棚、查看植物、研究野生蝴蝶,比较它们和圈养蝴蝶在行为上有什么不同。穆迪也加入了我们清晨的边走边看边学习活动,我很惊喜地发现他第一次积极主动地参与我的工作:狂聊。

他主动挑起话头,告诉塞巴斯蒂安他在山顶上看到的一对鹦鹉；条纹状的地衣，模样像极了层层叠叠的蘑菇；还有一种特别奇怪的花，长得像气球，又像是某种人体器官，还一跳一跳的。

塞巴斯蒂安点点头。

"如您所见，丛林是个令人惊叹的地方。"他说。

这句话马上就变成了我们的口头禅。

每当我们互相分享新发现，对方总是以这句话回复："如您所见，丛林是个令人惊叹的地方。"

在丛林小屋快待满一个星期的时候，我和穆迪沿着小路往农场走去，这段路被我称为"蜂鸟隧道"。小路两边开满了黄珊瑚花，这种在高大植株上盛放的圆锥羽状花朵是蜂鸟的心头好。一只长尾隐蜂鸟飞得太近了，几乎快要贴到我的脑袋，以至于振翅时发出的嗡嗡声如同赛车引擎发动时的声响，把我吓得差点跳起来。

我们在大蓝闪蝶的飞棚前向左转，沿着小路走到了一栋低矮的水泥楼房前，塞巴斯蒂安的办公室就在里面。塞巴斯蒂安在我们刚才来的那条路上种了圣玛丽草，一种能开花的植物，按他的说法，要是遭了蛇咬，圣玛丽草就是一贴良药。很显然，他觉得这种植物多多益善。我努力把这条保命信息记在心里。

我们想问问塞巴斯蒂安愿不愿意和我们一起去看瀑布。

那是个美丽的地方，现在这个时候，处于高地势的池塘里还有足够的水往下流。不过，雨季已经结束了，能看到这样景致的时间想来也不多了。塞巴斯蒂安之前嘱咐过，如果我们打算离开房子和农场周围相对开阔的地带，最好还是请导游同去。

当时他是这么跟我说的："戴安娜小姐，你要是出了什么意外，克莱夫先生心里肯定会过意不去。"

对于有可能出意外这一点，我和克莱夫先生的意见非常一致，毕竟那些圣玛丽草也不是无缘无故种在路上的。

我们提要求的时候需要运用一点外交技巧。因为不想显得太碍事或是占用别人太多时间，所以得尽量搞清楚当时的状况。而且，塞巴斯蒂安这人说话总是非常委婉。

比如，他从来不直接对我们说他很忙，相反，他会告诉我们今天天气真是不错，最适合坐在露台上拿望远镜观赏景色。

"早上好，"塞巴斯蒂安一见到我们就打招呼，"我在想哪天你们或许愿意去我的村子看看。"

我们当即表示非常乐意。

"要是你们觉得可以的话，我们就坐吉普车去，顺便带上我的自行车，第二天我能骑着它上山。"他说。

我和穆迪都觉得这个主意不错。

塞巴斯蒂安又说："今天下午3点我得下山一趟，有个蝴蝶养殖人给我带了一颗我们农场还没有培育过的蛹，他坐的巴士会在丹普停一下。"

我听了很感兴趣。塞巴斯蒂安有时会和几个值得信赖的养殖人合作，之后我发现这其实是他在用自己的方式帮助一些境况不佳的家庭维持生计，他这么做同时也是为了增加送往斯特拉特福的蝴蝶品种。我和穆迪听明白了他话里的意思，心照不宣地取消了看瀑布的计划。我有点失望。

"等拿到蛹也快到下班时间了，所以今天我就不回农场了。"我们点头表示理解。

对话到这里停了下来，我们三人一边点头，一边面面相觑。我有种奇怪的感觉，总觉得有点意犹未尽。突然我灵光一现，如果把前前后后话里话外的暗示统统归拢起来，塞巴斯蒂安该不会是想说——

"塞巴斯蒂安先生，你的意思就是今天对吧？你是想让我们把你的自行车放到吉普车上，然后我们载着你去等那辆巴士，接着跟你去村子看看，顺便送你回家？"

"戴安娜小姐，我觉得这也许是个非常不错的计划。"塞巴斯蒂安说，而他就是这个计划的制订者。

等我们——包括那辆自行车——都系好安全带，穆迪踩下油门开始了他第一次开车下山的旅程。在我们到达伯利兹

## 第七章 便利贴

之前,我曾以为自己每隔一天就会去西卡提彻彻底底地冲个澡,享受一顿艾莉亲手做的长尾小鹦鹉早餐(放了红椒、青椒和洋葱的炒鸡蛋,她的独家秘方是在炒鸡蛋前先用盐腌一下蔬菜)。然而第一个星期就如同一天一样那么快就过去了。我爱上了把菠萝当早餐,甚至爱上了穆迪设计制作的户外桶式冲澡设施——我们用茶壶烧水,然后把水倒进头顶上方的漏斗里。所以这是我们第一次下山,而且还带着塞巴斯蒂安。

"你要记住上山并不难,"穆迪大声提醒自己,一边发动引擎,"下山才是个大问题,尤其是天刚下过雨。"

昨晚雨下了一整夜。这儿几乎每天晚上都下雨。我记得艾莉告诉过我们,在租车表格的地址栏里一定要填"西卡提",绝对不要出现"落石蝴蝶农场"几个字,因为那儿上山、下山的路对汽车极不友好,而且因为路上太容易出状况,保险公司都不愿意理赔。

我们开始沿着第一个斜坡往下冲。路太陡,吉普车往前倾得厉害,感觉就像上了游乐场的过山车车道。

"你尽量控制车速,但刹车不能踩得太猛。"坐在后排的塞巴斯蒂安说。

到了下一段,路面比吉普车的车身宽不了多少,两边都是陡坡。

"想当年我们修路修到这一段时我还往这里搬过石头,"

塞巴斯蒂安说,"我觉得你应该靠左开。"

吉普车的后端在泥地里摆尾。

"别慌,穆迪先生,最好控制车轮笔直朝前。"塞巴斯蒂安说。

穆迪把车停下来。

"我说塞巴斯蒂安,你比我们都熟悉路况,要不你来开?我还能边看边学。"穆迪抱着一线希望问。

"呃,这可不行。"塞巴斯蒂安说。

"为什么不行?"穆迪问。

"我从来不开车。"塞巴斯蒂安回答道。

等车驶进哥伦比亚圣佩德罗,地面平整了一些,我们三人的肩膀也终于不再上下颠晃了。这里大约有800户居民,是最大的玛雅人村庄之一。镇子中央有一个天主教教堂,用玛雅废墟的石头建造而成,而这些废墟的前身说不定是一座寺庙。

"这里的石头都是循环利用的。"塞巴斯蒂安说。教堂大门上刻着"1952年",但如果塞巴斯蒂安说的是真的,那么这些石头实际上来自玛雅古典时期。

这里还有许多不同教派的教堂,其中有些只是一间简陋的铁皮小屋,屋顶上覆盖着树叶,墙上有手绘的符号,昭告着人们对各自信奉的神祇所怀有的虔敬与热爱。

## 第七章 便利贴

"我们这里有许多教堂。我们都是好人。"塞巴斯蒂安说。

哥伦比亚河从镇里流过。沿岸的人们蹚在水里洗衣服，我注意到许多人家的屋外摆着洗衣机。

"我们已经有钱买洗衣机了，"塞巴斯蒂安说，"不过电费实在太贵。"

村子里风景如画。屋顶上覆盖着厚厚茅草的小屋安坐在青翠欲滴的圆形山丘上。这里只有供人们步行用的土路。有些人家建有一栋传统的茅草屋，附带一间不会被飓风吹走的水泥屋。许多人都选择在凉快的茅草屋里睡觉，在不容易发生火灾的水泥屋里煮饭。另一些人则刚好相反，他们更愿意在凉爽的茅草屋里烹煮饭菜，在墙体坚固的水泥屋里安然入眠。也有一些人折中了一下，取二者优点：他们建了水泥墙体的房子，然后盖上茅草屋顶。

从我们身边经过的一些女人穿着传统服装：镶着花边、袖管蓬松的方领连衣裙，或是装饰着花边的短上衣搭配五颜六色的玛雅半身裙。也有女人穿着瑜伽裤。我们的车从一对骑着助动车的情侣身边驶过，后座的女孩身穿条纹背心裙，头戴棒球帽，男孩则穿着马德拉斯短裤。

村子里很安静，许多人都在农场里工作，或是在镇上打工，这个时间孩子们也在学堂里上课。我和穆迪觉得最奇怪的是路上没看到有人挥手打招呼。

我们从一个男人身边开过去,他直愣愣地看着我们,面无表情。塞巴斯蒂安回看了一眼,同样板着一张脸。

"你认识这个人?"穆迪问。

"认识,"塞巴斯蒂安说,"他是我妹夫,人很好。"

就这样,我们的车从塞巴斯蒂安认识了一辈子却认为没有必要打招呼的人身边开了过去。他们不说话,甚至连点个头都免了。穆迪马上宣称他非常适合住在这里,而且一定能成为玛雅人村子里的好居民。接着他告诫塞巴斯蒂安,千万留神,要严防我这个"社交牛人"影响整个哥伦比亚圣佩德罗,导致认识的人一照面就叽叽喳喳聊个不停。

塞巴斯蒂安指挥我们在屋外停好车。他家既有茅草房也有水泥屋,还有一个园艺家梦寐以求的庭院,里面种满了水果树和鲜花。他的妻子霍薇塔(Hovita)走出茅草房,她身材苗条,有一双极美的绿松石般的眼睛,身上的T恤印着蝴蝶的图案。塞巴斯蒂安之前跟我们说过他的妻子得过癌症,所以他一直很担心她的身体状况。他们刚认识的时候,霍薇塔还是落石蝴蝶农场的厨娘——克莱夫和雷曾有过将农场改建成乡村度假村的设想。按照塞巴斯蒂安的说法,两人是一见钟情,不过据女儿玛尔特披露,她爸爸总是在她妈妈准备开工煮饭的时候去找她,她妈妈不胜其扰,只好同意在工作场所之外跟他见上一面。

霍薇塔在做饭,我们跟她简单打了个招呼,把塞巴斯蒂安放下车,然后继续往城外驶去,半路上经过一个指向卢班顿的手写指示牌。

研究学家认为今天的哥伦比亚圣佩德罗玛雅人村庄和卢班顿的古代玛雅人村落之间并没有直接关系,因为卢班顿是在公元890年被废弃的,而在近1000年后才开始有人在哥伦比亚圣佩德罗定居。凯克奇人是来自危地马拉韦拉帕斯地区的一个具有独特文化的玛雅少数民族群体。在19世纪末,危地马拉政府窃取了玛雅人的公共土地,把地拨给了咖啡种植园园主,这些人将玛雅人视为奴隶,逼迫他们在田里劳动。凯克奇人逃离故土,翻山越岭来到了伯利兹,并在哥伦比亚圣佩德罗落地生根。

另一个位于托莱多的大型玛雅人村落圣安东尼奥居住着莫潘玛雅人,他们也是为了逃离危地马拉政府的压迫才来到异乡重建家园的。

莫潘玛雅人和凯克奇玛雅人各自有着不同的语言,但是两个族群通用克里奥尔语(在和农场工人交流的过程中我们会问及他们父母、妻子的情况,从中我们发现这两个族群有通婚的习俗)。

凯克奇玛雅人是伯利兹有史以来最为贫穷的少数民族。不过现在他们拥有了新的自主权,这也是泛玛雅文化与政治崛起的部分表现。在伯利兹，几乎所有家庭都在竭尽全力供孩子上学，至少要读完八年级。如果可能，他们希望能把孩子一路送进大学。

在哥伦比亚圣佩德罗，许多家庭都没有什么钱添置家当，但很多人家都拥有自己的土地和房屋，通过农耕，他们能够自给自足。当地有公共儿童保育机构，居民也可以定期向地方政府提出自己的意见和建议。他们拥有许多美国人求而不得的安全感和归属感。

即使在他们所谓的荒野地带，远离砖石铺就的宽阔大道，在地处偏远的村庄，他们同样具备勇于进取的精神。我们曾在一条荒凉的路边看到一系列大声疾呼"女人也能成为领袖"的手绘标语。当时我觉得这个"也"字用得实在令人遗憾，它抵消了原来的句意中理应有的力量感。但不要忘记，仅仅在一代人之前，玛雅人村庄推崇的还是一种严格的父权文化。

在落石蝴蝶农场待的第三个星期，一天早上，塞巴斯蒂安在椰子树树荫下教我如何悬挂蝶蛹。我们在一根长长的木棍上点上橡胶黏合剂，每两点之间的间隔距离大致相同，然后把蛹轻轻按在上面。粘好蝶蛹的木棍会被挂到飞棚里，直到蝴蝶破蛹而出。

我问起了塞巴斯蒂安在哥伦比亚圣佩德罗的成长经历。

"我爸爸在我13岁的时候就去世了，他走后就没人照顾我了。"他告诉我。

"我15岁的时候没了爸爸。"我说。

塞巴斯蒂安说他父亲死于奥比巫术。我听说过这个词，它是一种黑人奉行的巫术。

在伯利兹的非洲－加勒比文化中，曾有一场主张将奥比重新视为灵修的运动。"奥比"这种巫术源于非洲，由黑奴带到美洲，然而遭到白人统治者的公然诽谤，因为他们惧怕其威力。在非洲－加勒比文化中，奥比被视为一种亦正亦邪的力量。

在玛雅人村落，奥比被视为邪恶之力。人们使用这种巫术通常是出于嫉恨之心。有人在你身上施法术是因为他们见不得你拥有他们没有的东西，或者是因为他们觉得你太过膨胀，想让你吃点苦头，提醒你做人最好还是低调点。

塞巴斯蒂安说村里的人都妒忌他的父亲，他是个农民，家里的顶梁柱，一辈子勤勤恳恳。有一天，他突然开始打嗝，打了整整两天就是止不住，最后引发心脏病没能救回来。奥比的阴影一直笼罩着塞巴斯蒂安和他的六个兄弟姐妹。我的父亲得的是肺癌，然而我认为这种肺癌的阴影就和暗黑魔法一样恶毒，它会让你害怕变得强大，害怕感受幸福，因为一旦你变得强大、感到幸福，它就会盯上你，然后夺走一切。

等我把所有的蛹都粘好时已经是下午3点多了。我朝小屋走去。每天这个时候我已经和穆迪躲进屋里,浑身懒懒的,就像大多数丛林动物一样,只求避开暑热。

我往回走着,心里泛起一丝伤感,为塞巴斯蒂安,为我自己,也为所有人失去的一切。

不知怎么的,那丝伤感慢慢化成了这样的思绪:人生一世,我们几乎没有胜算。总有那么多威胁,那么多悲伤,一些秘而不宣的噩耗总是潜伏在某处,我们所爱之人都会死去,我们自己也会离开这个世界。当我想到这一点时我几乎不能呼吸,因为我知道我伦敦的朋友卡丽很快就要开始化疗了。

但是从另一个角度,卡丽也证明了人在那些稍纵即逝的片刻里也能体验到巨大的快乐。最近她给我发来一张照片——她的猫咪赖利(Reilly)正在窗台上嗅着开花的球茎。她留言说她一直在听《你必须相信春天》,并且特别强调是比尔·埃文斯(Bill Evans)和托尼·本内特(Tony Bennett)的版本。她还说她参加了一个日本苔藓球艺术的课程,其中包括给雪球花(她称之为春天的预兆)的根部裹上泥土和苔藓。尽管我担心她的身体,但一想到她抱着一个大泥球坐上地铁然后一路折腾回家的样子,我还是忍不住笑了起来。

因为知道大蓝闪蝶每天在这个时段最活跃,所以我在它们的飞棚前停了下来。蝴蝶是外温动物,也就是说它们需要依靠外部环境获取温暖。整个早上大蓝闪蝶都会把翅膀完全

## 第七章 便利贴

打开,一边吸食花蜜一边沐浴阳光。等浑身晒得暖暖的,它们便开始展翅飞翔。

在我面前,几十只蝴蝶扑扇着翅膀,在空中画下一个又一个紫色和蓝绿色的圆。我甚至能听到它们振翅的声响,嗡——嗡——嗡——,既柔和又响亮。

然而,依照我眼下的心绪,这美好的瞬间只会让我觉得绝望:在飞棚里饲养蝴蝶,保护大约100英亩(1英亩≈4046.9平方米)的雨林,创造十几个无须砍伐丛林的工作,当我们从头到尾走完这个无比复杂的过程,当我们期待复原的东西刚刚得以修复,像气候剧变这样更为强大、难以抗衡的自然力量又会赫然耸现。

我又回到黏厚的热浪中,有一下没一下地拍打着蚊子。忽然,我看到一抹蓝出现在一朵黄珊瑚花边上,接着,另一只野生大蓝闪蝶紧随其后一路追逐着隐入了苍翠的树林。我还看到一只墨黑底色嵌着洋红色赛车条纹的邮差蝶(诗神袖蝶),它慢慢悠悠地在西番莲藤蔓间流连忘返,那是它们产卵的地方。

我多么幸运看到了这一幕!我心想,我多么幸运能够在这里!

而下一个突然冒出来的念头让我不禁哑然失笑:要是我在不经意间发现了蝴蝶的真正使命会怎样?

当然,传粉者是它们注定要扮演的一个角色——传粉是

落石镇：玛雅山脉的蝴蝶农场

整个生态系统中的重要环节，同时也是它们自身所具有的深刻文化意义的关键所在。

但是，如果它们同样也是……这么说吧，飞到哪里都能让人眼前一亮的便利贴呢？

不要忘记：感受惊喜。

永远记得：心怀感激。

它们是让人过目难忘的存在，它们在提醒我们：是的，生活中有强大和邪恶的力量，也有令人心碎的失去，然而我们同样拥有斑斓的色彩和美好的瞬间。这就是生活。所以，管他呢，抬起头来，吸收你可以找到的所有温暖，然后展翅高飞吧。

## 第八章

# 巨嘴鸟

穆迪在屋外的桌子上给我留了一大杯咖啡。如果我也能像他那样一大早就自然醒,那该多好。

他已经上山去了。我之所以知道是因为我发现望远镜不见了,他想在第一道曙光出现时看他的鹦鹉。

我坐下来,伸手从栏杆上拿来H.李·琼斯(H. Lee Jones)写的《伯利兹的鸟类》(*Birds of Belize*),随手翻到这本书的使用说明部分。

"在理想的情况下,请务必在彻底研究鸟类、记录相关笔记、绘制鸟类素描之后再翻阅此书,"琼斯建议道,"在通过实地观察研究鸟类上——而不是在这本书上——花的时间越多,就意味着需要更多的时间来消化关于鸟类的知识。"

哇哦,我想,好巧不巧地就让我翻到这个部分,大概是老天想借琼斯的建议提点我一下。

我决定专注于我现在待的这个地方——伯利兹小小的蝴蝶保护区，就像书里讲的，先得实地观察，其他事都可以往后挪。也许我不用再去死记硬背蝴蝶的拉丁名了。穆迪沿着小路朝小屋走来，他正吹着口哨。刚开始约会时，我发现他并不像我以为的那样牢骚满腹，因为他经常自得其乐地吹着口哨。

"你得早点起来跟一个叫普罗菲利奥·桑谢斯（Profilio Sanchez）的人聊聊，他是这里的管理员。"他一边爬上露台台阶一边跟我说。

"聊什么？"我问。

"我也不知道从哪里说起。"他说。

我们来这里还不到一个月，我就发现爬上通往山顶的159级台阶（没错，我数过）也不是什么难事。

我低头穿过吉普车旁边开着橘红色花朵的凤凰树（这名字起得真好，在旧式法语里这个词的词根意为"摇曳的火焰"）。

我看到普罗菲利奥正在山脊上用一台电动除草机除草。见我正往山上爬，他便关掉机器朝我走过来。

"我得确保这里没有任何东西能让大火吞到肚子里去。"他告诉我。

## 第八章 巨嘴鸟

看样子普罗菲利奥在开始讲故事前喜欢先把听众逗乐。他说话时就像在唱歌。几乎每个伯利兹人，不管他是哪个民族，说话的时候都带着一种抑扬顿挫的节奏感，这和他们的通用语伯利兹克里奥尔语的特性有关。这种以英语为基础的语言一开始是由红木砍伐营地的黑奴创造的。国家克里奥尔语言委员会的座右铭就是"这是我们的语言，这是我们的生活"。它将这个国家多如繁星的民族连接在一起，克里奥尔人、加里富纳人、玛雅人，甚至连以低地德语为母语的门诺派教徒都说克里奥尔语。

我们每周总要开车去蓬塔戈尔达一两次，在购物过程中我们慢慢体会到克里奥尔语的普及。我们通常会在农贸市场里买香蕉、菠萝、辣椒、坚果、大米和土豆，并且尽量照顾到每个摊位的生意。大部分摊主都是玛雅女人，她们很乐意和我们闲聊几句，每个人说话都带着唱歌似的韵律感。她们背着水果、蔬菜从乡村坐巴士进城。这里还有门诺派教徒经营的摊位，他们用马车把农产品运到集市。我们跟门诺派教徒做的第一笔生意是一个西瓜，摊主名叫瓦尔特（Walter），一看就知道是个白人，他留着锅盖头，穿着背带裤。当他开始用一种加勒比土话向我们介绍他的农场时我惊讶极了。当然，他会说克里奥尔语，因为他是伯利兹人。

尽管我已经知道克里奥尔语带有旋律感的特质，但我还是被普罗菲利奥跳舞般的说话方式迷住了。也许这是因为他的嘴想尽力追上脑袋里翻腾跳跃的思维，所以一串串词语便急不可耐地从嘴里翻腾跳跃着蹦了出来。而且，他说的每一句话里都饱含火热的情感。

穆迪将普罗菲利奥奉为伯利兹的约翰·缪尔（John Muir），后者热情洋溢地描述过内华达山脉的壮美，其流露出的惊诧之情仿佛他来自另一个星球。

普罗菲利奥说穆迪先生曾告诉他我对木棉树很感兴趣。

"伊莎贝拉（Isabella）夫人告诉过我这种树的秘密。"他说。"夫人"一词是对村子里老年妇女的尊称。

伊莎贝拉夫人是他的祖母，她在告诉他秘密的当天去世了。

普罗菲利奥以前有情绪方面的问题，他手臂上有模糊的疤痕，看上去应该是早些年自残时留下的印记。

"我们有时候会陷入情绪的湍流中迷失自己。"他说。

伊莎贝拉夫人教会他如何使心境重归宁静。

她告诉他睡觉的时候要枕着一种特制的枕头，里面填充的絮状物要来自黄尾巴鸟栖息的树，准确地说，来自树的果实。

黄尾巴鸟，也就是拟椋鸟，每天晚上都会飞到山顶。这种大型鸟类总是成群结队地在空中飞翔，当它们栖息在高大挺拔如同宝塔一般伸向天空的木棉树上时总会弄出很大动静。

我以前竟然从来没有认真观察过鸟这种动物,可是在伯利兹,它们完全吸引了我们的注意力,就像我们最爱追的网飞剧。拟椋鸟的眼睛周围散落着浅蓝色的斑点,胸膛呈紫铜色,正如它们的绰号所宣告的那样,它们的尾巴是黄色的。拟椋鸟会发出一种无比怪异的叫声,起音尖厉高亢,尾音就像把纸揉皱时发出的声响。你经常能看到它们停驻在木棉树上的剪影,仿佛它们就是树冠的一部分。

这种树不定在哪个季节结果。当微风吹过,果实掉落,果皮裂开后成千上万的种子依靠其丝状的纤维随风散落到各处。

伊莎贝拉夫人嘱咐普罗菲利奥带上一个棉质的面粉袋,收集好落在地上的絮状种子,然后做成枕头。

她说:"只要枕着这个枕头睡上一觉,曾经困扰你的所有难题都会找到答案。"

普罗菲利奥说:"你知道生活有时很难,整个世界都处于动荡混乱中,你的双脚也深陷其间找不到出路。"

他按照祖母的指示花了几个月时间收集到了足够做枕头的絮状种子。

"然后我枕着小枕头美美地睡了一觉。等第二天早晨醒来,我感觉自己仿佛打赢了一仗。"他说,"我终于可以释放自己，我能和别人交谈了。"

原来有段时间普罗菲利奥是没法与人交流的。我内心不禁一惊。能让像普罗菲利奥这么热情开朗的人沉默不语，想来他所经历的一定不是一般的混乱动荡。

普罗菲利奥说这个枕头让他感受到了"世世代代流传下来的如何逾越障碍的族群智慧"。他说，他觉得这个枕头之所以有着立竿见影的效果是因为它来自大自然，并且倾注了他自己的心力，这和不费工夫从商店里买一个枕头完全是两码事。"放在枕头里的是大树交给世界的种子，还有我将种子收进口袋里的时间。这个枕头提醒我，在宇宙中，一切都是连接在一起的。"他说。

后来，他在一场飓风中失去了他的枕头，那场风暴也吹断了他曾经收集絮状种子的木棉树。

等到折断的树木长得比从前还高时，普罗菲利奥做了一件自己都不太有把握的事。他收集树的种子，然后在自家院子里种下一颗。种子破土发芽，长成树木。现在，路过的人们时常驻足观看，因为领簇舌巨嘴鸟——一种有着彩虹色胸脯和喙的黑色小型巨嘴鸟——经常栖息在这棵树上。他说，总有一天他会再做一个枕头，不过现在还不行，因为还没等果实成熟落地就已经差不多被鸟儿们吃了个精光。

我们边走边聊。当年克莱夫和雷有意将农场转型成生态度假村，他们曾在山脊上建过一个酒吧，从那个位置正好可以俯瞰整个峡谷。塞巴斯蒂安嘱咐过我和穆迪不要进去，因为它遭过白蚁啃咬，随时都有可能滚下悬崖。普罗菲利奥带我去了一个看动物的绝佳地点，就在通往酒吧的步行道边上。

昨天他在那里吃午饭的时候有一头鹿正好经过，他一动不动地坐在原地，静静地告诉小鹿他不会伤害它。

"她摇了摇小尾巴，像这样耷拉了一下小耳朵，"他一边说，一边举起手朝前弯了弯手指，"这是一种语言，独一无二的小动物的语言，她是在跟我打招呼。"

我们看着山下的丛林，对我来说它是如此稠密、如此古老。而我又不断提醒自己，这是新生的丛林。上百米高、几百年树龄的桃花心木树曾在这里矗立，而当飓风艾瑞丝来袭时，它甚至将桃花心木那威严雄壮的树干和标志性的巨大树桩连根拔起。我已经习惯了加州山火带来的巨大破坏。我很清楚，在我看来，这里翠木葱茏，生机盎然，然而塞巴斯蒂安和其他人却总是把这里比作遗落的风景。

许多没有来过伯利兹的人从未听说过飓风艾瑞丝，它并不是造成大面积灾害的著名风暴之一，然而它却让伯利兹南部遭遇了灭顶之灾。

2001年9月下旬，一股热带气流在巴巴多斯外围生成，并开始穿越加勒比海，一个低压系统正在不断形成、发展。小安的列斯群岛附近的风将其推向了伯利兹，等它经过牙买加后，风暴已积蓄了惊人的强度和速度。

10月8日，当全世界其他地区还在和"9·11"事件的余波以及战争的威胁缠斗时，飓风艾瑞丝以每小时233千米的速度袭击了伯利兹的南部海岸。大海卷起了5米多高的海浪。

一艘名为"浪花舞者"的豪华潜水船原本停靠在比格克里克一个混凝土浇筑的码头上，艾瑞丝将它从停泊点直接撕扯下来，掀翻在海里。船上有20名来自弗吉尼亚州里士满潜水俱乐部的会员，其中17人不幸殒命，而8名伯利兹籍船员中的3人也未能生还。一位幸存者被抛到了近百米远的红树林。

飓风一路深入腹地，席卷了伯利兹的内陆地区。它直径很小，从风暴中心到最外围只有24千米，但它所经之处只留下一片片废墟。

哥伦比亚圣佩德罗以及托莱多规模较小的玛雅人村庄毁于一旦，他们的茅草屋被吹得四分五裂，森林被夷为平地。时至20年后的今天，这片荒原依然处在自我修复中，而荒原上的人们依旧在努力重建家园。

塞巴斯蒂安告诉我，他本来打算在第二天摸索着去找一下落石蝴蝶农场，然而能为他指明方向的所有标志物都消失了，道路几乎全被掩埋，树木也都不见了踪迹。

## 第八章 巨嘴鸟

等他找到农场,发现那里什么都没剩下。我和穆迪现在住的房子原本有一个茅草屋顶,不知被吹到哪里去了。飞棚也没有了,蝴蝶死的死,消失的消失,野生蝴蝶也已无影无踪。它们娇弱的翅膀根本无力抵抗如此狂暴的大风。

只有一样东西留了下来。在电台播放飓风警报的那几天,塞巴斯蒂安准备了一个箱子,里面安放了600枚不同种类的蝶蛹。他把箱子搬到农场唯一一栋水泥楼房中,就是他办公室的所在地。他在箱子周围放了一圈厚重的水泥砖,又在箱子顶上压了一块。

等他们回去一看,砖头都在,他把砖石推到一边,箱子也在。蝶蛹完好无损。两周后,他们有了蝴蝶卵,又过了不久,他们有了毛毛虫。

飓风带走了一切,没留下一片可以喂养毛毛虫的树叶。不过好在还有一辆旧卡车。工人们开着这辆曾见证过农场辉煌的卡车去圣安东尼奥、圣费利佩和蓬塔戈尔达寻找幸存下来的树,采集叶子,然后再驱车回到哥伦比亚圣佩德罗,把卡车停在村里。随后,工人们扛起一捆捆树叶徒步走到农场,因为机动车和自行车已经没法在那条路上通行。现在落石蝴蝶农场中几乎所有的蝴蝶都来自塞巴斯蒂安保存下来的那600枚蛹。

由于森林惨遭飓风洗劫,村民和动物们赖以生存的食物已所剩无几。普罗菲利奥告诉我在那段时间里他和一只小动物有过一次深入交流。

几只吼猴出现在村子附近，在正常情况下它们不会主动靠近人类。"它们想找我们也在找的东西——看看罐子里有什么剩下的，这样肚子里也好有点存货。"他说。

当时普罗菲利奥正蹲在外头吃一碗救援队员分给他的麦片，一只吼猴就坐在离他很近的地方。他朝它扔了点食物。

"我们说的不是同一种语言，但我们对视了一会儿，告诉彼此我们都很绝望。"他说。

树木不见了，青草开始在山上冒芽，曾经的风景一去不复还。雨季过去，热浪来袭，草都被晒干了。

"它们就等着一粒火星。"普罗菲利奥说。

飓风将玉米地席卷一空，好在其他村庄送来了种子，这样哥伦比亚圣佩德罗就可以重新种植玉米作物。一些玛雅农民开始用从前刀耕火种的方法，故意在田里放把火以便清理出用来种植作物的土地。有时候为了得到1英亩农田，大约3英亩的森林会被付之一炬。

就是那粒火星。火烧起来了，其中一簇火苗逃出重围。势不可当。风不断吹，到处都是火。

塞巴斯蒂安跟我说过大火烧到落石蝴蝶农场那天的情景。一开始，他们只是远远地看着，祈祷它能在半路转向。然而，

## 第八章 巨嘴鸟

一眨眼的工夫，大火就径直朝他们扑了过来，大家只好发足狂奔去逃命。

在山顶上，丙烷罐子一个个冲向空中，发出震耳欲聋的爆炸声，接连不断地迸溅出一簇簇火焰。工人们一把抓起他们的自行车，沿着陡峭的道路拼命地往前蹬，全然不顾黑漆漆的浓烟挡住了他们的视线，一直骑到河边才敢慢下来。

这一次，雷也是在千里之外的英国听到农场受灾的噩耗。他马上往回赶，在火灾发生的3天后回到了农场。除了山谷下的蝴蝶屋和瀑布边上的草木，火焰几乎吞噬了一切。那个星期，落石蝴蝶农场勉强给斯特拉特福运送了一批蝶蛹。

那时，普罗菲利奥还不在落石蝴蝶农场工作。他现在也还是个新人——在我到达前的5个月塞巴斯蒂安刚把他招进农场。

他希望有一天能从管理员晋升到蝴蝶养护员，不过他说现在的工作也很重要。他负责把小路和楼房旁边的草修剪得矮矮的，这样一旦发生火灾，他和其他工人就有机会将火势转移出农场。

我们回到刚才他停止割草的地方，这时他停下脚步，指给我看落在号角树上的一只巨嘴鸟。

"我太高兴了，它终于回到我们的保护区了！几天前我看着它飞走，人们为了得到鸟喙，在追杀这些鸟。"他说道，

"以前我以为这个地方只养蝴蝶,可是现在我每天都能看到新成员,原来这是许多生灵的保护区。说真的,它们一走我就担心,成天牵肠挂肚的,等它们回来,我真想张开双臂,欢迎它们回家。"

普罗菲利奥抬头看着树还有树上的鸟,眼里闪着光。

"有时候我会不由自主地担心很多事。今天有人在谈论战争、全球变暖,腐败官员滥用我们的自然资源。"他说,"可是当你看到一只巨嘴鸟——就一只!——它改变了你的思考方式,它给你带来了希望。"

我回到家,穆迪问:"怎么样?"

我张开嘴想说什么,可我发现我出不了声。我的眼眶胀胀的,有种奇怪的想落泪的冲动。我紧紧地闭上嘴唇。

过了一会儿,我再次尝试开口,可还是不行。

"没事,"穆迪说,"我懂。"

## 第九章
# 此处为家

　　森林和村庄以外的区域就是游客专属的伯利兹。我原本对那里更感兴趣，可是在经过指导，学会更仔细地进行观察后，我周围的世界已经占据了我所有的注意力。我发现在和屋子相连的露台底下有一个锥形的蜡质入口，它通往一种没有螫针的麦蜂的蜂巢。每天傍晚，这种长得像小飞蚁似的蜜蜂纷纷回家，在锥形入口前面"放下"带小孔的蜡帘，把自己关在里头，这跟我和穆迪在"楼上"房子里的做法如出一辙。不过蜂巢外面总会有几只蜜蜂嗡嗡嗡地叫个不停，一开始我以为它们是因为晚归而被锁在外头，可是2011年萨塞克斯大学的一项研究表明有些蜜蜂是奉命在夜间站岗的。

　　一听到塞巴斯蒂安说蝙蝠吃蚊子，我就不再那么排斥这种小动物了。但我还是尽量规劝它们最好在我晚上去厨房喝水、拿零食之前离开。

"你们怎么还在这里呢？"我边问边把脑袋冲屋外轻轻戳了戳，"蝙蝠迪斯科已经开场，浪漫的爱情正在等候，飞吧，快去找你们的心上人。"

上午，我会参观不同的蝴蝶屋。毫无疑问，对于工人们来说，我的出现确实有点招人嫌，所以他们干活的时候我就尽量搭把手，帮着喂毛毛虫、清点蝶卵或是打包装箱什么的。

落石蝴蝶农场养殖蝴蝶的整套流程从清点蝶卵开始——这个过程要比听起来的更复杂。费利佩·霍茨（Felipe Choc）向我演示了如何数卵，他跟塞巴斯蒂安在同一栋楼工作，两人打小就是朋友。

蝴蝶卵十分细小，而且不规则地散落在叶片上，所以你很难记住哪些卵你已经数过了。我哪怕只是开一秒钟小差，就会前功尽弃，不得不重新来过。费利佩教我拿笔在叶片上做记号，把卵分组，数完一组就把写在手上的组号划掉。费利佩对我老爱走神的毛病无能为力，但是这个方法能帮我尽快想起数到哪儿了，然后接着往后数。

有时候，农场上最年轻的两个工人曼努埃尔、马尔文·基亚克（Malvin Chiac）会躲在门外，专等费利佩数得最投入时轮番进来问问题，扰乱他的心神，这样一遍又一遍重复,直到费利佩突然反应过来这两个家伙纯粹是来捣乱的。有一次,我看到塞巴斯蒂安躲在边上看热闹,一个人笑得前仰后合。

等到卵被清点完毕,叶片连同上面的卵就会被放进木头盒子里。盒子看上去有些年头了,做工非常精美,就像一个个小巧的珠宝盒。我真希望家里也有一堆这样的盒子。同一类卵的颜色和蝴蝶以及寄主植物的颜色是对应一致的。绿帘蛱蝶的翅膀上有黑色和霓虹绿,它们在伯利兹鼠尾草刚长出来的嫩叶背面产下鲜绿色的卵。伯利兹鼠尾草飘舞着橘红色小旗子似的花朵,绿帘蛱蝶的幼虫是黑色和橘红色的,色调与花朵的颜色相同。

大蓝闪蝶的卵是半透明的,很容易被当成一颗露珠,所以它又自带一点彩虹色以示区别。卵的孵化时间长达12天,而且每一天颜色都会发生细微的变化。如果卵已受精,中间会出现一个黑色的小点,黑点外缘围绕着一圈棕黑色的虚线,与大蓝闪蝶合上翅膀时呈现出的复杂图案相对应。

许多介绍蝴蝶的丛书一直把大蓝闪蝶的翅膀底部边缘笼统地描述成暗褐色,但我仔细观察后发现并非如此。其背景色确实是那种跟木头非常相似的棕色,但是在外缘有珊瑚状的脊纹和眼状的圆点,这是在模仿掠食者瞪大的眼睛。圆点呈紫黑色,由一圈黄色围绕,边缘是黑色的,再往外就是波浪形的白色条纹，图案之斑驳繁复令人叹为观止，也只有它身上那片浓酽的蓝能与之相媲美。

蝴蝶身上的每一处细节都有其含义。塞巴斯蒂安说如果蝴蝶的翅膀上有一条伴有两排白点的黑色界纹，那么它就是雄性。体形略小一些、带有较窄黑色界纹的蝴蝶则为雌性。要隔好长一段时间才能孵化出一只翅膀上同时带有雄性和雌性标志的蝴蝶，看到这样的变异塞巴斯蒂安总是异常兴奋。

曾经协助克莱夫创建蝴蝶会馆的跳蚤专家罗斯柴尔德夫人曾专门研究过蝴蝶的颜色，她所在的团队致力于证明有些蝴蝶是具有毒性的，因为它们吃的植物能毒杀捕食者。她继而指出，按照自然界中常见的色彩编码加以判断，如果蝴蝶带有鲜艳的颜色，那就是在发出警告——我有毒。但是其他无毒的蝴蝶也进化出了模拟鲜亮颜色的本领，用来吓退捕食者。

最著名的毒蝴蝶也许就是黑橙相间的帝王蝶了，它们的幼虫以有毒的马利筋为食，体内的毒性会一直存留到变成蝴蝶。如果鸟儿吃了一只帝王蝶，虽不至死，但会呕吐。这样的消息在禽类世界一经传播，其他帝王蝶也就得到了保护。

有一天，我照例在农场里边看边学，这时，内斯托尔出现在我的视野中。他独自一人在黄裳猫头鹰环蝶小屋里工作，这种蝴蝶长得不像它的近亲大蓝闪蝶那么招摇，它的翅膀上有大大的眼状斑纹，所以人们通常直接叫它猫头鹰蝴蝶。猫头鹰蝴蝶堪称早出晚归的典范，总是早晨第一个飞出去，晚上最后一个飞回来。

"嘿，内斯托尔，现在忙吗？"我站在门口问。

"我嘴巴倒是闲着，但手不能停。"他回答道。内斯托尔正在喂毛毛虫。所有的幼虫一经孵化就会一刻不停地吃叶子，直到它们准备好吐丝结蛹为止。

如果要像我和内斯托尔那样喂毛毛虫，第一步就是把木头盒子搬到地面上，每个盒子里的毛毛虫都是在同一天孵化的。

我们把毛毛虫连同叶子一起从盒内取出放在桌上，然后把盒子翻个面，倒出幼虫啃食过的树叶和看上去像砂砾一样的幼虫粪便。我们把盒子刷干净，横着放入一些支撑用的木棍，使它们的高度和盒子边缘持平，接着我们往里加了些新鲜树叶，把它们排列好，方便毛毛虫轻松地从这片叶子爬到另一片叶子上。

如果毛毛虫很小就用镊子，如果体形比较大就用手指，我尽量不露出嫌弃的样子，虽然确实觉得有点恶心。我把毛毛虫从先前的叶片上摘下来然后放到盒中铺好的新鲜树叶上。

不同阶段的毛毛虫需要吃不同叶龄的树叶。年幼的毛毛虫啃食嫩叶。这里的黄裳猫头鹰环蝶幼虫一天大约需要啃食800片蝎尾蕉树叶，而大胃王大蓝闪蝶的幼虫每天要吃掉34千克的蚂蚁树叶片。

我一边忙着手里的活儿一边问内斯托尔家里的情况。他有一个大家庭，8个孩子，其中有一对调皮的双胞胎——才两岁半的贾龙（Jalon）和朱尼尔（Junior）。

"也许是我拥有得太多，也许他们是上帝的恩赐，"他说，"我之后不会再要孩子了，感谢他们来到我的身边。"

我从塞巴斯蒂安那里得知这对双胞胎是在内斯托尔和妻子失去了一个孩子之后才有的。

和内斯托尔一起忙完盒子里的活儿后，我一个人逛到了另一个蝴蝶屋，安塞尔莫和胡里奥·卡尔（Julio Cal）负责给那里的大蓝闪蝶幼虫喂食，我跟他们打了个招呼。

他俩正坐在小屋外的原木上，用刀片将毛毛虫留在他们手臂和手掌上的毛刺刮干净。毛毛虫要经历5个成长阶段，每一个阶段都要褪去外壳，其形态也会随之发生细微的变化。在大蓝闪蝶幼虫的每个阶段，或称为龄期（在拉丁语里，"龄期"一词的含义即为形态），其形态都会大不一样，最后一个阶段简直能把人惊得目瞪口呆。

一开始它们只是个毛茸茸的小东西，你用手指轻轻抚过它们的身体不会受到任何伤害。但是五龄幼虫！它们变得差不多有 10 厘米那么长，看上去像一只爬行动物，身上长满了一丛丛铁锈色的毛刺，扎得人生疼。如果你触碰五龄幼虫的胸节处，它会发出令人作呕的腐臭气味，就像变质的黄油。所以在蝴蝶的生命中，并非每个阶段的蝴蝶都是"会飞的花朵"。

那些有毒的毛刺飘浮在小屋周围，还有好些落在安塞尔莫和胡里奥的衣服上或扎进他们的皮肤里。他们想了很多办法，比如戴手套或穿长袖，但是这些保护措施实在碍手碍脚，而且非常热。所以他们还是选择在工作结束后用刀片刮去毛刺，稍稍缓解一下刺痒的感觉。

那天，他们带来一个小小的晶体管收音机，准备在休息的时候放松一下。我去的时候他们正在听拉丁舞曲。胡里奥说他非常喜欢跳昆比亚舞，他年轻时曾在北边库尔克岛的一家酒吧里工作，他就是在那儿学会跳舞的。

安塞尔莫说他喜欢乡村音乐，一开始我以为他是在说他家乡的音乐，我笑着告诉他我也喜欢，不过是那种牛仔风格的，他说那就是一回事。

"布拉德·佩斯利（Brad Paisley）、加思·布鲁克斯（Garth Brooks）。"他报出了两个如雷贯耳的名字。

"我这儿就有你爱听的！"我说着掏出手机。我的表兄弟斯科特（Scott）是乡村音乐歌手，如果有机会，还是要多给自己家人打打广告的。我们坐在伯利兹的原木上，听我的纳什维尔表弟高唱《嘿！乡巴佬歌手！》(*Hey! Hillbilly Singer!*)，接着我们从传统的乡村音乐转到了拉丁舞曲，我怂恿胡里奥秀一下他的昆比亚技巧，我们在屋外的杧果树下跳起了舞。

离开农场前我绕道去看了看萨米培育的新品种——条纹蝴蝶。那次蚂蚁袭击几乎摧毁了一切，不过现在每过一个星期那儿就会有更多的卵、蛹和在空中飞舞的小蝴蝶。电话亭一般的飞棚里放着一大瓶刚摘的鲜花。这些经过挑选的花朵是用来吸引蝴蝶的，不过看上去更像是插花大师刻意留下的杰作——橘色的马缨丹和几枝紫色的四棱草烘托着烈焰红唇。❶

回到小屋时穆迪正在露台上。一看到我他马上走下台阶朝我迎过来。

"我刚看到了最最最不可思议的事情。"他说。

当时他正在观鸟，这倒是没什么好稀奇的。穆迪从来不承认自己想成为鸟类观察家，他将自己定位成一个喜欢在乡间打野鸡的野外活动爱好者，而不是那种脖子上挂个望远镜、老在表格上打钩的书呆子。当他第一次跟我提起他打野鸡的

---

❶ 这里指的是嘴唇花，因形状酷似性感诱人的嘴唇而得名，这种花依靠其鲜艳的颜色吸引蜂鸟和蝴蝶帮助传粉。——译者注

经历时，我差点想跟他分手，好在他告诉我他枪法差得离谱，那些鸟都毫发无损。

可是现在，那本《伯利兹的鸟类》里全是他做的记号，他还偷了我一本珍贵的笔记本，专门用来记录和鸟有关的一切。

要是有人偷听我俩吃晚饭时的对话，肯定会摸不着头脑：我们要么模仿啁啾声，要么吹口哨，要么发出咔嗒声，要么呱呱乱叫，我们总在谈论白天听到的鸟叫声。

那天下午，他在露台上观鸟，然后看到了两只鹰。其中一只站在一根树枝的最前端，好像在啃食靠近树旁的什么东西。突然，树枝啪的一声折断了，穆迪眼睁睁地看着这只鹰像马戏团里的演员一样跌了下来。大鸟一直没有打开翅膀，就在它快要砸到地面的前一秒才总算想起来自己会飞。

"就像一个人正站在高处造房子，他踩在一块大约5厘米乘10厘米那么大点的木板上，然后开始锯他身后的木板。"穆迪说，"这只蠢鸟。"穆迪描述的画面就好像是在拍鸟儿影视剧的花絮。

那时正好是下班时分，塞巴斯蒂安的哥哥，也是这片土地的管理员——贝纳尔多骑着自行车从我们这边经过，穆迪赶紧把这只鸟的故事讲给他听。贝纳尔多听后说，这是一只聪明的鹰，它们用自己的体重压断树枝，通过这种方式来筑巢。不一会儿，塞巴斯蒂安也来了，穆迪把他看到的情景又说了一遍。

"确实是这样。"他若有所思地说。"戴安娜小姐，记得那天你在看书时发生的事吗？"他问我。

那天下午我独自一人在露台上，手里拿着一本书，心不在焉地听着周围的鸟叫声。

突然间，丛林里爆发出一阵杂乱的声响。我告诉塞巴斯蒂安，就像混杂着各种尖叫声、捶打声和呼喊声，仿佛哪个主演刚来到舞台中央，台下的观众已经发了疯。可紧接着，一切又在刹那间重归平静，甚至比我来露台前还要安静。

"老鹰是从林子上空俯冲进丛林的，"塞巴斯蒂安就像神探可伦坡（Colombo）一样抽丝剥茧般地给我们分析"案情"，"这时林子里的动物们开始发出警报，警报迅速扩散，这就是你听到的骚动声，等老鹰最后到了林子里，所有动物都噤声躲了起来。"

在《伯利兹的鸟类》的帮助下，穆迪终于为那只不至于太笨的鸟验明正身，原来它是南美灰鸢（准确地说，它并非老鹰，不过很接近了）。

"看它的眼睛！红色的。"他说着在我面前挥了挥他现在最爱看的书。

"叫声像急促的笑声,就像这样:嘿嘿嘿——呵呵呵——嘿。"他照着书大声念道,还加进了一种打铃似的声效,生怕我领会不了他转译的鸟叫声。

那几天里,我们几乎没时间沿着"之"字形的石阶爬上山顶看日落——这原本是我们每天都要做的事——然后再回露台喝一杯艾莉推荐的杜松子酒或奎宁水。我们没花多长时间就把这些当成了每天的保留节目,如同给每一个平凡的日子打上印记。古老的石堆、蝙蝠、远处的加勒比海、时时记得穿上橡胶靴以防蛇虫,这一切都成了我们当下生活的一部分。我总是很诧异,每当身在旅途,之前那个现实世界就如此迅速地消散不见了。

在上面——我们习惯将山顶称为"上面"——我们竖着耳朵听有没有类似于青蛙那种"呱呱"的叫声,那声音每次都把我们的视线拉到巨嘴鸟身上。我们看着黄尾巴鸟落在木棉树上,听着它喋喋不休地叫着。此时红日缓缓下沉,隐没于危地马拉的群山背后,接着是时候回家给蝙蝠洗脑了:

"你们怎么还在这儿?怎么不出去吃蚊子呢?今晚有一顿大杂烩招待各位,尽管放开吃,吃撑为止,我知道你们都有餐饮优惠券。"

一个多月里,我们除了去看望艾莉和孩子们,或去蓬塔戈尔达购物外,就没有去其他更远的地方,有几个星期,我

落石镇：玛雅山脉的蝴蝶农场

们甚至都没有离开农场。我们在艾莉那边记账，她通过大卫把我们要买的东西带上来，他每周四都会上山取装蝶蛹的木箱。我总是很期待大卫过来，可能是因为他笑容灿烂，人又安静、聪明，也可能是因为他能给我们带来芝士、草莓和巧克力。每当我们随手翻开一本旅游指南，或是朋友推荐我们去哪里游玩时，我和穆迪的反应总是出奇地一致："等凯特（Kate）来了再说吧。"

## 第十章

# 龄　期

在我们抵达伯利兹之前穆迪就开始跟我叨叨:"等凯特来伯利兹……"

凯特是穆迪的女儿,爱唱詹尼斯·乔普林(Joplin)的歌,爱穿印有酷炫图案的衣服,满脑子的奇思妙想。如果有人会因为蝴蝶而两眼放光,那个人一定是凯特。

在途中耽搁已久的一箱子物资终于到了,凯特过来正好能用上。克莱夫买的丙烷电冰箱也送来了。穆迪心情很低落,因为那会儿我们正好去蓬塔戈尔达买东西了,他没能亲眼看到这么个大家伙是怎么被搬上100多级台阶的。

我给屋里的床都铺上了亚麻床单,在两间卧房中间的公共区域放上了一大瓶蝎尾蕉。我一直在和凯特发短信,手机上留下了一串串笑脸表情包和打包小贴士。我告诉她在丛林

落石镇：玛雅山脉的蝴蝶农场

里穿的衣物要尽量遮住皮肤，我可不想她重蹈我的覆辙，第一次来这里的时候光顾着凉快，带的都是些背心裙，简直就是把自己送给虫子当大餐！

我得把手机放下休息一会儿了，养足精神才好带凯特参观农场，探索更多好玩的地方。真好！整个屋子里充满了幸福的期待。

不过，凯特这次来有一点点小麻烦，她要把她的男朋友一起带过来。

杰德（Jed）和凯特在加州的一座山区小镇里生活。要我说，杰德也没犯什么大错，问题就出在穆迪最近一次去看他们的时候无意中听到了他们俩在说话，并且凯特在哭。

"当你听到你女儿在哭……"他说这话的语气就像一个农民好不容易等到了收获的季节，却没想到在田里看到了真菌泛滥的迹象。

因为飞机一大早起飞，凯特和杰德怕赶不上，所以在登机的前一天把车开到机场，在车里睡了一晚。然而他们睡过了头，妥妥地错过了飞机。

"好吧，我知道我女儿什么德性，"穆迪说，"可是那个家伙算怎么回事？"改签已经来不及了，穆迪只好帮他们重新制定路线，买了小型飞机的机票。他们比计划晚到一天，在美得不得了的日落时分抵达伯利兹。

## 第十章 龄期

穆迪一辈子都像饱受委屈的吉米·斯图尔特（Jimmy Stewart），成天只知道怨天怼地，可是一碰到孩子的事，立马就像等待时机猎食的树蛙那样变得无比耐心。

"想想看，"他看着载着他们的小飞机在天空盘旋而后降落地面，对我说，"要是她赶上了航班，那就得在大雨里降落，可现在她看到了这么美的日落。"

杰德是个大块头，比一米八的穆迪还要高出一个头，大腿有树干那么粗。他顶着一头蓬松的头发，脚上踩着一双凉鞋，钉着母贝扣子的衬衫口袋里装着一包香烟。

每当凯特抬头看他的时候，你简直都能听到她睫毛轻轻颤动的声音。她似乎没有注意到杰德并没有回馈同样的热情，不仅对她没有，对一切事物都没有。

哦，可怜的凯特！我忍不住想，我也曾有过相同的经历，不堪回首。

他们来蝴蝶农场的第二天早晨，我坐在杰德旁边，他正在抽烟。

我问起他在游船上当导游的经历，他说他想回到河上去，不过他希望能成为划桨的那个人，因为除了划船不用干其他事——不需要一刻不停地陪游客说话，照样可以把啤酒打包带走。

他问我们在蝴蝶农场吃什么。

落石镇：玛雅山脉的蝴蝶农场

我很起劲地向他介绍这里的菠萝、杧果、各种各样的香蕉，还炫耀了一下我们用最普通的食材——土豆、洋葱、辣椒、豆子和大米做的创意料理，这些食材都是从蓬塔戈尔达农贸市场的玛雅女人那里买来的。后来我才反应过来，杰德是在怀疑他是不是和一群素食主义者待在一起，他真正想搞清楚的是那台新买的冰箱里有没有牛肉。我想好了，等他们安顿好就去趟镇里，他们想吃什么就买什么。

接着他说他们打算在这里住十天，又问这十天里我们有没有什么安排。

我提到去蝴蝶飞棚还有步行去古文明废墟看一看。

他点点头，吸了一口烟，问："然后呢？"

他问周三有没有什么具体计划。周五呢？

我告诉他这里是伯利兹，大可来几场说走就走的旅行。他看上去若有所思，然后又长长地吸了一口烟。

早餐有水果、鸡蛋和墨西哥薄饼，吃完后我们和塞巴斯蒂安一起走进蝴蝶飞棚。凯特一下子变成了一个闪耀的发光体，蝴蝶纷纷落在她的身上，她看起来就像一盏富丽堂皇的装饰灯。参观完飞棚我们回到了小屋，准备躲过一天中最炎热的时段，可是杰德和凯特决定放弃避暑时间，徒步去山下的村庄看看。村子离这里超过5千米，而且现在的气温几乎能把大米煮熟，他们甚至不想搭车过去。两人在村里发现了一个酒吧,在那里消磨了一下午,过了好几个小时才回来。他们看上去带着几分薄醉,兴高采烈的,还带回来一大袋冰冻鸡肉。

那天夜里,我和穆迪让他们戴上探照灯,大家一起走到山顶。他们不仅看到了绿莹莹、亮晶晶的眼睛,杰德还看到一只蜘蛛驮着成百上千只蜘蛛宝宝,活像一块能行走的针垫一般从他面前晃晃悠悠地走了过去。

"你看到他俩有多兴奋了吗?"穆迪事后问我。这些蜘蛛太争气了,它们证明了这里值得一来,穆迪为此开心得不得了。

第二天清晨,天空蓝得无比柔和,白云丝丝缕缕如同伸长的手指,想用指尖去抚触群山(还差一点,快了,就快碰到了)。

我们专程去拜访了离我们最近的邻居——理查德和阿莉莎(Alisa),他们就住在卢班顿旁边的地球之舟里。

地球之舟是由回收材料搭建而成、实现自我维持的建筑,按照阿莉莎的说法就是一个"垃圾堆成的疯人院"。其设计理念出自新墨西哥州建筑师迈克尔·雷诺兹(Michael Reynolds)所倡导的"完全可持续生活"。

理查德和阿莉莎的住所拥有高迪(Gaudí)式的流畅线条和梦幻色彩,以及如同出自幼童笔下的天真烂漫的涂鸦。由水泥、垃圾、轮胎砌成的墙壁里嵌着许多玻璃瓶，看上去就像一个个发光的小洞，它们给屋里增添了光线，并经过精心设计排列成了心形、太阳和不规则形状的图案。

第一次来这里还是和克莱夫、詹姆斯、萨尔卡一起旅行的时候。当时克莱夫让给我们开车的大卫停一下，他想和认识多年的老邻居打个招呼。在车里，我们问起了理查德和阿莉莎的来历，克莱夫告诉我们理查德是伊顿公学早年的毕业生，他一直相信阿莉莎和女王能攀上点亲戚关系。

车开到他们家后，大卫在门外等着。

"你不进去吗？"我问。他说不进去了，村子里的人和理查德的关系都不太好。

我看了一眼房子的入口处，几行行云流水般的文字映入眼帘，那是诺贝尔奖得主、玛雅人、人权活动家里戈韦塔·门楚·图姆（Rigoberta Menchú Tum）的一段激昂名言："我们不是过去的神话，也不是丛林的废墟或动物园里的动物。我们是玛雅人，我们希望得到尊重……"

我转头看向大卫，他耸耸肩，仿佛在说人们尊重理念是一回事，不过要他们尊重理念里提到的身边活生生的邻居那又是另一回事了。

萨尔卡没有下车。她有密集恐惧症，一种对于不规则图形或是密密麻麻的小洞眼、凸起物所产生的恐惧或厌恶心理。

她所恐惧的对象和"混乱绿洲"——阿莉莎给地球之舟起的别名——的特征高度吻合。

等我和穆迪搬到落石蝴蝶农场后,因为农场主人塞巴斯蒂安和理查德关系比较紧张,所以我们也不方便老往绿洲跑。不过凯特和杰德的到来为我们前去探访提供了充分的理由。这两位英国邻居实在让我着迷,他们看上去40多岁的年纪,身形清瘦,容貌出众。夫妻俩都有点痴癫,或者说对许多事情——从有机草药园到犯罪真人秀再到分散在世界各地研习各自兴趣的三个孩子——都有点走火入魔。

"'混乱绿洲'这个名字到底是什么意思?"当我们一行人到了人家门口时穆迪开口问道,"究竟是指远离混乱的绿洲,还是由混乱构成的绿洲?"

凯特拿出了她观察蝴蝶时的那股劲头把地球之舟仔仔细细看了个遍。杰德特别喜欢混乱绿洲的酒吧,那儿的墙壁上有一幅巨大的用玻璃马赛克拼成的水晶骷髅图,黑洞洞的眼窝凝视着前方。嵌入墙体的架子上摆放着几瓶水晶头骨伏特加,也就是把伏特加装入骷髅状的瓶子里,这个品牌是由加拿大明星丹·艾克罗伊德(Dan Aykroyd)创立的。阿莉莎曾给这位前布鲁斯乐队好兄弟团的成员写过好几次信,想问他要一箱水晶头骨伏特加,不过至今没有收到回音。如果你来伯利兹南部旅行,记得给这对夫妻带上一瓶。

落石镇：玛雅山脉的蝴蝶农场

水晶头骨伏特加的设计源于1924年或1926年由安娜·米切尔—赫奇斯（Anna Mitchell-Hedges）在卢班顿发现的一个水晶头骨（她本人给出了不同的挖掘年份），她的父亲是探险队队长F.A.米切尔—赫奇斯（F.A.Mitchell-Hedges），此人之后成了他那个时代的播客，主持了一档人气极高的周日晚间广播节目。在丛林响起的鼓声中，他开始缓缓讲述发生在遥远国度的探险故事，比如他曾遭到一条凶猛鬣蜥的攻击。

不过现代科技已经揭穿了他的谎言，在卢班顿的所谓惊天发现是他杜撰出来的，是一场骗局。水晶头骨是个冒牌货。真是这样吗？

国际水晶头骨协会的成员有时会在卢班顿聚会，他们坚信水晶头骨是真实存在的，而且他们认为它是通向宇宙的入口。

阿莉莎非常擅长讲故事，而且有着舞台剧女演员的风范，她也确实曾在舞台上展露过风姿。不过她的故事总是讲得又快又急，听得我头昏脑涨。

她第一次跟我提起水晶头骨，我就在接连不断的反转中迷失了方向。我只听明白了她相信水晶头骨是真的，它拥有某种力量，他们的一个朋友把它——那个真的水晶头骨——当作护身符，放在了印第安纳州一个空手道工作室里。我在心里记下上述几个要点，准备日后有机会再询问详情。

在先前几次拜访中，理查德并不像他妻子那么热情，可当我们带着凯特和杰德上门时，他和杰德两人竟有点相见恨晚，原来他们都对制作胶体银感兴趣，这个行当显然和汽车电池以及家传银器有点关系。

之前有一次去他们家，我随口抱怨了句被蚊子咬了，理查德马上递给我一个蓝色的小瓶子，标签上写着："用于割伤、蚊虫叮咬、粉刺、结膜炎、尿布疹、烫伤、痱子。对您和家人还有宠物都安全有效。"

对标签上提到的其他疾病效果如何我不得而知，但是，唉，就像其他药物一样，实践证明这个小瓶子里的东西对蚊子叮咬毫无作用。

这次拜访非常成功，甚至连不擅交际的穆迪都能和理查德聊上几句当地报纸上的罪案调查和全球时局。理查德说等有空一起抽雪茄，穆迪欣然同意，虽然他并不抽烟——对这一点我还是很有把握的。

那天晚上我们回到家时，蝙蝠已经识趣地离开了，徐徐微风把蚊子挡在了门外。凯特自告奋勇要做晚餐，她端上来的饭碗就和混乱绿洲一样色彩缤纷，杰德的碗里则全是家禽，堆得老高。

来之前，穆迪告诉凯特蝴蝶农场地处偏远，非常安静，她说那可太好了。凯特负责管理乡下方圆几千米内的唯一一家市场，她需要暂时放下工作好好休息一下。

不过老在一个地方待着也不行，我们打算问问他们在剩下的几天里想不想去珊瑚礁浮潜，坐船游览鳄鱼出没的水域，或是去任何一个伯利兹有名的探险之地看看。

然而我们根本没有机会问出口，杰德完全主导了对话。他告诉我们他的父母是嬉皮士，他着重强调了一下，是真正的嬉皮士。他宣告家世的时候带着那种宣称"我家三代都是哈佛毕业"般的自鸣得意。不管是嬉皮士还是哈佛生，我都不太明白这些名头跟子孙后代有什么关系。

杰德的父母在墨西哥海滩一场裸体排球比赛中相识。光凭愿意光着膀子扣球这一点也许就足以证明他们的身份了。

他那位正宗的嬉皮士父亲住在加州的圣克鲁斯，年轻时曾有一位来自危地马拉的挚友。两人已经30年没见面了。杰德的父亲已经上了岁数，而且出现了阿尔茨海默病的早期症状。杰德想为他的父亲找到那个好友，拍些照片，也许再拍段视频。我觉得这个想法很有人情味。

然后他说明天他会和凯特坐渡轮去危地马拉找那位朋友。

不行，他都没有地址。

不行，他家人和那位朋友已经有30年没联络了。

穆迪瞪着杰德，我也瞪着他。他们还有5天就要回加州了。

杰德似乎觉得我们应该充分肯定他的这种高尚行为。凯特也这么看。

她拍了拍杰德的胳膊,用一种既为男友感到自豪又不想跟我们开战的口吻说了句"这——很——重——要——"然后结束了对话。

杰德慢慢觉察到我们并不打算跟他多费口舌。

"我看了下地图,危地马拉就在这里,你们怎么说?"他问。

"很好,"穆迪低吼道,"你去危地马拉,把我女儿留下。"

"嘿,就是去趟危地马拉,又不是什么大事,"杰德说,"干吗这么大惊小怪的?"

这世上没有比看着你所爱的人受伤更糟糕的事了,如果有,那就是看着你所爱的人受伤还要装作不动声色,这样就不会被他执迷不悟的女儿发现。我很震惊。

而让我生气的是杰德的态度,仿佛我就是一个横竖看不惯年轻人做派的老古董,只会捂着胸口叫:天哪,这太让我震惊了。

第二天早上,我们起得很早,因为要送杰德和凯特去蓬塔戈尔达坐渡轮。杰德说船九点半启航。

我尽量想一些开心的事:把两个祖宗送上船——我巴不得现在就这么做,然后美美地吃一顿伯利兹早餐——鸡蛋、黑豆、油炸羊拐和新鲜的菠萝汁。

轮渡码头的时刻表显示船要到十一点半才开。我不禁开始担心这两个人几天后会不会又一次错过航班。

杰德去买船票。穆迪朝约翰那边走去，他是我们在蓬塔戈尔达最爱去的一家市场的老板。

我和凯特留在车里。

"嘿，"我开门见山地问，"这事是杰德突然跟你提起的，还是你一早就知道他有这个打算？"

车里一片冰冷的沉默。

我不打算再追问下去。凯特9岁时我们就认识了，我俩相处得很好，像朋友一样随便。但是现在可能不太一样了，毕竟我和她父亲是这样的关系。

"也许我不该过问。"我说。

"没事。"凯特用了一句最流行的话表达了她不想继续这个话题的意思，随后她加了句，"都是人嘛。"

都是人嘛——谁能反驳这句真理呢？

穆迪回来了，我们还要等一小时才开船。伯利兹的热真是名不虚传。我和穆迪坐在车里，杰德和凯特在轮渡码头前一个看上去颇为可疑的小屋里买了炸鱼煎饼。

"能不能让他们自己等着，我们去吃早餐？"我提议。

"我不想错过和女儿待在一起的每一秒。"穆迪说。

## 第十章 龄 期

"可她在码头，我们在车里。"我看了看窗外。

"但我能看见她。"他透过挡风玻璃看着可爱的凯特说。

开船的时间到了，渡轮会带着他们越过洪都拉斯湾到利文斯顿，那个30年未见的朋友据说就住在那儿，如果他还活着的话。我冲着凯特喊，她把背包落在我们车上了。

"我有牙刷就够了。"她指了指自己的口袋。那他们为什么还要收拾行李，把什么都往吉普车里塞呢？本来也就是明后天就能回来的事。

接下来的几天里穆迪总是唉声叹气，时不时冒出一句诸如"年轻的时候就该去做你想做的事"之类的话，或是突然回想起自己环游世界那会儿很少给父母打电话这样的陈年往事。

我想起来我曾和以前的男朋友一家去塔霍湖旅行。他父母支付了所有费用，而我们只想见缝插针地过二人世界。帕克斯先生和太太，真的很抱歉。

当然，杰德很快就找到了他爸爸的朋友。当他告诉我们要去危地马拉找一个连住哪儿都不知道的人时，并没提起那位朋友是加里富纳人。加里富纳这个族群是从未被奴役过的黑人和加勒比人的混血后裔，他们的祖先从尼日利亚坐船来美洲，在到达目的地之前遭遇了海难。他们是一个与众不同、彼此关系非常紧密的群体，有自己独创的非洲加勒比音乐、语言和食物。

## 落石镇：玛雅山脉的蝴蝶农场

利文斯顿是加里富纳人聚集的小镇，位于楠塞河和洪都拉斯一个海湾的入海口，只有坐船才能过去。那个地方很小，杰德只需问几个人就能知道那位朋友住在哪栋房子。

杰德爸爸的朋友见到杰德和凯特简直欣喜若狂，他们开派对庆祝，又去瀑布游玩。看吧，你拿什么跟人家比？凯特发短信问我，想不想在他们离开的前一天一起去浮潜。

艾莉说她可以帮忙安排船，我跟她说，先别急，等确定凯特和杰德上了渡轮再说。

艾莉这几天心情都挺不错的。西卡提要闭门谢客3天，这是她4个月来第一次歇业休息。我打趣地问她这一次准备粉刷几间浴室。真的很有意思，不管我去哪里，老天都会赐给我一个特别勤劳的朋友，就好像身边一定要有榜样激励我才不至于太过懈怠。

我们在等凯特发短信确认他们已经上船，可是等来的却是艾莉的电话。

她因为关门歇业所以锁上了旅馆大门，把两条狗放养在院子里。除了艾莉和她的家人，这两条狗并不亲人，它们的工作就是看家护院。

与此同时，因为杰德和凯特只能搭乘夜间渡轮回来，所以他们在和我们约好碰头的前一天晚上就已经到了。凯特的手机没电了，杰德不肯付20美元，所以在伯利兹没法打电话。

## 第十章 龄 期

他俩到了之后搭车去了城西约5千米远的西卡提。当发现大门落了锁,杰德就准备翻墙过去。两条狗狂躁地叫个不停,吓坏了艾莉和她的两个儿子,但不包括杰德。艾莉的安保系统似乎没起什么作用。

电话那头艾莉压低嗓门告诉我,杰德一身酒味,凯特扭伤了脚踝。我暗自庆幸没预订浮潜的船。

我承认,对于看门狗没有把杰德逼得走投无路这事,我的心情比较复杂。

"倒不是说希望他被狗咬,"艾莉说,"而是说如果能让他感到害怕,也不是什么坏事。"

尽管在休假,艾莉还是收留了他们,两人的食宿也都记在了我们洗衣服和配送日用品的账单上。这是艾莉在整个旱季三天两夜假期中的最后一晚。对于年青一代,我的反应列表里除了震惊现在又加了一项——羞愧。看来青春于我,已渐行渐远了。

现在也不用去码头接孩子们了,我和穆迪准备去西卡提把杰德和凯特接回来吃午饭,一来是因为凯特脚崴了不能走路,二来我们也不想麻烦艾莉特地开火。

我开始刷牙,然后火气压不住地噌噌噌往上冒。这并不是我第一次因为刷牙而情绪爆发,试想,刷牙要花掉你整整两分钟,这段时间里你除了胡思乱想什么也做不了。不仅如此，刷牙时的固定表情和姿势已经让你咧嘴扯出了一个冷笑并且紧紧攥住了拳头。

我从浴室回来，带着一嘴清新的薄荷气息连珠炮似的发出了一连串的"是谁"：

"是谁三更半夜不打招呼就跑到丛林旅馆里去的？是谁挤掉女朋友看望老爸的时间拉着她去和他老爹失散多年的老伙计视频聊天的？是谁不告诉女朋友老爸他此行的真正目的是冲着危地马拉去的？"

穆迪吓了一跳，他搞不懂我口腔卫生搞得好好的，怎么就突然发作了呢？

"听着，"他说，"因为你在十几岁的时候父母就去世了，所以你从来没有真正度过有父母的20岁。二十几岁的人就是一无所知的，而我在那个年纪除了把事搞砸什么也不会。"

"这会遗传吗？"我倒吸一口凉气。

可是从某种程度上讲，他是对的。我们身上都保留着过去的自己，在我心中我还是那个小女儿，愿意用一切来换取和爸爸多待一些时间的小女儿。他才是那个应该生气的人，而现在的我应该快乐起来才对。

好巧不巧的，我的好友，同时也是家乡广播电台的新闻主任爱丽丝（Alice）在杰德和凯特离开的前一天来伯利兹看我们。

我在西卡提给每个人都订了房间，拉艾莉一起参加派对，在一家餐厅叫了自助餐让他们送到西卡提。艾莉冲我眨眨眼说她实在想不出办法让我们大家都坐在一起，所以她问我是不是介意让穆迪、杰德和凯特坐她儿子的儿童桌，我、她，还有爱丽丝几个中年妇女坐一桌。

艾莉专门为我们这桌准备了她的招牌鸡尾酒：粉红杜松子酒。

在我飞快地汇报了"都是刷牙惹的祸"事件后，爱丽丝建议我买把电动牙刷。艾莉则建议我再来一杯杜松子酒。等到杰德过来给我们看他们在瀑布前拍的照片时，我已经准备好认真地欣赏它们了。我心里甚至已经承认杰德这么做完全是出于好意。

最近我问艾莉要了她的杜松子酒配方，如下所示，一字未改：

艾莉的杜松子酒

半颗青柠榨汁（牙买加青柠是我的最爱）

2盎司（1盎司≈28.3克，我需要2.5盎司）干杜松子酒——最好是添加利金酒

冰镇杜松子酒

最上层加入姜汁汽水（我的最爱是加姜汁啤酒以增加口

落石镇：玛雅山脉的蝴蝶农场

感冲击）

洒上石榴汁让它看上去更诱人

一次必须喝上两杯才能充分体会其中的妙处

第二天早上，我跟穆迪告假不去送凯特和杰德了，因为我要带爱丽丝四处走走，而且我要是跟着去，吉普车就有点挤了。穆迪送走孩子们后回到我们在西卡提的房间，说杰德走的时候给了他礼物。

"真的假的？"我问。

"哦，真的，"穆迪说，"看。"

杰德让穆迪将一根羽毛转交给普罗菲利奥，有天下午普罗菲利奥当向导带他们去看了瀑布。

杰德用胶带把羽毛固定在一顶蓝绿色卡车司机帽的帽檐底下，羽毛的头尾两端从帽子边露了出来。

穆迪说杰德给他帽子的时候似乎还有点舍不得，不过又自言自语了一句："其实我也没那么喜欢这顶帽子。"

他还让穆迪将一瓶水晶头骨伏特加转交给理查德。

酒瓶已经喝空了一半。

我和穆迪死死地盯着对方，看谁先憋不住笑出来。我觉得我们打了个平手。

回落石蝴蝶农场的路上，我们在蓬塔戈尔达停下来买了些水果、蔬菜。我一边和爱丽丝挑选菠萝一边思忖，穆迪也许是对的，在人类的龄期中杰德和凯特还很年轻，他们会慢慢改变，变成另一个略微不同的形态。也许凯特会进入一个新的成长阶段，需要一个更能回馈爱的另一半，也许他们每一个人都会吐丝结蛹，然后破蛹而出飞向炫目的旅程。

阳光太猛，晒得穆迪有点吃不消，他返回车里拿他的帽子，没找着，于是抓起那顶给普罗菲利奥的帽子扣在脑袋上，也不管那根从帽檐两边支棱出来的羽毛，迤迤然逛起了市场。

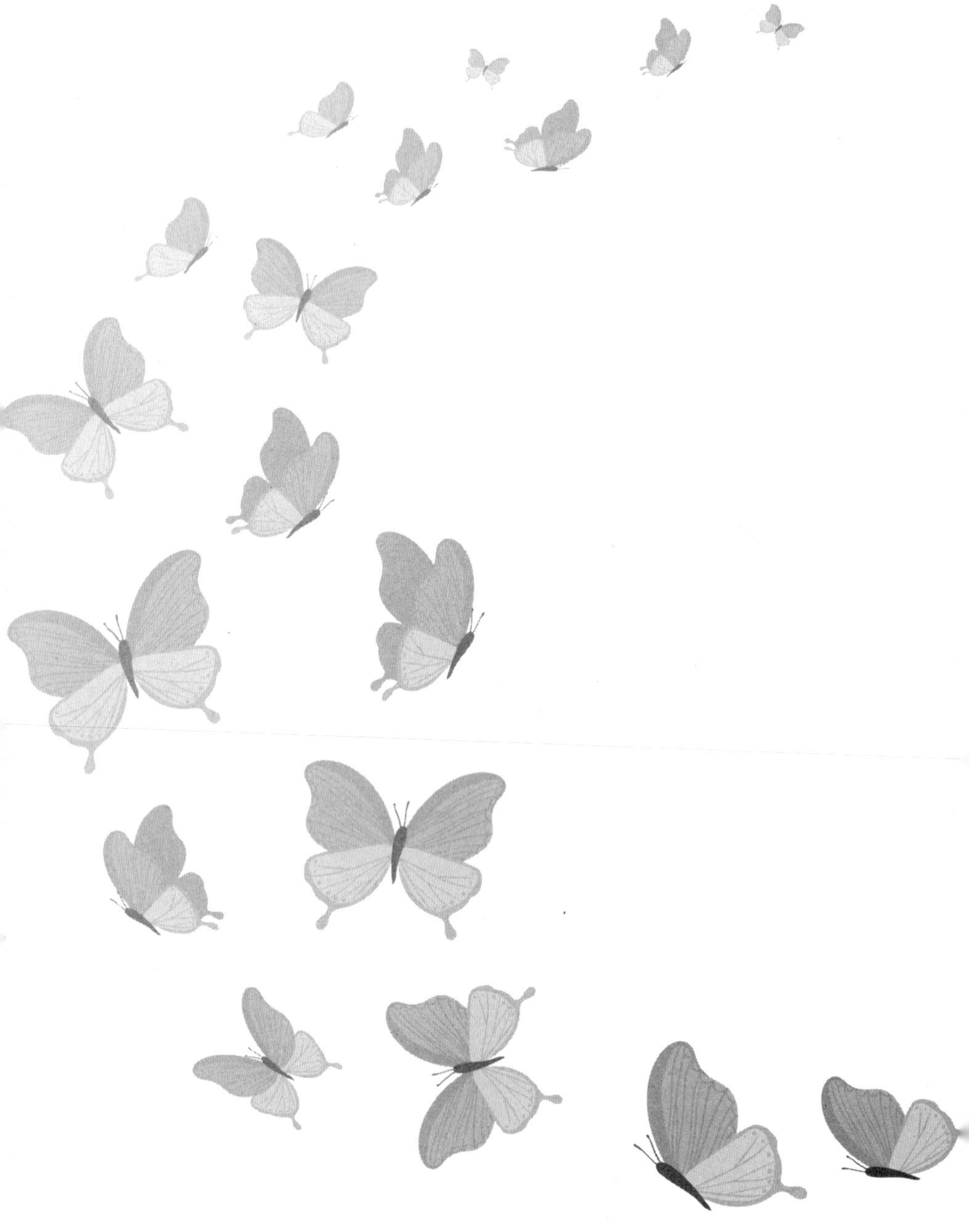

## 第十一章
## 爱丽丝

我们离开西卡提,在落日前带着爱丽丝回到了落石蝴蝶农场。天空蓝得耀眼,云朵仿佛一团团被打发得蓬松柔软的奶油浮在空中。

爱丽丝被眼前的美景惊呆了。我特别满足,那感觉就像把自己最爱看的书塞给朋友,他们也同样爱不释手。没过几分钟,天空如同拉开了一道帘幕似的一下子变成了玫瑰粉和橘红色。

我和穆迪想告诉爱丽丝周围这么多声响中哪一个是巨嘴鸟的叫声。

"就是那种像青蛙发出的声音,'呱——呱——呱'。"穆迪说。

"节奏不对,"我纠正说,"应该是'呱——呱,呱——

呱——呱'。"虽然我们越帮越忙，但爱丽丝最后还是成功分辨出了巨嘴鸟的叫声。

我的这位朋友爱丽丝教会了我冒险，是她领我走上了一条我原本不会走的路。

作为六个孩子里的老幺，家里几乎没有人管爱丽丝，她从小就能自由自在地徜徉在田纳西州的树林里，直到十几岁时，身为动物学家的父亲把家搬到了肯尼亚。她的父母曾把一大家子统统塞进一辆租来的车里，整个春假开着它在欧洲环游。爱丽丝喜欢去远离尘嚣的地方旅行，喜欢踩着滑雪板从高高的山上飞驰而下。

而我是在一种完全不同的家庭中长大的，身边的人会这样说："真不敢相信，居然会有这种疯子，把棍子绑在脚上直接从山上冲下来，打死我也不会做这种事！"

在我的家人看来，所谓旅行就是每年开车去俄勒冈走亲戚，了解一下谁出生了、谁去世了、谁动手术住进了医院。我们总是天还没亮就上路，我和哥哥还穿着睡衣——只要出门够早，我们就不用在路上过夜（不过有一次我们在相思树营地度过了无比美妙的一晚，对于预算有限的家庭来说，那里简直就是度假天堂）。

穆迪非常擅长滑雪，他话里话外总在暗示我总把"出身贫寒"当借口，可我觉得如果你来自一个每个月都没有结余、花一分钱都要思前想后的家庭，这种从小耳濡目染的谨小慎微会让你惧怕任何突如其来的意外。穷人不滑雪——万一摔坏了没法上班，拿什么养活自己？

爱丽丝和我成为朋友的时候，我刚当上弗雷斯诺当地一家报社的特约撰稿人，而她在大学里兼职教授新闻课程。我收入有限，不过因为单身，生活上没有太多开销，加上我从父母那里继承了怀揣无尽希望、不停自我牺牲这一优良传统，所以踮踮脚，我差不多也可以够到中产阶级的最下限了。

有一次，我和爱丽丝共同的朋友塞莱娜（Selena）要去巴黎参加马拉松，顺便治愈她那颗破碎的心。我们三人坐在一家法式烘焙坊里，一边往嘴里塞可颂面包，一边聊着塞莱娜的法国之旅。我羡慕得两眼放光。

"那就一起去呗。"爱丽丝说。

我笑了，好吧，我也去，等我长出羽毛我就自己飞过去。我并不是那种收拾几件行李就能去巴黎的人。

"没开玩笑，"爱丽丝说，"现在机票很便宜，你又有工作，刷信用卡呗。"

我没有信用卡。

"我借你。"爱丽丝说着就给我写了张支票。

我一边负担日常开销，一边用剩下的工资还上了爱丽丝替我支付的机票钱，前后也就用了两个月。那段时间里为了尽快存钱我没怎么去法式烘焙坊。巴黎之行就像一个启示，告诉我原来日子可以这样过，而之前我对此一无所知。除了那些不足为外人道的苦楚外，贫穷的另一个代价就是即便你已经摆脱了贫穷，却依然短视，意识不到它已被你赶出门外，看不清自己已经具备了可以享受生活的能力。

在巴黎，我住在巴黎圣母院附近的一家带有斜顶的小旅馆里，早餐有刚出炉的羊角面包、橙汁和一大杯咖啡，这顿饭钱已经包含在单间的房费里。每天中午我都会去移民经常光顾的黎巴嫩餐馆，花5欧元点一份炸鹰嘴豆泥球配沙拉和米饭，这样晚上我还有足够的钱买一个开心果冰激凌当晚餐。要说有什么休闲娱乐的话，那就是一边四处闲逛一边品尝我的冰激凌。这是我唯一能负担得起的，也是我能做的最完美的安排。

在爱丽丝提议并助我成行的巴黎之旅后，我觉得自己可以成为那种收拾几件行李就去巴黎的人了。我也可以做许多其他的事情，比如搬去伯利兹，住在蝴蝶农场。所以作为我曾经的领路人，爱丽丝过来看我真的是再合适不过了。

第一个晚上，我和爱丽丝站在露台边，忽然间眼前出现了一片明亮的光，而它消失得也如同来时那样突然。

这光好像来自我们上方。

"是月光。"听了我们的描述后穆迪这样说。

"不是,那光真的非常亮。"我说。

"然后一下子就消失不见了。"爱丽丝补充道。

我和爱丽丝决定自己去寻找答案。夜里爬上山顶还是不免让我心里发毛——你能感觉到好多眼睛在盯着你看,不光是蜘蛛的眼睛。爱丽丝埋头往石阶上冲,我跟在后面小心翼翼地寻找落脚点。

上山的整个过程中那片光一直时隐时现,我们看不出它究竟来自哪里。

有时候刻意给一件事蒙上点迷信色彩也蛮有意思的。我们越靠近山顶,离卢班顿越近。

我忽然意识到卢班顿其实已经被现代文明团团包围,其边界以外的世界和古代玛雅已没有任何关联。最新研究表明这里的整片区域,乃至整个伯利兹都曾是玛雅帝国的一部分。我们一直行走在废墟之上。

就在上个星期,普罗菲利奥告诉我他小时候经常跟他最要好的朋友结伴去卢班顿。

"就像汤姆·索亚(Tom Sawyer)和哈克贝里·费恩(Huckleberry Finn)。"他说。我听完就笑了。圣佩罗的哥伦比亚河和密西西比河离得很远,但书中两个年轻冒险家的形象却和他们如此贴合。

他说他们总是在星期天出发,因为那天卢班顿就只有他们两个人。两个男孩徜徉山间，藏身于羽状叶棕榈树的树荫下，在探险过程中，普罗菲利奥始终能听到有人在窃窃私语。他觉得那是祖先在和他说话。

我问他是人类共同的祖先还是他们族群的祖先，因为哥伦比亚圣佩德罗被认为是在19世纪末由来自危地马拉的难民建的。

他说是他们族群的祖先。普罗菲利奥自有他的道理，他说没有人知道在几个世纪以前那些突然从卢班顿消失的人究竟遭遇了什么，谁又能保证他们不是因为遭人驱逐、被迫逃离家园，就这样一路逃到了现在的危地马拉山里？一代又一代过去了，当他们行走在流离失所的路上，内心深处总有个声音在召唤他们，召唤他们回到哥伦比亚河畔，回到苍翠欲滴的山麓之间。那个声音在召唤他们回家。

当我和爱丽丝爬向山顶上闪动的光芒，普罗菲利奥的话引发了我无尽的想象。是不是那些古远的灵魂燃起了篝火？我们能否听到从另一个世界传来的低声诉说？

我们找到了答案。当攀上山顶后，我们看到了月亮。巨大的银盘低低地悬在半空，丝丝流云半遮住它的容颜。当我们凝望月亮，流云竟然像打开的百叶窗那样向两边散开，一轮满月如同明晃晃的聚光灯一般挂在高原之上。

回来的路上我琢磨着待会儿到家怎么逗穆迪：原来是毒

贩在交易，他们见我们上去吓了一大跳；要不然就说我们看到了鬼魂。不过，把那轮明月的故事带回家似乎就足够荡气回肠了。

为了能暂时从广播电台的日常事务中抽身而出，同时又不动用年假，爱丽丝准备捎一段"本地作家移居蝴蝶农场"的采访拿回去交差。第二天，她戴上耳机、别着随身话筒进驻农场。

即使爱丽丝不是在工作，她问的问题也要比我见过的任何人都多。我要是想知道点她的近况那就得紧紧闭上嘴巴，不然很容易被她抛出的一连串问题牵着鼻子走。

当她带着不可撼动的好奇心缠着普罗菲利奥、内斯托尔和塞巴斯蒂安问这问那时，我只有杵在边上当跟班的份儿。

她在两个小时里挖掘到的关于养殖蝴蝶的内部运作信息比我在两个月里学到的还要多，可让人哭笑不得的是她必须把采访录音剪到只有两分钟长。

她还问了许多跟报道无关的问题。其中一个让我和穆迪觉得非常头疼：我们到底是如何度过相处的时光的？

"你知道的，"穆迪说，"这种事很难说。"

也没有什么特别具体的事情可说。书摊着没看，画笔颜料搁着没用，嗡嗡作响的变频器让手机充上了电，我们也能了解世界新闻，不过数量有限。这里的日子有点像人们还看着纸质报纸的从前。

我只知道人生最奢侈的事就是早上醒来可以慢悠悠地思考：嗯——今天我学些什么好呢？然而，思考这个问题是非常耗费时间的。

在爱丽丝为期四天假期的第三天，我们的心越来越野，一大早，我们就离开农场向大海进发。

带我们出海的是内维尔（Neville）船长，他有一身结实紧绷的肌肉，走起路来一蹦一跳，脸上总架着一副反光的太阳镜，一笑就露出两排白牙。内维尔船长非常有主见，而且浑身上下散发着一种自命不凡的劲头。这没什么不好的，从事像外科大夫、船长、火焰舞者这样的职业，首先就要对自己有十足的信心。

这里的大部分船长都受雇于拥有船只的公司或非政府组织。不过，内维尔有他自己的船，那是他当老师的单亲妈妈用一辈子的积蓄帮他买下的。他跟母亲保证一定不会让她和自己的女儿失望。内维尔船长在这里长大，并且立志成为托莱多旅游业的龙头老大。在伯利兹大部分的旅行路线上你都看不到托莱多，只有大约2%的外国游客会来这里逛一圈，他们不是还没坐上游轮，就是还没住进垂钓旅馆。不过内维尔船长已经准备好随时带上这些散客出海遨游。

再次出海的感觉真是太棒了，这才是我熟悉的地方。丛

## 第十一章 爱丽丝

林里的蝴蝶农场是个奇异的世界,虽然令人着迷,但有时也会让人心生畏惧。船载着我们急速驶向鲍鱼礁的海岸警卫站,海风扑面而来,我呼吸着凉爽、略带咸味的空气。爱丽丝将一头棕发剪成了波波头,即使甩来甩去也能马上恢复原状。在家乡,我们的发型设计师是同一个人。不知道什么时候才能打理这头乱发,我一边想着,一边使劲按了按棒球帽,想压住随风乱舞的鬓发。

每一个进入洪都拉斯港海洋保护区的人,无论是游客还是当地人,都必须先在海岸警卫站稍作停留。等我们的船靠岸,一只戴着灰色口套的棕毛老狗摇摇晃晃地朝内维尔船长迎了过来。

我们被带到一个房间听一场关于禁止刺网捕鱼的说明讲座。有些刺网长达1.61千米,无差别地捕捞海洋里的一切:海龟、珊瑚、濒危物种,以及限制捕捞的垂钓用鱼。在海洋保护区内,使用这样的渔网是非法的。海岸警卫队一直在海上巡逻,如果发现有人在保护水域使用刺网就会立即对其实施逮捕。

放幻灯片的时候内维尔船长走到屋外,我猜他一定已经看了十几遍。

我们交完费,了解了海岸警卫队的职责所在后便驾船驶进了我所见过的最美丽的海域。写完这句话我就觉得心里发虚。我是加州人，又在亚速尔群岛待过一年，我已经感觉到"见异思迁"的差评正纷至沓来。

不过，就"弄潮逐浪"而言，那天的加勒比海确实很难荣登榜首。放眼望去，水面无波无痕，一片无垠的浅蓝色中闪烁着亮晃晃的碧绿。低头往水下看，海水清澈透明。

我们不需要潜水服，只要在脚上贴上潜水鳍，把脸埋进水里就可以进入另一个世界了。

一开始，我只看到了珊瑚，其中有一种看上去圆头圆脑的，有点像人类的大脑组织（这种珊瑚就叫大脑珊瑚），还有褶边莴苣珊瑚、分叉珊瑚。在昏暗的光线下，这些珊瑚群组成了一个荧光花园。

不一会儿我就注意到这里的鱼其实一点也不比水族馆里的少。成群的灰蓝色白鲑、鹦鹉鱼——亮蓝色、彩虹色、鲜黄色，还有带着条纹的——从我眼前一晃而过，那缤纷绚丽的色彩、轻盈曼妙的身姿，让我怎能不将它们比作蝴蝶呢？一只体形巨大的老龙虾步态僵硬，走路的样子活像一个由电池驱动的玩具。螃蟹在满是沙砾的海底爬来爬去。这一幕只是270多千米长的珊瑚礁美景中的一小部分，却足以让我目眩神迷。

水下的世界一片寂静，我只能听到自己的心跳声和呼吸声。

## 第十一章 爱丽丝

几个小时后，我们爬上船，享用了一顿从当地东印度餐厅送来的美味午餐——咖喱蔬菜和米饭。托莱多有一个东印度社区，他们的祖先以契约仆役的身份来到甘蔗种植园，这是奴隶制被废除后另一种赤裸裸的、极尽剥削的工作制度。之后，英国政府对发生在印度本土的独立起义进行了残酷镇压，到了1858年，1000多名起义者连同他们的家人被驱逐到伯利兹。这不是我第一次发现在一顿饭里能发掘这么多历史。

我挑起话头聊起了刺网。内维尔说他以前曾是海岸警卫队的队员。难怪那条狗认识他。

一天夜里，他在海上发现了一条小船，船上堆着一张长长的刺网，里面空无一物，看样子什么也没捕到。他打开探照灯仔细查看了一下船身，只有一个男人和他的儿子。男孩看上去七八岁的模样，那晚很冷，他蜷缩着睡在网下面。

"他甚至连条毯子都没有。"内维尔说。男人举起双手，看上去惊恐极了。他是危地马拉人，只会说西班牙语，而内维尔对西班牙语一窍不通。

他理应逮捕男人，没收他的船和设备。可他没有，只没收了那张网。他希望男人和他儿子能平安回家。第二天他就辞去了海岸警卫队的工作。

"这边要我们逮捕快要饿死的人，那边政府却任由大人物捕捞，像话吗？"他问，"我不想跟这种事沾边。"（2020年11

月，经过环保主义者、小渔民协会和当地社团长达20年的努力，伯利兹宣布禁止使用刺网。）

内维尔正在尝试用自己的方式保护这片生他养他、让他捕过鱼、潜过水的海域。塑料瓶和垃圾被成堆地冲上红树林和无人居住的小珊瑚礁。在没有游客的周末，他会带着当地的孩子一起出海捞垃圾，这些孩子平时都没有什么机会亲近大海。这个星期天，哥伦比亚圣佩德罗大学足球队的队员们将跟随内维尔一同出海。

我非常欣赏内维尔的做法，在帮助净化环境的同时又能让孩子们开阔视野。他在用实际行动提醒我们，即使不是克莱夫或某位罗斯柴尔德继承人那样的百万富翁，也一样可以有所作为。

午饭后，内维尔说要带我们去一个"游泳胜地"，我还在犹豫今天是不是已经在水里泡得够久了，那边爱丽丝和穆迪已经打起了盹。

可是当内维尔船长关上引擎——你们应该还记得我之前说过这是我所见过的最美丽的海域吧？现在我身边的景致大大增加了这句评价的可信度。这里有一条细细窄窄、没有人迹的珊瑚礁，上面挺立着棕榈树。海滩上洁白的沙子如同白练般一直延伸到船底，上面流动着1.5米深、碧蓝清透的海水。

我仰面漂在水面上，看着眼前的蓝天。要是哪天情绪低落，希望我能回想起这一刻的安闲自在。

几周后，爱丽丝回到家，重新投入忙碌的工作中。我发短信问她一旦回归日常，在伯利兹看到的一切美好是否还能驻留心头。

"是的，"她回复说，"大树、小鸟、蝴蝶都还在，只是它们已和琐碎的生活混同一处，所以要小心，别在繁杂的日常中把它们给弄丢了。"

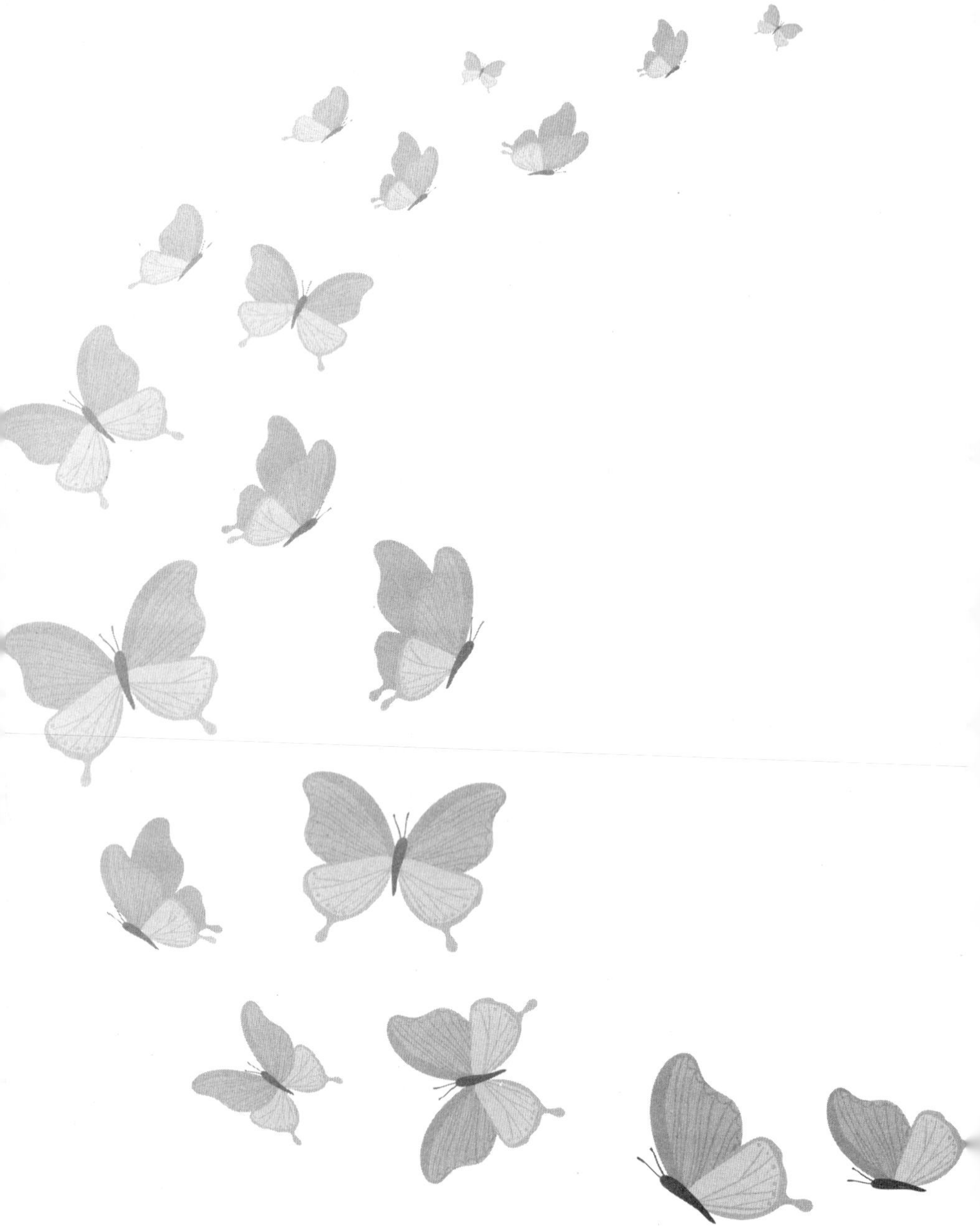

## 第十二章
## 蝎 子

我们从来没打算接待像那不勒斯千层饼饼皮那么多的访客,毕竟,我想把心思和时间都花在农场上。可是爱丽丝前脚刚走,乔丹就在她唯一有空的周末来看我了。

早在我们还在丛林小屋忙着打包收拾、封装床垫、擦拭墙壁、给淋浴房铺上瓷砖的时候,乔丹就急着想从迈阿密飞过来看看了,当时她一心以为我会像海豹突击队队员那样在丛林里艰难度日。所以请她过来度周末也正好了却了她的心愿。我在她的床上铺好亚麻床单,用瓶子装了一大把新鲜的花叶,准备好好布置一下她的房间。

乔丹一下飞机我就注意到了几件事:她走路一瘸一拐的;一条胳膊吊着绷带,手腕也戴着护具;另外,她还拿着一瓶免税的杜松子酒。

落石镇：玛雅山脉的蝴蝶农场

我真心希望这一系列止疼措施里不包括最后一样东西：从停车点到小屋的159级排列间隔不一、陡峭险峻的石阶。乔丹已经看过照片。

我给了她一个大大的拥抱，然后挑着眉看着她。

她笑了起来。

"滑雪时出了点状况，戴安娜，没告诉你是不想让你担心。"她说。

（我对于滑雪这件事抱有的疑虑再次得到了验证。）

当时正好是日落时分，我们开车直接前往落石蝴蝶农场。对于乔丹这样惯于游历四方的人来说，从迈阿密到伯利兹就是小菜一碟。

穆迪在蓬塔戈尔达外的一个大加油站停下来，准备给吉普车加满油。加油站设在高速公路边一个大型沥青停车场内。

我们一打开车门就听到了吼猴的叫声，并不是从远处传来的，而是来自空地对面，声响巨大，听起来真不像是地球生物能发出的声音。

几个月以来，我一直希望能在地处偏远密林的蝴蝶保护区瞥见这些狂叫者的身影，然而一直没能如愿。我们甚至都没有听到过从远处传来的喊叫声——要知道，只要它们一开嗓，就算在5千米外你都不会错过。可是现在，它们居然出现在加油站里，离我们那么近。

## 第十二章 蝎 子

我们站在一个垃圾桶旁边看着中美洲体形最大的猴子。它们能用尾巴勾着枝丫在林子里蹿来蹿去,对于它们来说尾巴就是另一条胳膊。它们的叫声实在太大了,在一片喧嚣中我们几乎听不清彼此在说什么。

"欢迎来伯利兹,乔丹,"穆迪大喊道,"等会儿加油的时候可别出什么乱子。"

我们坐在露台上共进晚餐,四周的纺织娘和蟋蟀组团唱得正欢,我们都听入迷了。1月下旬,乔丹给我发来一张她和朋友们在欧洲最高的滑雪胜地滑雪时拍的快照。她看上去很开心,但有点瑟缩怕冷的样子。一想到我俩互相分享的照片——一张来自伯利兹的热带雨林,另一张来自法国的阿尔卑斯山,我就觉得很有意思。她在滑雪时摔了一跤,可她没当回事还继续滑,后来发现手腕和肩膀都摔坏了。

乔丹刚到家就得了这辈子最严重的一次流感,在床上躺了一个多星期,等病快好了才想起来自己之前还受了伤。

"那次流感真是要命,我都不知道自己能病成那样。"她说。

第二天早上,乔丹一边喝咖啡一边和塞巴斯蒂安的兄弟马塞里努斯·肖尔(Marcellinus Shol)聊天,他正好扛着树叶从我们的小屋旁经过,所有工人里就数他捆扎、扛运的树叶最多了。

乔丹一脚高一脚低地跟着我们来到农场，她给安塞尔莫和胡里奥带去一袋香蕉皮和青柠片，好让他们放在大蓝闪蝶专属水果吧的盘子里。

气温上升后我们走回小屋，午后特别宁静。穆迪摊手摊脚地打起了盹。我打开一本悬疑小说，故事发生在冰天雪地的加拿大。乔丹在她屋里冲澡。

所以当我听到她在我们敞开的卧室门外打招呼时多少有点惊讶。"不好意思，打扰一下。"

她的声音听上去很奇怪，像是被人勒着脖子念舞台旁白。

然后她出现在门口，身上裹着一条白色的浴巾，头上也缠着毛巾以包住湿发，海蓝宝石一般的眼睛在佛罗里达骄阳晒成的棕色皮肤映衬下显得格外醒目，她眼神里的惊恐藏也藏不住。

"我说亲爱的朋友们，我不想吓着你们，"她说话的声音听上去就像一个被吓坏的人正在极力控制自己的恐惧，"但是浴室里有一只蝎子。"

我们一点也没被吓着。

穆迪点点头。

"哦，没事。"他说。

"我们有两只蝎子，都住在厨房里，"我说，"就在放燕麦片的罐子上面，不过它们要到夜里才会跑出来。"

## 第十二章 蝎 子

我经常把它们跟偶尔出没露台的狼蛛、墙上的蝙蝠,还有时不时入侵浴室的蚂蚁混为一谈。而且每次我拿燕麦片的时候都要左看右看,小心得不得了。

"我说亲爱的们,"乔丹拔高嗓门,满满的求关注的语气,"你们大概不知道,蝎子是能要人命的。"

她告诉我她曾在利比亚参加过生存训练(我真是爱死乔丹了,她不断翻新的履历总能给我带来层出不穷的惊喜。爱丽丝是我"哪里好玩去哪里"的朋友,而乔丹则是我"你到底靠啥谋生"的朋友)。在那次培训中有两天模拟训练,其中一项内容就是模拟如何对付一种蝎子,那种蝎子带有剧毒,被咬一口,毒性马上发作。

"哦,"穆迪说,"要不我帮你把它弄走?"

"那我们得非常、非常小心。"乔丹顶着一脑袋毛巾非常慎重地点了点头。

她和穆迪开始研究作战计划,看情形似乎一切已尽在掌握之中,而我刚好读到小说的精彩部分,所以继续往后读了几页,直到听见穆迪把楼下厨房里为数不多的锅碗瓢盆搞出了"乒乒乓乓"的动静。

他再上来的时候手里拿着一口锅和一个盖子。

"别动,你个冒失鬼,"我说(我把自己给惊着了,我竟然说出了"别动,你个冒失鬼"这样的话),"那可是我们唯

——口煮意大利面的锅!"

"没其他可用的家伙了。"他说话的样子就像阿波罗飞船上的宇航员试图用硬板纸和胶带拼凑出一个空气过滤器一样。

"穆迪,我不确定这是不是安全。"我朝着他大步走进乔丹房间的背影说。我很郁闷,虽然我最大的担心是竟然要用家里仅有的煮意大利面的锅去抓蝎子、虱子之类的东西!

乔丹碰了碰我的胳膊,郑重地朝我耳边悄悄递来一句私房话:"别拦着他,男人都是死要面子的。"

我回到我的小说里。几分钟后,穆迪回来报告说他把锅子扣在墙上逮住了那只蝎子,然后用一块薄塑料切菜板插进锅沿和墙壁之间,将蝎子撞进了锅子,接着啪嗒盖上了盖子。他已经把蝎子带到外面,远离乔丹的浴室。

乔丹从头到脚穿戴好,头发也梳好后,来到我们门口说:"我过来是要谢谢穆迪,而且想让你们知道,如果真出现什么状况,我也有办法。有我在,你们不用担心。"

"什么办法?"我和穆迪异口同声地问。

"万一穆迪被蜇了——"乔丹解释道。

我们都放下了书。

"要是我被蜇了你有什么办法?"身高一米八三的穆迪问身高不足一米六的乔丹,她已经重新戴上了手腕护具和固定手臂用的肩膀悬带。

## 第十二章 蝎 子

"我准备用消防员背驮肩负的方法把你扛起来,然后送上吉普车。"她说,"如果钥匙不在车上,我就踩着离合器让车子慢慢蹭下山。我还看到车后座上有一把伞。"她补充道,"如果我这条伤腿踩不了离合器,那把伞就能派上用场。"

"你的肩膀也受伤了。"穆迪提醒她。

"那就把你甩到另一边的肩膀上。"乔丹说。

"这儿有159级台阶。"穆迪说。他很努力地绷着脸,但是床在抖,让它发抖的是穆迪苦苦压抑却又没能完全压抑住的大笑。

"嘿,等等,"我忍不住插嘴,"我不让穆迪用锅子抓蝎子会伤他的自尊心,你把他甩到没受伤的肩膀上就不要紧?"

"放心吧,那会儿他已经失去知觉了。"乔丹说。

"那我呢?你忙活的时候我干什么?帮你拿上钱包?"我问道。我也一脸严肃,但因为忍得太辛苦,居然把眼泪给逼了出来。

"你不知道人处于紧急状况下会有什么反应,"乔丹告诉我,"你可能吓傻了,也可能直接晕过去了。"

"我才不会晕过去呢!"我叫道。想想这样的剧本:一只毒蝎子把穆迪蜇得失去了意识,乔丹二话不说把他扔到自己没受伤的肩膀上,拖着一条伤腿爬下159级台阶,而我却没用到晕成了一摊泥,这也太侮辱人了吧!

179

"好吧,那你会怎么做?"乔丹有点戒备地问。

"我会马上给塞巴斯蒂安发信息。"我耸了耸肩。

"哈!"乔丹立马抓住了我计划中的漏洞,"蝴蝶飞棚里没——有——手——机——信——号——"

所以当蝎子从意大利面锅子里爬出来袭击穆迪的时候,必须得有个工人正好在我们小屋附近拿着手机发信息才行,我心想。

不过我马上发现了一种更切实可行的求生方法——靠在墙上的那两根结实粗壮的树枝。我们那台丙烷冰箱就是靠它们过了159级台阶。

"我可以用那些棍子做一副担架。"我说。

乔丹仔细看了看树枝。"这倒是个好办法。"她赞许地说。

"用它们搬大家电易如反掌。"我说,"我们两个能马上把他架起来,不过要是你吓得跑进了树林,我也可以一个人用吊床把他拖到担架上。"这是对她编排我晕过去的有力回击。

"嗯,知道救我的人都这么能干,我就放心了。"穆迪说,接着又问道,"不过等你们上了吉普车,准备把我带到哪儿去?""另外,我们的吉普车是自动挡,没有离合器。"看来我们不用马上展开救援行动,谢天谢地。

既然眼前的危险已经解除,对于未来的灾难也有了应急预案,我们可以定下心来和普罗菲利奥碰头,然后一起去看瀑布了。

在我看来，这片保护区就是一片丛林，可是对于塞巴斯蒂安和其他还记得之前是什么情形的人而言，从火灾中幸存下来的真正的丛林只有瀑布边小路附近的那片区域。农场周边的植被主要是藤蔓和纤细的小树。而在瀑布边上，桃花心木树巨大的树桩依旧顶破地面，在它们之上，藤蔓互相缠绕着从上百米高的粗壮树枝上垂下来。

塞巴斯蒂安希望我们在那儿徒步时最好找一个向导。这倒也不是什么必须执行的硬性规定，之前，穆迪就带着塞巴斯蒂安的祝福一个人走到了瀑布。

回来后他跟我说："我不想说过程有点吓人，不过，没错，下次我不会一个人去了。"

那意思就是有点吓人。

因为这次还有乔丹，所以塞巴斯蒂安让普罗菲利奥给我们当向导。普罗菲利奥的梦想就是攒够1000伯利兹元的报名费，然后参加政府组织的资格考试成为一名导游。克莱夫支付的薪水比伯利兹的最低标准多3.3美元，不过就算他能赚到6美元，报名费对他来说依然是一笔巨款，而且他还得养家糊口。如果他能攒够钱、顺利通过考试，那么今后对于任何一个在他引导下亲近大自然的人而言无疑都是一种福音。几乎没有人能像普罗菲利奥那样用自己对于大自然的激赏与热爱之情感染周围的人。

普罗菲利奥正在一个废弃的老旧飞棚边上除草，那儿到处都是蜘蛛和蜘蛛网。这个飞棚之所以被废弃是因为蚂蚁入侵，吃掉了蝴蝶卵和毛毛虫。后来蜘蛛过来吃掉了蚂蚁。新建的蝴蝶屋都架在水池里的短木桩上，这样蚂蚁就无法越过保护蝴蝶的护城河——萨米的蝴蝶屋就是同款设计。

我们走过去，把刚才发生的蝎子事件跟他说了一遍，本来以为他会笑话我们小题大做，没想到他目光犀利地扫了穆迪一眼。

"你把它放出去的时候它还活着吧？"他问。

"当然，"穆迪说，"你教过我们的，普罗菲利奥，我在这里绝不杀生。"

"它是不是跟住在你们厨房的两只大蝎子长得很像？"

"体形小一些，"穆迪说，"而且模样有点奇怪。"

普罗菲利奥脸色发青。

"你把它放哪儿了？"他问。

穆迪往田野那边大概指了指，问道："怎么了，普罗菲利奥？有什么问题吗？"

普罗菲利奥有时候和塞巴斯蒂安一样"迂回曲折"。他先从地球的现状讲起。

"丛林里的动物是非常神秘的，"他说，"有人在丛林里

## 第十二章 蝎　子

予取予求，它们从不在意。地球上的一切都会灭绝。在书里看到这一点是一回事，可是眼睁睁地看着那些活生生的生命……"

我们三个都赞同地点了点头。

普罗菲利奥的脸色还是不太好看。

"你们刚才遇到的是蝎子王，它无与伦比，是丛林里的统治者。还好你没有碰到毒液，不然不仅会变成残废，还要承受两倍、三倍的剧痛。我有一次被蝎子王蜇了一下，血液循环都停止了。"

（之后我了解到伯利兹的蝎子一般都不致命，但是会引发心律失常。）

"感谢上帝，"我说，"还好那只是一只小蝎子。"

"体形小的蝎子才最危险，而且，现在正是蝎子妈妈生宝宝的时候。"普罗菲利奥说，"蝎子宝宝是在妈妈肚子里完成孵化的，一生下来就能动，蝎子妈妈一次能生100多个蝎子宝宝。"

穆迪仔细看了看满是蜘蛛的蝴蝶屋。

"蝎子吃蜘蛛吗？"他问。

"吃啊，"普罗菲利奥说，"还吃蚂蚁。好了，我们出发吧。"

这是一段充满趣味的旅程，尽管在一开始的那段路，我们从成千上万只蝎子宝宝身边走过。半路上我们看到一棵棕榈树,叶子长成了一个圈,于是我们挨个从中间的圆洞后露出脸孔,就像游乐场里的卡通照相板,中间挖掉一个圆,边上画上狮子的鬃毛,人站到后面,从圆圈里探出脑袋。普罗菲利奥从一棵羽状叶棕榈树上拔下一枚巨大的干心皮,足有一米那么长,形状弯弯的像一个浅浅的碗。他还向我们示范了他和朋友们是如何像拉雪橇一样互相拖拽着玩闹的。我在一片鲜绿色的叶子上发现了一只亮橙色的小虫。一些树的一边长着好多凤梨科植物的橙色小球果,一个个尖头尖脑的,十分有趣。

一株像拳头那么粗的巨型藤蔓从小路横穿而过,我们不得不弯腰从底下钻了过去。

"这是水藤,"普罗菲利奥说,"一开始长得很纤细,之后就长成你们现在看到的样子了。不能小瞧它,要是在林子里遇上灾难,它可以帮上大忙。"

他说如果用砍刀砍断水藤,里面会直接流出饮用水。

乔丹问他,要是缺乏足够的自然常识,比如不明白普罗菲利奥所说的饮用水指的就是水藤的汁液,要怎么做才有可能走出山谷中无人踏足的丛林呢?

"如果迷路了,你就要找一条河流,然后顺着水流走。"普罗菲利奥说,"但是你必须仔细观察,确保它是能带你走出去的那条河。"小路变窄了，我们只好鱼贯而行。我跟在普罗菲利奥后面，他转过身，伸出手指抵在嘴唇上。我放轻脚步，想看看这次他又发现了什么宝贝。

然后就是最让人尴尬的一幕：我居然逃跑了。等我搞清楚在我们面前的是什么东西后，我立马不管东南西北，撒腿就跑。自从我来到伯利兹，这还是我第一次顾不上一脚下去会踩在哪里。

搞笑的是其实我并没有看到那条蛇，又或者我的恐惧症意识到眼睛看到的画面实在难以忍受，于是立马把它从我的意识中抹去了。就这样，我没有看到蛇就落荒而逃了，直到现在我的脑海中都没有关于那条蛇的印象。

之后穆迪跟我描述了蛇的样子。它是黄色的，大约有1.5米长，头在树上高高地竖起，身体盘踞在好几根枝丫间，离我们那条路大概只有一手臂的距离。普罗菲利奥说它没有毒。穆迪说他从来没有见过这样的蛇。乔丹给它拍了张照说是要留给我看。我谢绝了。

普罗菲利奥第一个追上了我。

"对不起！"我们几乎异口同声地向对方道歉。

"我不知道。"他说。

"是我没跟你说过，"我说，"我真是太傻了。有几次，我觉得好像看到了有什么东西在爬，然后就开始恶心。可是这一次我跑的时候甚至都不知道自己已经开始跑了。太滑稽了，其实我跟蛇没什么过节。"我说。

也许这种恐惧源于我还是"毛毛虫"的那段岁月，那时候我还在为成为日后的"蝴蝶"积蓄力量。

2007年，乔治敦大学的科学家们发现记忆可以通过蜕变保留下来。科学家玛莎·R.韦斯（Martha R. Weiss）、道格拉斯·J.布莱基斯顿（Douglas J. Blackiston）和埃琳娜·席尔瓦·凯西（Elena Silva Casey）训练烟草角虫的幼虫避开乙酸乙酯（一种让指甲油散发难闻气味的物质）的气味。幼虫一般对这种气味并不敏感，但当研究人员将乙酸乙酯配合适度电击一起使用，78%的幼虫都学会了避开这种气味。

随后，幼虫吐丝结蛹进而变成蛾。蜕变的过程始于组织溶解，酶将幼虫溶解成液体，也就是蛋白质溶液，然后一组名为成组织细胞的特殊细胞利用这种黏性物质重新组成蝴蝶或蛾。

当蛾破蛹而出后，其中的77%都会避开乙酸乙酯，而这些飞蛾就是学会避开乙酸乙酯的毛毛虫化蛹而成的。

毛毛虫虽然溶解成了蛋白质，但还是将关于自己害怕什么的信息传递给了蛾。也许我并没有经历过像变成蛋白质溶液那么原始的变态阶段，但是对于蛇的恐惧可能在我成为"蝴蝶"之前的那段积蓄能量的过程中已经存在了。当然，这只是我的想象。不管怎样，那天我还是想办法越过了蛇出现的地方继续前行。

我觉得这里的瀑布更像一个阶梯式的水池，不过这无碍于它的美丽，尤其在阳光明媚的日子里，瀑布就是参天大树合抱下的一小块空地，清凉的水逐级而下，在岩石上冒着泡。我抬头往上看，反射的水光在蝎尾蕉的树叶底下跳着舞。普罗菲利奥带着他的蝴蝶网兜，穆迪带着照相机，两人兴奋地追逐着各自心仪的对象。乔丹的脑袋不停地转来转去，丛林已经俘获了她的心。她说话从来都是有头有尾的，可是现在她只会说："哦，上帝，我说，伙计们，哦，我的上帝，美！"

很显然，眼前的一切和她那位在伯利兹丛林躲在树上瑟瑟发抖的特种部队朋友所经历的有着天壤之别。

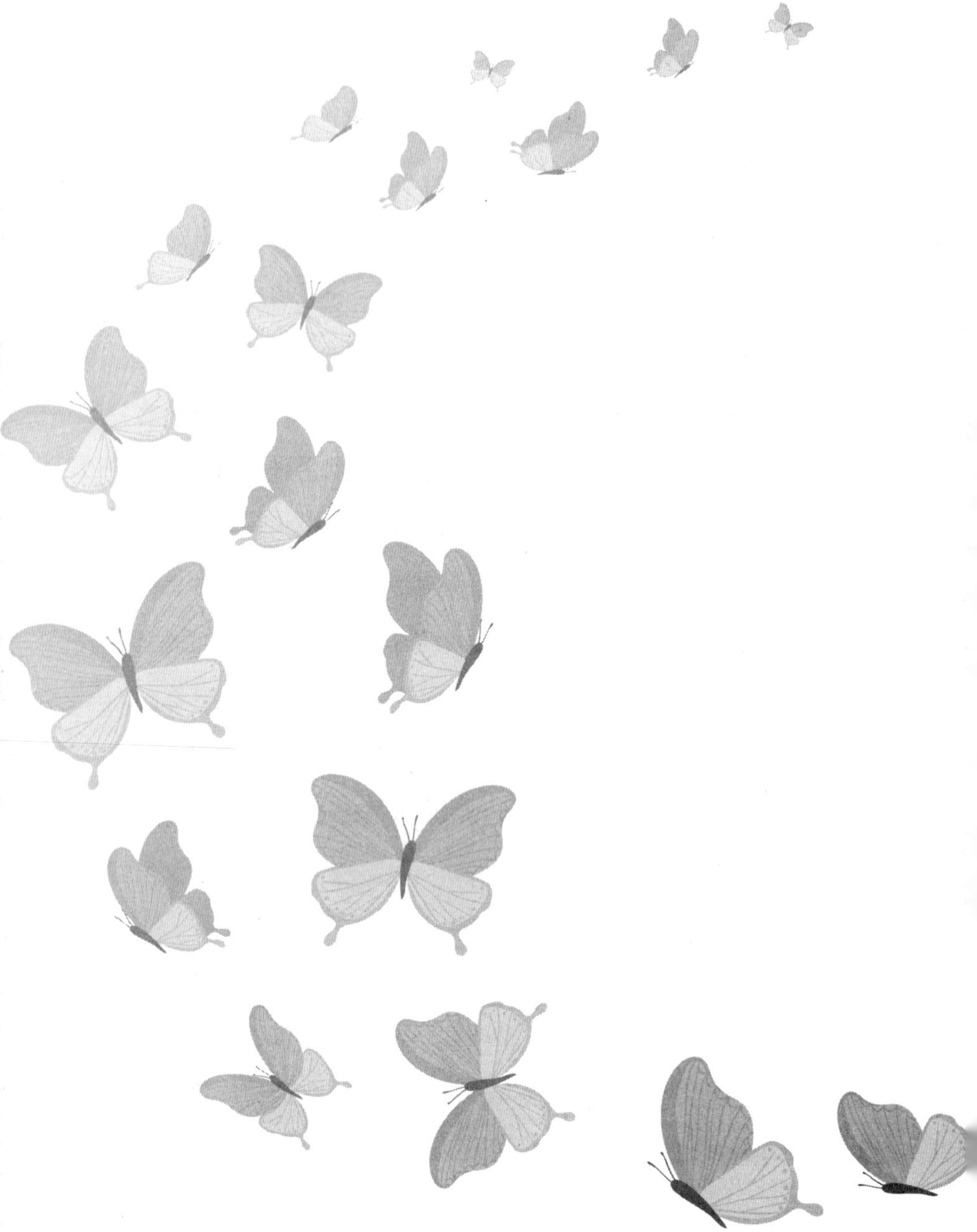

## 第十三章
# 米切尔－赫奇斯水晶头骨

我在古老的石头堆里攀爬搜寻，想要找到水晶头骨在传闻中的挖掘地点，要是在那里讲故事会更有情境感。我们计划在乔丹逗留期间再去一次混乱绿洲，不过去之前我想让她了解一下背景知识。

在卢班顿很容易迷失方向。那是一个大得没边的绿色公园，占地超过16万平方米，高大的木棉树撑起一把把巨伞，为卢班顿投下一片片清凉。然而遗址本身就只有一堆东倒西歪的石头，四处可看的也不过是几块介绍性的文字标牌。

研究人员认为这处遗址在公元730年后的某个时间点开始有人居住，并存续了160年左右，之后于位于南部低地的玛雅诸城突然崩塌的同一时间被废弃。

与玛雅建筑中惯用的石灰岩不同，这里的建筑是用黑色板材搭建而成的。相砌的石块间没有任何一种灰浆，而且建筑的边角都采用了圆角设计，极其不同寻常。

当发生地震或其他重大灾害时，地面会发生移动，上面的建筑随之坍塌。1917年英属洪都拉斯派他们的首席医疗官，一名业余考古学家托马斯·甘恩博士（Dr. Thomas Gann）来这里进行挖掘。为了寻找无价之宝，甘恩居然动用了炸药。

我和穆迪来这儿不久后在村子里雇了一个刚拿到导游证的小伙——杰罗尼莫（Geronimo），他经常站在十字路口挥手拦下一些正好路过的游客。

在雇用他之前，我们已经探索了卢班顿的每一个角落、每一处裂隙，已经熟识去往球场和河流的每一条小路。有好几个下午，我就坐在公园管理员阿波利纳里奥那间热得要命、小得转不开身的办公室里，一边吹着面前那台小电风扇，一边听他滔滔不绝地介绍卢班顿的历史。他的雇主也就是伯利兹政府不允许他带团参观，这实在令人遗憾，因为他对这个地方就像他叔叔塞巴斯蒂安对蝴蝶农场那样了如指掌。

我们雇小伙杰罗尼莫主要是因为看不得他每天冒着酷暑站在那条没什么人经过的路旁招揽生意。我告诉他不用准备什么旅游计划，作为一个在卢班顿隔壁长大的本地人，我更想知道他个人是如何看待这一遗址的。

杰罗尼莫抓起挂着他身份证的挂绳，带我们逛了一圈。

挤在人群中,他看上去很像那么回事。

"来,各位,仔细听好了。"我们每到一个球场、广场,在报出一串关于年代的数字前他都会加上这句话。

当我们来到他所说的水晶头骨出土地点时,他倒是没有照本宣科,因为旅游学校告诉过他们整个故事就是一场骗局。不过杰罗尼莫说他知道一些内情,因为挖掘当天他曾祖父就在现场。

为了看看一切能不能说得通,这个故事还是要听一听的,所以"来,各位,仔细听好了"。

## 米切尔-赫奇斯水晶头骨

1924年(有些记录写的是1926年),托马斯·甘恩的那套炸药考古挖掘技术重返卢班顿,这次使用该技术的是大英博物馆探险队队长F.A.米切尔-赫奇斯,也就是之后那位著名的广播电台主持人,他讲述的离奇经历包括自己曾被凶猛的鬣蜥攻击,发现了亚马孙丛林中失落的文明,与墨西哥的潘乔·比利亚(Pancho Villa)英勇作战,十月革命爆发前夕在不知情的情况下他曾和列夫·托洛茨基(Leon Trotsky)在纽约同住一室。

而他的女儿安娜讲述的则是那次她也参与其中的探险

之旅。

在安娜17岁生日那天，她爬上了卢班顿的一座金字塔，从那里看到挖掘地点闪着奇异的光芒。于是她套上绳索往下爬，一路上遇到了许多蝎子，最后来到一座祭坛边，她拂去上面的尘土，然后发现了水晶头骨。

那是一块约13厘米高的水晶石，之后他们又发现了可以拆卸的下巴。她父亲说它叫厄运头骨。

"它至少有3600年的历史。根据传说，玛雅大祭司在主持神秘仪式时都会用到它。"米切尔－赫奇斯写道，"传说当他决定用头骨取某人性命时，死亡总会如约而至。它被认为是邪恶的化身。"

在19世纪80年代，一个加拿大灵媒说头骨具有更积极向上的使命。在征得安娜·米切尔－赫奇斯同意后，卡罗莱·戴维斯（Carole Davis）与头骨进行了深入交流并将其录制成一系列录音带。头骨告诉戴维斯，它是在早于玛雅文明几千年前由高等智慧生物所创造的（所有外星人打造古代文明瑰宝的理论都被认为带有种族歧视色彩，因为它们表明白人更倾向于相信是外星人，而不是当地原住民，完成了一项工程奇迹或艺术创举。你不会听到有人说罗马的引水渠是由外星人建造的）。

头骨还说它是通往宇宙一切智慧的入口。

"这个容器中装有许多人的智慧，也装有统一的智慧。"附身在头骨上的灵媒断断续续地说道。

一个名叫"陌生人杂志"（Strange Magazine）的网站给这些音频点赞："她和头骨的对话十分吸引人，因为她每次灵魂出窍附身头骨时都会伴有神秘的尖叫声。"

安娜曾说她通过操控头骨的力量杀过一个人。不过当它被证实是通往宇宙智慧的入口后，她便将自己的长寿归功于头骨的治愈力——她活到了100岁。人们重新给这个头骨起了个名字：爱的头骨。

对了，还有一部主角叫印第安纳·琼斯的电影，影片中主人公一路追踪米切尔-赫奇斯水晶头骨，最后来到一座神秘的寺庙，而一些异次元生物正试图通过头骨回到自己的星球。

这真是一个精彩纷呈的故事，唯一的问题是水晶头骨已经从各方面被证明是假的了。头骨上的痕迹表明它是由砂轮制成，而这种工具是20世纪的发明物。据称水晶头骨的产地在德国，有证据表明米切尔-赫奇斯花了400英镑从一名画商手中买下了它。同时，没有证据显示安娜曾经去过伯利兹。

然而，水晶头骨的传说层出不穷。在易趣你能买到一本专门描述头骨具有何种力量的书，书里还讲述了科学家是如何试图否定其真实性的。现在订购你还能免费获得两张DVD。

你甚至可以通过它获取个人力量。按照某个销售网站的说法，在一个"2020地球日的私人聚会"上，米切尔-赫奇斯水晶头骨激活了一组小水晶，这些水晶可以"当作吊坠佩戴，或者悬挂在祭坛上、床上、车里、餐桌旁等地方，这样你就可以从神奇的米切尔-赫奇斯水晶头骨所具有的非凡力量与能量中大获裨益"。

它们只需要35美元，每一块水晶背面都经过切割琢面，使它能"闪闪发光"！你还会获赠一根挂绳和装水晶的锦囊。

当我看到购买水晶还能获得锦囊时我就有股冲动，想趁圣诞购物季将它们统统拿下。

我、穆迪和乔丹找了一片树荫坐下来吃午饭，我好像记得杰罗尼莫说过水晶头骨就是在这附近出土的。当然，我没有必要为自己的记忆是否准确宣誓保证，毕竟我找的是一个从来没有发生过事件的事发地点——即便发生过，充其量也只是一个预先谋划好的事件。

以上只是故事的第一部分，在去混乱绿洲前我还想告诉乔丹故事的第二部分——穆迪是如何解救我于尴尬境地的。这事发生在我们最先几次去混乱绿洲看望阿莉莎的时候。从一开始，我就觉得阿莉莎很有意思，所以当我们聊到托马斯·甘恩、米切尔-赫奇斯还有水晶头骨时，我以为我们是在拿他们开玩笑。

"甘恩备受责难，不过你还是应该考虑到那是什么年代。"

## 第十三章 米切尔-赫奇斯水晶头骨

阿莉莎说。

"没错,"我附和道,"挖陶器的时候来几次爆炸算得了什么呢?"

阿莉莎又说米切尔-赫奇斯水晶头骨具有某种震动功能,能激活人类大脑中几乎从未被使用过的部分。

"是的,"我说,"我还听说它能教人跳踢踏舞。"不过阿莉莎依然沉浸在自己的世界里。接着我就看到穆迪从屋子那头走过来,冲着我一边摇头一边做出抹脖子的手势,像是在说:"别说了!"阿莉莎依然心不在焉,于是我挑起眉毛无声地问他:"为什么?"

他用眼神提醒我这屋子里从餐巾环到冰箱贴到处都是水晶头骨。

我做了个表情,想说:"算了吧,不过是些应景的玩意,他们不会当真的。"

他耸了耸肩,意思是"我不知道,还是小心为妙"。

不过在那次深聊之后我还是谨慎了不少。我不想冒犯一个又是送我们自制蜜饯,又是送胶体银的好心人。另外,我也不愿意成为那种头脑僵化、闭塞的人,就算是关于外星石英雕刻师的事情,听一听又何妨呢?

就在我刚刚嘱咐完乔丹如果去混乱绿洲我们要尽量少开口时,我就收到了阿莉莎的短信,她说她一直在家,随时欢迎我们过去玩。

那天下午，我们坐在阴凉的水晶头骨酒吧喝着新鲜的柠檬汁，乔丹把话题引向了米切尔–赫奇斯。

阿莉莎说米切尔–赫奇斯在19世纪40年代的一次拍卖会上买下了水晶头骨，这确有其事，但此前这个头骨也确实是他挖出来的。为了借钱他把头骨作为抵押品放在朋友那里，后来得知那位朋友将头骨挂牌拍卖后，他及时筹到了钱又把它买了回来。

我问水晶头骨现在为什么会在印第安纳州。

阿莉莎说他们朋友的空手道工作室就在那里，不过他走到哪儿都带着头骨。

我说阿波利纳里奥认为，无论真假与否，头骨都是属于卢班顿的。

阿莉莎不同意。她说安娜·米切尔–赫奇斯在去世的前一天将头骨托付给了朋友比尔·奥曼（Bill Homann），在她生命中的最后八年中都是比尔陪在她的身边尽心看护她的。

他在安娜·米切尔–赫奇斯92岁时跟她结了婚，两人相差40岁，不过阿莉莎说他们之间的关系更像是亲密的朋友，而结婚是为了能更好地照顾安娜。

那晚，我和乔丹待在厨房，那里的Wi-Fi信号强一些，我们在网上搜索信息。

## 第十三章 米切尔-赫奇斯水晶头骨

我们先是找到了比尔·奥曼的照片。那是一张水晶头骨展的宣传照,照片上的他留着八字须,身穿狩猎服,围着围巾,头上戴着一顶印第安纳·琼斯的软呢帽。

我审视着他的脸,开始琢磨下一站是不是应该去他位于印第安纳州的空手道工作室看一看。如果他是水晶头骨的忠实信徒,事情可能就没那么有趣。可如果他是一连串脑洞大开又严丝合缝的骗局中的最后一环,而且很愿意聊一聊呢?这会不会和落石蝴蝶农场有什么关联?

乔丹看着照片说:"你知道吗?我曾经在夏威夷误入一个怪异的教会,他让我想起了教会里的一个人。"

"啊?我没听错吧?"我问。原来就是那个寒假,我和穆迪在伯利兹的海滩上大吵了一架,与此同时,对治愈能量等诸如此类的事物很感兴趣的乔丹去了夏威夷。

我可能会因为一些鸡毛蒜皮的小事感到很受伤,因为没法融入研究员团体怨这怨那,可是乔丹所经历的事情要艰难许多。她身上背负的哀痛沉重得让她喘不过气来,所以在我们一同参加哈佛新闻研究员的那一年里,她希望能找到一点喘息的空间。

她的爱人莱恩(Lane)是一位军人,几年前在一次战争中不幸牺牲,这些年来她承受着永失所爱的痛苦,默默等待时间治愈心灵的创伤。寒假前,她在网上看到夏威夷有一家非常漂亮的离网度假酒店,服务理念是为客人提供"和平、爱与理解",她马上支付了定金。网站照片上空旷寂然的悬崖和绵延不绝的大海在召唤她。她实在太过疲倦、太过绝望,所以没有仔细研究,不然她会发现那家酒店其实在20世纪70年代是一个性爱教会的所在地,进入21世纪后摇身一变,成了一个时尚奢华的水疗养生馆,而现在的老板和以前创办教会的人是同一人。乔丹只读了几位女性在那里找回平静的评论文章,便毫不犹豫地预订了房间。

经过整整3小时的颠簸,车终于到达酒店。接待她的是一个身披僧袍的男人,他一言不发地将她带到一个看上去像经理模样的人那里。后者把手搭在她的胸部上方,又将她的手放在他的胸膛上,这样他们就可以"读懂彼此的心"。

"你就让他这么做了?"我问。

"因为这一切太奇怪了,我想看看接下来会发生什么,"她说,"我知道不会有什么危险,他看上去都七老八十了。"

当他们读完彼此的心后,她被带到一顶十分华丽的帐篷里午睡。躺下没多久,那个七老八十的男人带着毛巾走进来。

乔丹立马跳起来,摆开准备进攻的架势。

男人放下毛巾,直直地伸出手臂,手心向上,闭着眼睛点点头。

"我能感觉到你的身体里有一个武士的灵魂。"他对乔丹说，而乔丹心里想的是：好眼力，夏洛克，因为你离得够近，近得我可以一脚踢掉你的脑袋。

为了看好小屋，确保自己能发现有没有人再进来过，她在屋里几个固定的地方放了一些不起眼的小东西，每次回房或醒来都会检查那些小东西有没有被人动过。这应该是她在谍战片里学会的招数。她已经发现这个地方透着古怪，不过她并不十分在意，这里地域辽阔，景色怡人，而且她能保护好自己。再说了，身边有许多客人，他们穿着软底运动鞋，戴着太阳帽走来走去，看上去都很普通、很正常。

第二天，她在散步的时候来到了一个漂亮的露天工作室，它建在悬崖上，从那里远眺，太平洋尽收眼底。工作室里面放着瑜伽垫，悬挂着具有现代艺术风格的吊饰，边上还有一个指示牌，上面写着："欢迎。呼吸。"里面没有其他人。

她走进去躺在一张瑜伽垫上，深深吸了一口气。她看到了莱恩的脸，听到了他的声音，然后，在经过了这么多年佯装坚强之后，她终于哭了出来。她不停地哭，泪水肆意流淌。就在她哭得上气不接下气的时候，突然一阵极其微弱的如释重负的感觉一晃而过，她感到失去已久的生命力正在慢慢地重新注入体内。她睁开眼睛，等意识逐渐聚拢，她终于认出了那些从天花板上垂下来并在风中不停旋转的吊饰原来是巨大的阴茎。

乔丹一下子笑喷了。她大笑不止，她知道要是莱恩看到这种东西一定也会笑疯的。

穆迪正在楼上读书,他听到我们的大笑声还有我说的话:"阴茎吊饰?"

他马上冲下楼想看看自己错过了什么精彩内容。我们三人决定在厨房里喝杯鸡尾酒,希望蚊子千万别来凑热闹,由于实在太热,我们打开了房门。

穆迪坐在厨房最里面的一张椅子上,离门口最远。

乔丹坐在案台上,我靠着冰箱。我们一边手里拿着饮品,一边聊着天。就在这时,一只蝙蝠突然飞进来,它先是冲着穆迪扑过去,接着又一下子飞走了。

"有没有咬到你?"我尖叫,"有没有出血?"

乔丹语气严肃。

"要是那只蝙蝠碰到你,你得打狂犬疫苗。"

穆迪说蝙蝠没有碰到他。

我和乔丹马上把寻找水晶头骨先生一事抛到脑后,开始在网上搜索蝙蝠的危险性:

蝙蝠会咬人吗?

怎么看出来蝙蝠咬了你?

要是蝙蝠碰到你该怎么办?

"我以为它们都有雷达！"我说。

"它们有，所以它没有碰到我，你们两个别瞎忙了。"穆迪说，"不过乔丹，要是蝙蝠带着狂犬病毒回来了，你有没有什么计划？"

"明天我就走了，"乔丹说，"你们就自求多福吧。"

我还在手机上不停地翻看着目前被所有人共享的知识宝库——万维网，不太确定这个东西到底算是厄运头骨还是爱的头骨。

在网上查蝙蝠的相关信息时，我顺带看了几篇吸血鬼的文章，接着又读到了德古拉（Dracula），于是我又想到了水晶头骨。

传说和神话都有一种不朽的魔力，就像人们愿意相信来自另一个世界的东西一样。从印第安纳州的空手道老师到伯利兹人，那么多人都执念于一颗神秘头骨的传奇力量，这似乎并没有什么好奇怪的，虽然我有些不以为然。我们需要相信一些事情然后才能继续前行。我愿意相信在彼时彼刻的某个空间，乔丹和莱恩的灵魂曾经在一座岛上看着微风中起伏飘荡的古怪吊饰，一起开怀大笑过。

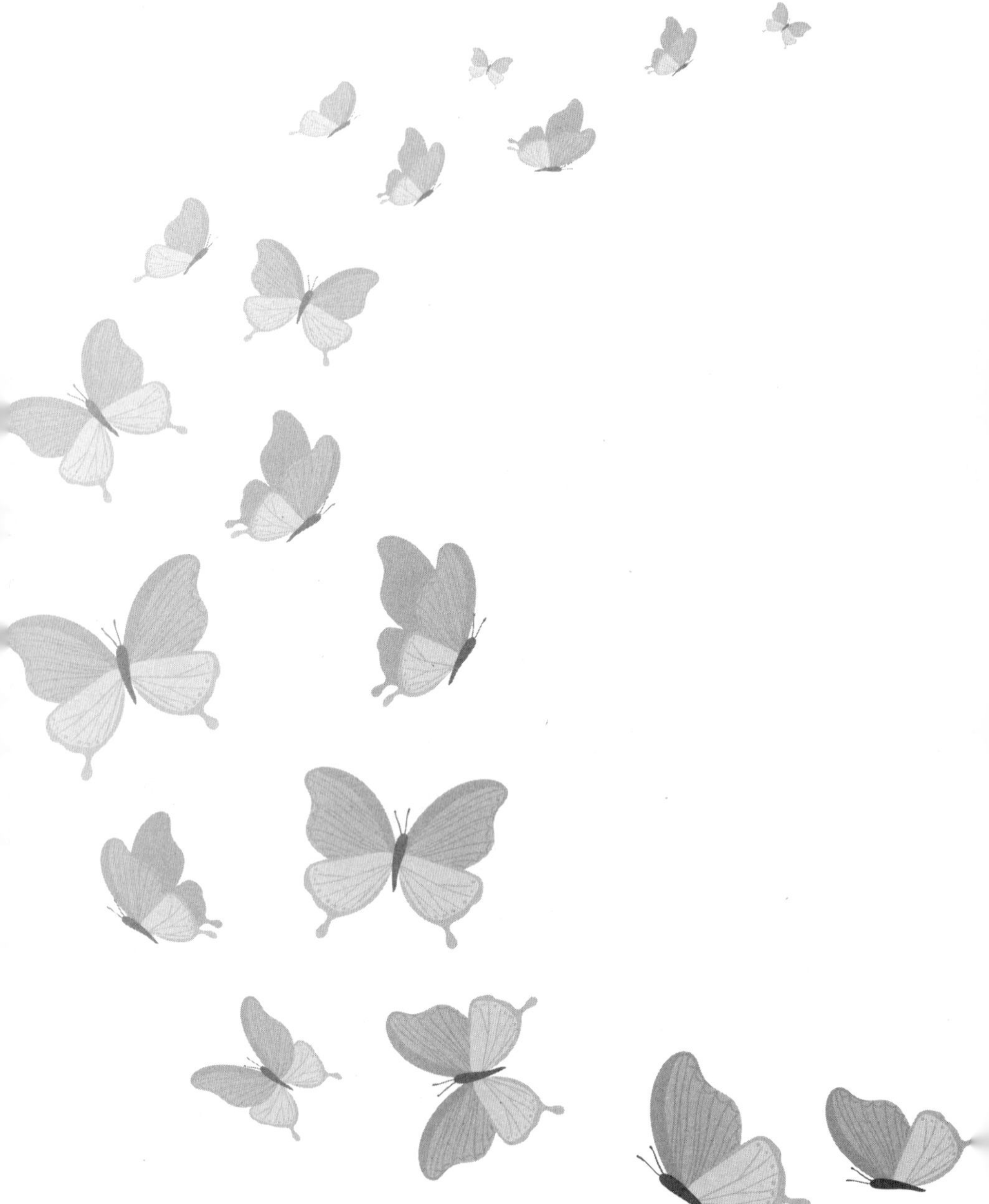

## 第十四章
# 生日聚会

一向严肃稳重的塞巴斯蒂安有一个秘密——他会在周末狂灌别利金。每到那个时候他就像换了一个人似的变得多愁善感。他会给远在英国的克莱夫打电话，说他爱他，也会给穆迪发信息，说我们都是好人，我们让丛林小屋充满了欢乐。除了克莱夫，他是另一个觉得小屋已寂寞许久的人。

在某个凌晨的酒后短信中，他邀请我们参加他妻子霍薇塔的生日聚会。

我很兴奋。在农场里工作的只有男人，我曾经问过塞巴斯蒂安这个问题，他说以前也雇过女人，但是她们都干不长，因为她们不喜欢碰毛毛虫。

针对这种充满性别歧视的言论，我进行了激烈的抗辩，不过到底有些底气不足，因为就在我们说话的时候，我正用镊子夹起一条肉乎乎的毛毛虫。但是，我并不具有代表性。

现在，我终于有机会认识村子里的女人们了。几个星期前，我只是在送塞巴斯蒂安回家的时候跟霍薇塔打过一次照面。

"先等等吧，看看塞巴斯蒂安会不会写过就忘，"穆迪眯起眼睛看着手机屏，"他刚还发短信说他爱我呢！"

日子一天天过去了，清醒后的塞巴斯蒂安再也没提过聚会的事。到了霍薇塔生日当天，我已经放弃了希望。看来如果我想跟哥伦比亚圣佩德罗的女人们搭上话，就只有去河边洗衣服了。

紧接着我们就收到了塞巴斯蒂安的短信，说中午在小屋碰头，然后开车去村子里参加霍薇塔的生日午宴。

到了他家，我们被领进了水泥屋，塞巴斯蒂安挥手招呼我们在桌旁坐下。白色的桌布上用金丝线绣着一只只蝴蝶，桌旁只有三把椅子。

塞巴斯蒂安跟我们坐在一起。

他们的女儿玛尔特从茅草屋端来了西班牙风味腌鸡肉，给我们的碗里堆得满满的。这是霍薇塔的拿手菜，里头的配菜用的是自家院子里种的胡萝卜和洋葱，味道酸酸甜甜的，非常可口。当菜的香气刚刚钻入鼻子，我就知道能大饱口福了。如果凯特和杰德来的时候能受到这样的邀请就好了。我

## 第十四章 生日聚会

一定要仔细问问霍薇塔这道菜是怎么做的。我在弗雷斯诺的朋友詹妮（Jeanne）肯定想知道，她是南方厨神，不管是哪个国家、哪种文化的家常菜她都乐意学习。我已经把当地的伯利兹黑豆和椰浆米饭的食谱寄给她了。

我一方面急着想要食谱，另一方面想趁机和霍薇塔好好聊聊，于是我问女主人什么时候能坐下来一起吃饭。塞巴斯蒂安说她正在跟几个女儿说话，等会儿就过来。霍薇塔一直想叫塞巴斯蒂安带我们来吃午饭，于是塞巴斯蒂安就决定在她生日这天大家一起聚聚，她娘家人也一起过来，人多热闹。我有种感觉，他没和霍薇塔商量就自己决定了。穆迪问塞巴斯蒂安村里要是有人过生日大家会不会像这样聚在一起庆祝。

塞巴斯蒂安说，哦，当然，他过生日的时候，他妹夫就为他举办了烧烤聚会。

等我们三人吃好饭，霍薇塔走到门口踌躇着没进来。我们对她准备的饭菜赞不绝口，然后留下一份小礼物，塞巴斯蒂安说他还要回去工作。对我来说，霍薇塔似乎有些不好接近，不过我知道这只是因为我们没有时间好好相处。塞巴斯蒂安一开始也是板着脸孔严肃得不得了，现在我们已经成了他酩酊大醉后的倾诉对象了。玛尔特和她妈妈长得很像，她每个星期都来我们的小屋打扫卫生，给我们做墨西哥薄饼。起先，她给我的印象是非常文静、端庄，而且在我认识的人里头，就数她的仪态最好。不过现在我知道她在普拉森西亚的微醺吞拿鱼钓鱼酒吧里当服务生，也知道她会根据端上啤酒时客人的不同反应给不同国家的人排名（她最喜欢南美洲的客人。美国人总体上排在中间，因为他们谈不上最好也轮不到最差，这一点我深表赞同。另外，她不太能听懂英国人讲的话，这一点我也有同感）。我和穆迪曾尝试自己做墨西哥薄饼，千奇百怪的形状让玛尔特一下子放松下来，笑得不能自已。不过，即便大笑的时候她还是保持着优雅的仪态。

可惜那天我们几乎没怎么和霍薇塔说上话就走了。她为我们做了美味的饭菜，我们也在她家待了一个中午，可是很显然，她还要忙着接待生日聚会上的其他宾客。我下定决心之后一定要找时间和她好好聊一聊。

我过生日那天也没比霍薇塔好到哪儿去。穆迪不是那种喜欢小题大做的人。不过我已经决定了，与其培养一种殉道者情结，还不如先发制人掌握主动权。在我们还没有离开加州时，我就告诉穆迪我会在伯利兹过生日——庆祝的方式简直太多了！当时我好像还给他看了弗朗西斯·福特·科波拉（Francis Ford Coppola）酒庄的照片。

不过，自从我来到这里，那些豪华的度假想法就从我的脑袋里自动消失了。詹姆斯和萨尔卡说得对，谁都可以住度假酒店，但有谁能经常去丛林里的蝴蝶农场呢？我要全身心地投入农场的生活。不过，在我生日的前几个星期我还是提醒了穆迪好几次，以防他忘记这件事而让我受伤。

他没有忘记。那天我醒来的时候还有点迷迷糊糊的，而他已经坐了起来，一脸郑重。

"生日快乐！"他说。

说完他如释重负，就像一个男人没忘记——嗯，对——没忘记在出门前锁上车库，然后在备忘录上打一个钩。他敷衍地吻了我一下，然后拿起自己的平板电脑开始翻看起来。

我的心一沉到底。情绪开始酝酿，不，我不想感受、不想知道，于是我开始了吸气、呼气那一套：吸气，呼气。看看墙壁上那些好玩的影子，那首老歌叫什么来着？《我的生日想哭就哭》(*It's my birthday and I'll cry if I want to*)——不不，吸气，呼气。

过了一会儿，穆迪去泡咖啡。听到丁零当啷的声响，我就知道他不仅泡了咖啡还在做早餐。我的心情一下子好起来了，幸福感油然而生，我的脑海里已经迫不及待地开始撰写未来的我们将如何重温今天的喜悦：

"还记得在那个前不着村后不着店的丛林里过的生日吗？你端着餐盘走进来，上面有一瓶蝎尾蕉和……"

想到这里，我的想象力不得不给理性思考让路，因为我知道我们的存货不多了，家里只有干粮了。嗯——对，我们还有燕麦!

"你走进来，餐盘上放着一碗燕麦粥，因为家里只剩下燕麦了，不过你还是用葡萄干摆出了一个心形，我感到了满满的爱和……"

幻想马上就被冷酷的现实一脚踹开。穆迪走进来，砰的一声关上身后的门，把一大群蚊子关在了屋外。

"我做了燕麦粥，你要不要来点？"他说，"我们只好在这里吃了，今天蚊子特别多。"

燕麦粥在锅里，锅边全是黏黏糊糊的东西，一看就知道煮粥的时候溢出来了。葡萄干在它们原来的盒子里。没有丛林里的鲜花。

所以，我想，这就是我的人生了，没有浪漫的高潮，没有葡萄干摆出的一颗心，只有一碗自己从锅里盛出来的营养粥。这难道不是老了以后才有的生活场景吗？

我坐起来交叉双腿，把碗放在腿上，一边喝粥一边回想我14岁生日的前一夜。有个喜欢我的男孩抱着吉他在我家卧室窗户底下唱着："嘿，迪安，今晚你出来吗？"

只是他把"迪安"改成了"迪——迪"，我的昵称的拖音版，而且他搞错了窗户，把我的父母吵醒了。

我爸跑到我的房里。

"首先，年轻的小姐，你这个年龄还不能谈恋爱，绝对不行；其次，那个男孩歌唱得太烂，唱的那叫什么玩意儿？你明天起来先把你的这个猪窝好好收拾一下，然后打开录音机，就让约翰尼·卡什（Johnny Cash）对着你唱一天吧。"

哈，简直太浪漫了。这段回忆又让我想起我还是个小不点时的那些生日：竖着芭蕾舞女演员小人的奶油蛋糕、蘑菇钉拼插板——你可以用会发光的蘑菇钉拼出不同的图形！我是在土拨鼠日那天出生的，当时电影《土拨鼠之日》（Groundhog Day）还没有问世。生日那天，爸妈会把我弄醒，然后把穿着连体睡衣的我抱到电视机前的沙发上看那只叫庞克瑟托尼·菲尔（Punxsutawney Phil）的土拨鼠会不会预言春天早些到来。这是一个重大事件，新闻台通常用直播的方式进行播报：几个戴着高帽子的男人把一只啮齿类动物拖出来，通过它的表现来预测天气。小时候的我非常疑惑，一直以为这群男人是因为我的生日才打扮得如此隆重。

而现在，在这里，我，一个中年妇女为了躲蚊子坐在床上吃一碗清汤寡水的燕麦粥。一切消失得如此之快。春已逝，菲尔。

现实对我们说：是时候去蓬塔戈尔达买点东西回来了。

我很安静地坐在车上（吸气，呼气）。

"你怎么不说话？"穆迪问，"这里又没有什么像样的商店，难不成你还指望我在这里给你买礼物？"

我决定冒险试试实话实说，同时不暴露自己已经受伤的事实。

"这和买不买东西无关，"我耸了耸肩表示我完全不当回事，"只是看有没有这份心。如果是你过生日，我会把粥盛在碗里，用葡萄干摆颗心。"

"你想让我用葡萄干摆出一颗心来？"穆迪不可思议地问，"葡萄干！"他像是怎么也想不通似的摇了摇头。

还好我们已经到了大卫在哥伦比亚圣佩德罗的家，他管理的蝴蝶农场离西卡提更近一些。我们见他不像见其他人那样频繁。他之前说过要是我们去城里可以顺路去他家玩。

我飞快地溜下车，我可不想被穆迪嘲笑我在眼巴巴地等着一个用干果拼成的爱的表示。

很快我就被孩子们围住了。大卫最小的女儿刚刚学会走路，这个小不点穿着一条连衣裙，上面印着大朵大朵紫色的玫瑰。她抱着我的腿整个人都挂在我身上，我往里走的时候她都不肯松手。

大卫和克莱门塔（Clementa）有四个孩子，不过因为他们的表亲就住在隔壁，所以两家人门口就像学校操场似的成天都有孩子跑来跑去。

上次来的时候我给孩子们带了一套抓子游戏（打包行李小贴士：行李箱里多塞点给孩子们的书和不太贵的玩具，旅行的时候好送人）。许多小手拉着我往里走，围着圈坐下来一起做游戏。

等你老了，没人爱你了，和一群咯咯笑的孩子玩抓子游戏依然可以抚慰你百无聊赖的心。

大卫和克莱门塔的家里有一间大房间，正中挂着几张吊床，不过他们已经开始在里面砌墙，而且刚从门诺派教徒社区定制了几扇凸窗（门诺派教徒从20世纪50年代开始在伯利兹定居，并以木工活和乳制品工艺著称）。

孩子们决定给我编辫子，小大卫用我的手机给他们完成的美发造型拍照留影。

生日当天做个头发、拍些快照总是让人开心的。

大卫像骑马一样跨坐在吊床上，他告诉我们那个星期他遇到了一件难以置信的事：他看到了一头美洲豹。

几乎没有人亲眼看到过一头野生美洲豹。塞巴斯蒂安就曾对我和穆迪说连想都别想——毫无疑问，落石蝴蝶农场有美洲豹出没，但是从来没有人见过。它们是丛林里的鬼魅。

这些西半球体形最大、力量最强的大型猫科动物身披金色的袍子，上面带有黑色环圈，每一个环圈都像人类的指纹一样独一无二，两只眼睛闪着和袍子同色的金光。有时候它们生下来就穿一身黑袍——也就是黑豹——但身上依然能看见环圈。

## 落石镇：玛雅山脉的蝴蝶农场

位于伯利兹的卡克斯康伯盆地是世界上第一个美洲豹保护区，野生动物保护主义者们极力想让保护区成为墨西哥—阿根廷国际走廊的一部分。美洲豹这种曾经一度在北至亚利桑那州和加利福尼亚州徜徉漫步的物种，如今已经失去了超过一半的栖息地。

我曾经看过一段由隐藏在卡克斯康伯的野外摄影机拍摄到的片段。那只美洲豹从镜头前走过，它不像其他动物那样与周围的丛林融为一体。因为身上的环圈、外侧的轮廓与背景融为一体，所以当它从摄影机前走过时它的身影被抹去了，如同消失在你眼前的幽灵一样。

可是大卫却在光天化日之下看到了一头美洲豹。他现在在农场的分部工作，那是蝴蝶农场的样板示范区。克莱夫提出了一些奇妙的创想，塞巴斯蒂安在此基础上制订了可行性方案，爱德华多的工程技术也有了用武之地。养殖蝴蝶的场所不再是光线昏暗的狭窄小屋，两栋高耸的建筑都采用了防止白蚁入侵的钢结构和镀锌铁板的屋顶，四面环窗，光线充足，这样寄主植物就能在蝴蝶生活的地方生长。窗户上安装了坚固的金属丝网，把蚂蚁和其他威胁挡在门外。那里采用了蝴蝶农场的最新设计。

大卫一个人驻守在新农场，身边没有塞巴斯蒂安和其他工人，好在可以一览无余地看到周围的丛林和丛林里的动物，而且当那头美洲豹踱着步子晃进农场时有玻璃和金属网可以护他周全,虽然也许他并不需要这样的保护。美洲豹是非常凶猛的掠食者,一口就能咬碎猎物的头盖骨,不过到目前为止,没有证据显示野生美洲豹会无缘无故地攻击人类。

美国动物学家艾伦·拉比诺维茨(Alan Rabinowitz)与几位同行共同创建了"豹"这个致力于推动建立美洲豹国际走廊的组织。拉比诺维茨曾在伯利兹追踪过一头美洲豹,这只大猫兜了一大圈后开始了反跟踪,最后一人一豹狭路相逢。

拉比诺维茨不得不做出选择。

"我可以虚张声势,大喊大叫,或是做出一些疯狂的举动,可是大猫什么也没有做,它只是走来走去,十分好奇的样子。"他在2018年《大西洋月刊》的一篇采访稿中说,"所以我跪了下来,而它也跟着坐下来,这完全出乎我的意料。"

过了一会儿,拉比诺维茨站起身,慢慢往后退,美洲豹也站起来然后慢慢走开,一边走一边往回看。这是一次不会要人命的告别。

对于古代玛雅人而言,美洲豹是神圣的,是权力的象征。然而,这一美誉对美洲豹来说未见得是好事。

在辉煌的中美洲玛雅帝国分崩离析之前,这片土地几乎被砍伐殆尽。统治阶级滥用自然资源大兴土木建造宫殿,导致一场大旱不断加剧,疫病肆虐,民不聊生。考古学家发现的大量少儿及青少年的坟墓为这段湮没的历史提供了佐证。

在那样一个众生皆苦的年代，玛雅城邦科潘最后一位国王雅始帕萨（Yax Pasaj Chan Yopaat）在今天的洪都拉斯一座9米高的金字塔下建造了一个祭坛，上面雕刻的画面描绘了他作为一个神圣统治者薪火相传的场面，尽管他本人其实和这个王朝并没有血缘关系。

在被称为Q号祭坛的雕刻石板前，祭司们祭献了16头美洲豹和美洲狮，每一头代表一位君王，这一壮观的场面为雅始帕萨确立了合法身份。

2018年，考古学家杉山奈和对出土的动物骸骨进行了化学分析，证明它们生前被喂食了吃了玉米的小鸟，这一突破性的发现表明当时这些猫科动物是被圈养的。

这些令人胆寒的动物原本被亲近大自然的玛雅人奉为神祇，然而它们却在遥远的伯利兹被俘获，然后被人圈养直到在宗教仪式上成为宣扬王权的工具。国王只关心他和他的统治阶级能否立于不败之地，而其他的一切都是可以牺牲的。

不久之后，帝国的城邦悉数被弃，一个曾经如此庞大、繁复、先进的文明烟消云散。因为——抱歉，说下面这段话时我的调门起得有点高，语速也跟着越来越快——这是一个破坏大自然、层层盘剥欺压民众、视百姓生命为草芥、毁灭所有曾被敬为神灵的天地精华的社会，试问这样的社会能存续多久？不好意思，我这把怒火好像晚烧了1000年。

崩坏的是玛雅帝国，是他们的制度、建筑，还有政府，而玛雅人代代相续、生生不息地延续了几个世纪。今天，世界上大约有500万玛雅人。

美洲豹也幸存下来。

这一物种的威胁之一来自雅始帕萨，一个试图用它们的威严来粉饰自己的君王。现在，美洲豹的牙齿和其他身体部位仍被当作护身符在黑市上售卖，据说拥有这些东西便可获取不可思议的力量，还能增强男性的生殖能力。

然而，即便有高速公路、城市和昧着良心的动物器官交易，大片的丛林依然存留，美洲豹的鬼魂仍在游荡——大卫就在大白天看到过一个。

在听大卫描述它有多美时，你一定会被他脸上的笑容感染，那笑容里盛满了惊奇。当他的孩子们沉醉在故事中时，我也曾见过这样的神情。

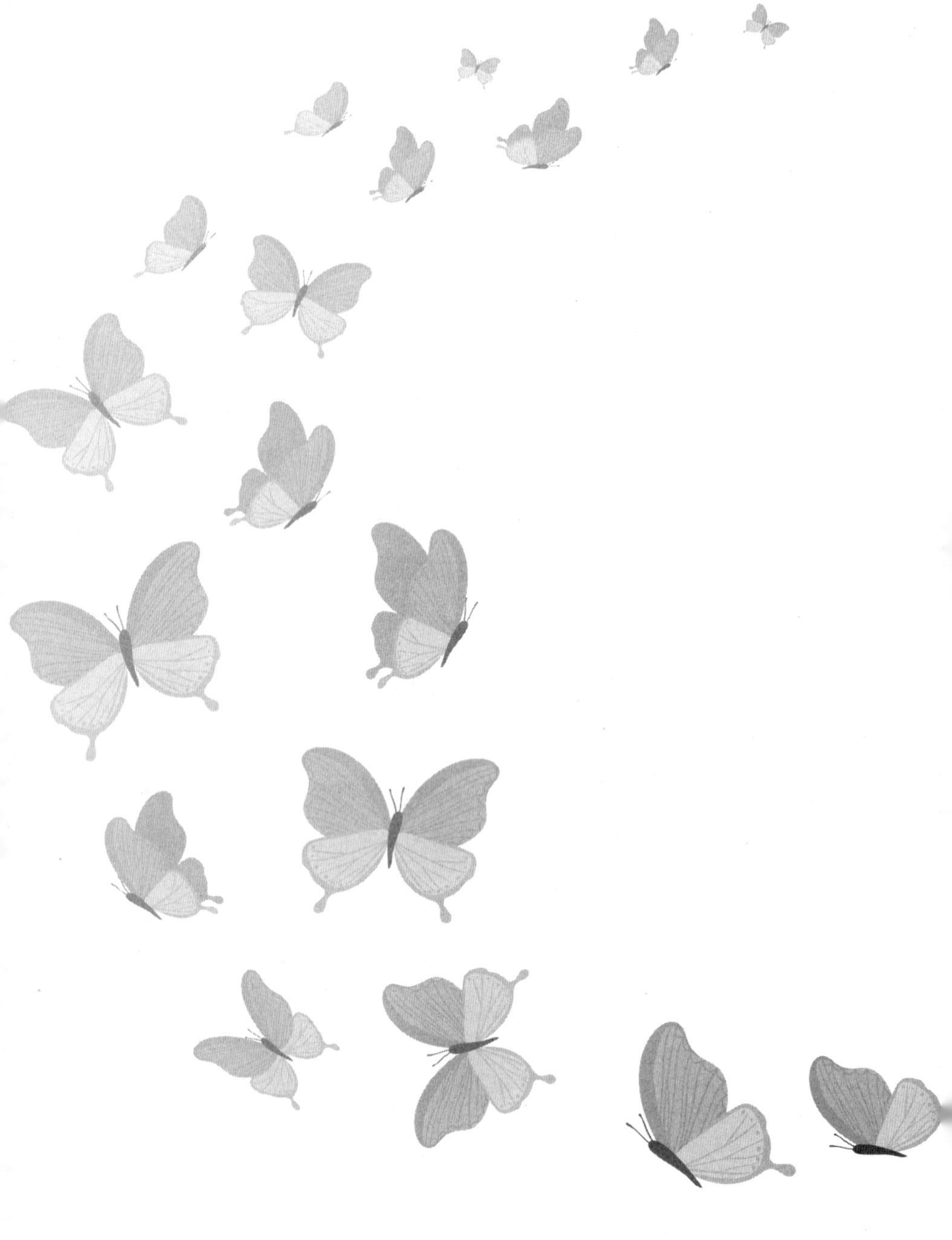

第十五章

## 爱情故事和领导者

我答应过萨米，如果书里写到他，一定会用曼努埃尔·"萨米"·卡尔这个名字。要是有一天他因为发现了许多种蝴蝶而闻名于世，他希望载入蝴蝶丛书里的也是这个名字。在不同的地方我的名字也会变，所以我——戴安娜·"迪德"·马库姆——完全理解萨米的这份执念。

我和穆迪认识他的头一个月里只知道他叫曼努埃尔，他都30岁了，却还像个在操场上玩耍的孩子一样活泼好动。他能轻轻松松地爬上棕榈树摘椰子。他总是在笑，除非穆迪想给他拍照，一到那个时候他就会板着脸，把嘴巴紧紧闭起来，因为他少了颗门牙。他身上穿着一件写有"勇于抵制毒品"的T恤。他上班时穿的衣服都是在蓬塔戈尔达的二手商店买的。

## 落石镇：玛雅山脉的蝴蝶农场

他邀请我们去他河边的家里玩。一路上我们兜兜转转，不时停下来问哥伦比亚圣佩德罗的村民曼努埃尔住在哪儿，每个人都耸耸肩摊摊手掌表示不知道，直到有个人说："住在河边？在农场工作？哦，你们说的是萨米啊。"

后来我们才知道萨米是他从小就喜欢的名字，而且是他自己起的。

穆迪对此也能理解。他小时候一直想叫迈克，那会儿好像大部分棒球运动员都叫迈克。我有一个朋友回忆说她希望自己能叫芹菜，至于原因她已经想不起来了。而萨米实现了他儿时改名的梦想。

等我们找到他家，看到萨米正在屋外卸木材。由于之前他坐朋友的摩托车出了事故摔断了门牙，他不得不决定到底是去危地马拉修补门牙还是把造房子的木材买下来。他的钱只够负担其中一样，虽说从村里的平均收入来看他赚得不算少。

他最后还是决定继续造他的房子。他说自己还年轻，以后有的是机会补牙。这让我想起了加雷思，我在佛罗里达蝴蝶大会上认识的一位老先生，他认为他太老了所以也就没必要补牙了。这么看来，牙医的日子不太好过。

萨米的妈妈彼得罗娜（Petrona）正在一个铸铁烤盘上做墨西哥薄饼。她把烤盘放在茅草屋顶下方一个矮矮的石炉上，

## 第十五章 爱情故事和领导者

底下生着火。墙上挂着一把用半个抛光葫芦做的漏勺，看上去简直就是一件艺术品。对于我的惊叹萨米大惑不解，这就像有人来我家对着我的沙拉甩干碗大呼小叫一样。当地的手艺人同时也是卢班顿的管理员卡塔里诺（Catarino）做了这把漏勺，萨米家的碗和勺都出自他手。

卡塔里诺也做制陶生意。卢班顿的工人在除草的时候经常会发现一些手工艺品的碎片，通常是破损的泥塑哨子。阿波利纳里奥总是随手把它们放在办公室的架子上。

游客们希望能把这些东西买下来，他们开的价有时比公园管理员一个月的工资还要高。从伯利兹转卖文物是非法的，而且这种行为让阿波利纳里奥和卡塔里诺十分反感。对于美国和英国博物馆从未归还玛雅人文物，两人也是义愤填膺。

卡塔里诺仔细研究了玛雅艺术品的照片和放在架子上的文物碎片，然后开始制作复制品。他用的是和古代玛雅人相同的泥土和技术，做好后卖给游客，复制品的底部刻着他名字的首字母缩写和制作日期，这样就不会有人因为制造赝品或走私文物而被捕入狱。

萨米4岁的女儿阿莉塞里·艾尔莎（Aricelly Elsa）——萨米告诉我们他给女儿也取了两个名字——想跟我和穆迪在隔壁一个老教堂的楼梯间里假装比剑。

"快来听，鬼魂在唱歌。"她说。

"别担心,"萨米对我们说,"他们只在晚上唱,而且那是很久以前的事了。"

萨米的故事和落石蝴蝶农场交融在一起。他的爸爸在修建通往农场道路的工程队里干了五年,他的妈妈是塞巴斯蒂安的妹妹,他的姐姐阿梅莉亚(Amelia)在农场的酒吧工作,当时克莱夫他们想把落石蝴蝶农场打造成一个乡村度假村。

阿梅莉亚担心自己孤身一人在那条山路上行走时会被坏人盯上,所以萨米从10岁开始一直到14岁都陪着姐姐和其他女孩步行去农场。

他在去农场前就已经爱上了蝴蝶。他的妈妈在家周围种了许多花,招来好多蝴蝶,所以他小时候就知道举着一个旧衣篮追着蝴蝶跑。

萨米功课很好,可13岁时还是被迫辍学,因为家里没法负担他升入下一年级的费用。他非常渴望能在蝴蝶农场找份工作,这样他就可以知道那些他认识的蝴蝶的学名,他还可以自己给它们起名字。

飓风和火灾之后,农场好多年都没有对外招人。不过,蝴蝶农场慢慢恢复了元气,在2014年,也就是萨米24岁的时候,塞巴斯蒂安终于给他安排了一份差事。

几年后,萨米的父亲去世了。父子俩并不亲近,萨米说这让他更难接受父亲的离世。在父亲下葬那天,一个朋友想

## 第十五章 爱情故事和领导者

带他散散心，于是他们去了美丽的圣安东尼奥——一个坐落在西面山里的莫潘玛雅人村庄，就在那天他第一次遇见了伊尔温娜（Ilvina）。

"我当时的感觉就是，哇哦！"萨米告诉我。我觉得这个"哇哦"是当他发现稀有蝴蝶并且一见倾心时的特有反应。

他走上前问她是否愿意和他待一会儿，她说不愿意，也不肯给他电话号码。

当他准备走的时候她改变了主意。

他们互相发信息，偷偷交往了一年。然后，他说他想去拜见她的父母，求他们答应他俩的婚事。

按照惯例，应该是萨米的父母去女方家，请求他们允许女儿加入男方家庭一起生活。但是萨米没有了爸爸，他妈妈只会说凯克奇语，而伊尔温娜家是非常传统的莫潘玛雅人。

最后他还是一个人去了伊尔温娜家求婚。她妈妈说不行，他们不愿意把女儿嫁给他。

伊尔温娜却说她愿意，而且当时就准备跟着萨米离开自己的家。

这一刻，萨米终于明白了她有多么爱他。但是，她来自一个非常传统的家庭，离家出走会让她陷入和家族断绝关系的境地。

他告诉啜泣的伊尔温娜："你就是我这辈子要找的那个

人，我们是天生的一对，我用我全部的身心爱你。放心，我会回来的，我会让他们接受我。"

他带着妈妈回来了。

她的家人还是不同意。他们说，他们打听过了，他家里很穷，人又很粗野，两家门不当户不对。

萨米告诉他们贫穷和粗野是两码事，他拥有全世界最好的家人，他还告诉他们自己已经有了一份非常好的工作，之后的日子会越来越好。这一次，伊尔温娜跟着他一起离开了。

萨米在说这件事的时候，伊尔温娜和彼得罗娜在边上频频点头。阿莉塞里的眼睛瞪得大大的，她从来没有听过这个故事，不过我打赌很快她就能明白每个字。

伊尔温娜的父母之后转变了态度，跟他们道了歉，对萨米非常好。就在萨米带着阿莉塞里去圣安东尼奥看望外公外婆的路上，他突然看到了那只小小的条纹蝶在叶子上产卵，这也正是萨米奋斗之路的转折点。

现在萨米已经有了75只黄三带绡蝶。它们化蛹的时间过短，所以没法用常规的箱子运送。不过，如果克莱夫来伯利兹的话，他就能随身带着蛹直接飞回去，这样就不会在路上耽搁时间。

塞巴斯蒂安希望黄三带绡蝶能让克莱夫回来待上一个月，他想让克莱夫全方位地了解一下农场的运营操作，认识每一个工人，因为他已经开始考虑接班人的问题了。

他在蝴蝶农场工作了30年，虽然年纪并不大，才51岁，却已一瘸一拐、心力交瘁。一年前，他骑自行车下山时摔了一跤，伤得很重，之后他每天骑车上下班都很当心。他想让克莱夫给农场添置一辆卡车。

"可你又不开车。"我说。

"学起来应该也不是什么难事。"塞巴斯蒂安说。

那次摔跤后他开始考虑如果他不在了农场会怎样。

一天，在大蓝闪蝶的飞棚里，我问塞巴斯蒂安，在他心目中优秀的领导者是什么样的。

他没有说话，陷入沉思，蝴蝶开始落在他身上。

基于我对塞巴斯蒂安的了解，当话题对他而言非常重要时，他在措辞上会格外谨慎。

"你有没有觉得这里的工人相处融洽，而且他们都很爱我？"塞巴斯蒂安问。

"这正是我所感觉到的。"我说着，脑海中不禁浮现出每天清晨醒来时听到工人们在上班路上聊天、打趣的情景，还有年轻的工人经常挂在嘴边的话，"塞巴斯蒂安先生是这么说的"，"是塞巴斯蒂安先生教我的"，他们说话时的语气、神态中承载着太多的钦佩和敬意。

塞巴斯蒂安说，对于农场的决策总会有人不满，有人认为他们比他更了解情况，也有人对同事有诸多抱怨。一旦碰到这种问题，他就当作从来没有听到过风言风语，直到有人找上门来把话说开。那时他会温和地跟每个当事人指出问题所在，整个过程中他都保持冷静，从不会因为情绪激动提高嗓门。

"让自己成为一个团队的领导者就意味着你身负重任。"塞巴斯蒂安脸上本来就没什么表情，说这话的时候看起来更严肃了。

"比如你必须证明给所有人你知道如何开展工作，如何稳步推进项目并让它持续发展，你必须让大家看到你每时每刻都在尽心尽力地工作，只有这样你才能成为一个好领导，才能让手下的人都敬服你。"

他说他希望能给村里人创造更多的工作机会，希望落石蝴蝶农场能一直在这里，成为他们的孩子、孩子的孩子的农场。

"你认为这个世界会存续那么长久吗？"我一直以来的焦虑和担心暴露无遗。

"比长久更久，"塞巴斯蒂安说，"而我们要做的决定是：留给孩子们的究竟是一个什么样的世界。"

回小屋的路上，我想起了一件事，那已经算是我在农场上见过的最接近"员工闹矛盾"的事件了，我还记得我当时忍不住笑出了声。

那天我和穆迪聊到普罗菲利奥身上有一种与生俱来的诗情，被马尔文听到了。

马尔文的英俊是大家公认的，他还是一名足球运动员，拿过冠军，可见他对于这项强悍且沉默的运动有多擅长。马尔文的少言寡语也是出了名的，相比他的惜字如金，穆迪和塞巴斯蒂安简直成了话匣子。

"普罗菲利奥一张嘴就是成串的名人名言。"穆迪说。

"我真想记住他对我们说的每一个字。"我说。

这时，马尔文突然插了进来："我在做管理员的时候和普罗菲利奥工作过一段时间，他这人简直就是一台关不掉的收音机。"

一天傍晚，我们没像往常那样去山顶看日落，而是开车去了卢班顿。阿波利纳里奥和卡塔里诺并不介意我们在公园闭园后去那里散步，只要他们离开时我们已经出了公园大门就没问题。这里的村民和我们的英国邻居理查德之间的矛盾之一就是理查德总是在月圆之日去卢班顿，他说那天去能感知神灵的存在，而村民则认为这种说法太过傲慢。在理查德看来，他不是一个游客，他就住在卢班顿隔壁；可对于村民来说，他已经在玛雅废墟边上造了一个混乱绿洲，也该消停消停，至少尊重一下这里的闭园时间。另外，阿波利纳里奥也不太看得起那些只对水晶头骨感兴趣的人，不过年初的一位游客除外。

那人一路奔向他的办公室，嘴里大叫道："我找到了！我找到了！"

阿波利纳里奥闻声跑出去，看到男人的孩子们正一个劲儿地笑，男人则跪在地上，手里高举着一个机场售卖的卡通水晶头骨杯子。阿波利纳里奥觉得这是一个非常聪明的爸爸。

其实那天去卢班顿我另有所图，我想买卡塔里诺做的哨子、戴着美洲豹头饰的武士雕像，还有其他卢班顿出土的手工艺品的复制品。不过那天他正好休息没来上班。穆迪建议去哥伦比亚圣佩德罗，萨米说过卡塔里诺就住在他家附近，在他家也能买到那些小雕塑。

我们把车开到萨米家门口问卡塔里诺的家怎么走，萨米十几岁的侄子说他带我们过去，阿莉塞里上蹿下跳不想被落下，紧跟着爬上了车。萨米决定一起去，然后伊尔温娜也挤了进来。于是我们六个人就出发了，只开过三间房就到了。

卡塔里诺的女儿们在门口拣豆子，他的妻子正在烤盘上做墨西哥薄饼。卡塔里诺一身休闲打扮，穿着短裤和一双卡骆驰，见有人来赶忙上前招呼。他的儿媳给我们端来了果汁，大家把塑料桶倒扣在地上，围坐成一圈看卡塔里诺如何做哨子。只见他和好泥，塑好形，然后不停拍打，接着用古代玛雅人曾使用过的工具的仿制品补充、调整细节。

他手里雕刻的武士还需要晒干、烧制，所以他拿来几个已经做好的小雕塑让我们挑选。不出所料，穆迪选了一个踢球模样的。见我没找到特别喜欢的，卡塔里诺便用凯克奇语跟他女儿说了几句，她跑进屋拿来一个陶土雕像，那是一个玛雅人的侧脸，他（我更愿意认为是"她"）戴着兔子的头饰。卡塔里诺告诉我兔子象征着作家或文字记录者，要是我把泥塑转过来，它的另一面就是一个哨子。

卡塔里诺专门为他的几个孩子制作了这个小泥塑，这样他们可以在"展示和讲述日"把它带去学校。大一点的孩子都用过了，今年轮到最小的孩子，第二天他就会把它带去课堂。不过卡塔里诺说我可以买下来，第二天当它完成最后一次课堂展示任务后就让萨米送到丛林小屋。我当然说好。找到了适合我的哨子，我别提有多开心了。

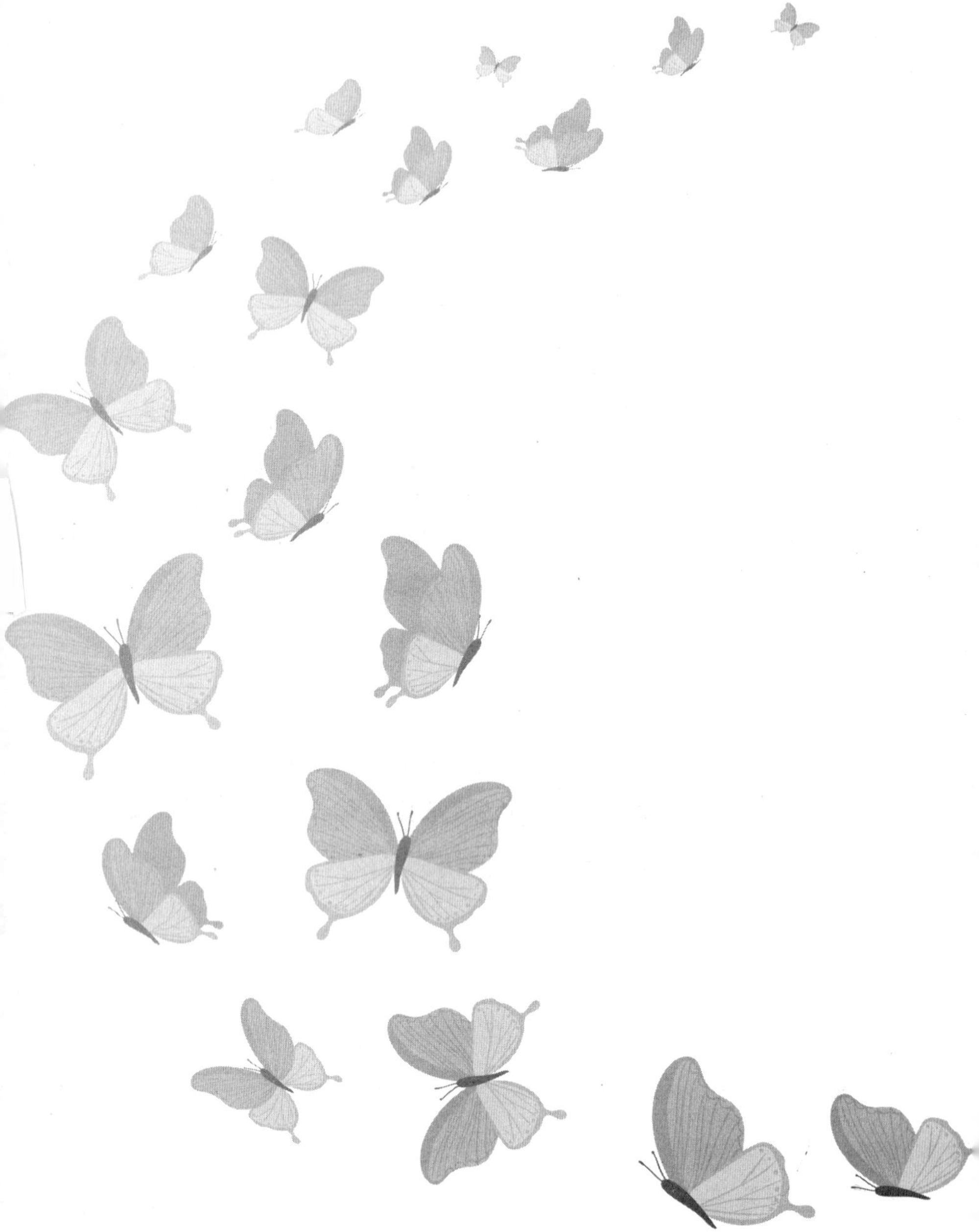

## 第十六章
## 许多巨嘴鸟

落石蝴蝶农场一天一个样——成群的透翅蝶已取代橙色的朱丽叶蝶,空中恍若飘浮着一架架水晶小飞机;水藤长势惊人,藤蔓几乎快要伸到我眼前来了。

现在是2月,塞巴斯蒂安说更美的还在后头呢!到了4月,蝉开始鸣叫,从山上俯瞰山谷,那儿就像一个黄澄澄的巨碗,里面盛满了凤凰树开的花。

"会不会很热?"我问。

他耸耸肩。

普罗菲利奥正在小屋边上为一些准备产卵的蝴蝶搭建一个新飞棚,马尔文抓住了一只紫色带金黄的蝴蝶——黄裳猫头鹰环蝶,它看上去宛如半朵向日葵。马尔文告诉我发现这只蝴蝶的时候他忍不住说了句:"可算让我逮着你了。"

普罗菲利奥正走在成为女权主义者的路上，虽然他不见得会把这个词往自己身上套。我已经迫不及待想听听最近他又有什么新感悟了。

前一阵普罗菲利奥注意到一个麦士蒂索老妇人，她身材矮小，爱穿鲜绿色的衣裙，每天都会把瓜果蔬菜放到一条尖嘴独木舟上，准备拿去农贸市场上卖。她举着木杆戳进水底，然后用力一撑，独木舟便沿着哥伦比亚河稳稳地往前滑去。在雨季，有时候年轻男子都不敢在河上驾船，可这位名叫泽诺维亚（Zenovia）的老妇人天天都要来河里走一趟。普罗菲利奥就站在岸上远远地看着她。

"每次她划着船从我身边经过时，我都会想，我以后再也见不到像她这样的夫人了。"他说，最后他自报家门和老妇人搭上了话。

泽诺维亚的丈夫伊格纳西奥·阿什（Ignacio Ash）是一家玛雅有机农场的农场主，他和泽诺维亚在河的上游约3千米的地方种植作物，那儿离哥伦比亚河的源头很近，冰凉的河水从岩石缝隙中汩汩流出。他们在实践朴门永续设计，一种在自然生态系统中实现永续循环的农业形式。这套设计完美的种植方式对于热爱大自然、敏感多思的普罗菲利奥而言具有莫大的吸引力。

他开始认真研究他们的农场，包括这对老夫妻。

## 第十六章 许多巨嘴鸟

他告诉我:"他们做任何事都是一起动手,一人一半,非常公平。她是我认识的人中唯一一个如此深爱年迈丈夫的老太太。我得跟他们好好学习,等老了我妻子也会像泽诺维亚对她丈夫那样来待我。"普罗菲利奥在积累农耕经验的同时也在学习如何使夫妻情感维系得更加长久。

我顺着这个话题跟他聊了聊,得知普罗菲利奥现在正要求几个儿子学煮饭,他自己也会下厨,在这之前他认为做饭就是女人的活儿。

我问他他的妻子是不是比以前更爱他了。

"当然,"他说,"我也是,我们对彼此的感情一样深厚。"

后来我见到了泽诺维亚。有一次我从混乱绿洲探访阿莉莎回来,在蓬塔戈尔达的市场上买了她的有机咖啡豆。按照她讲故事的方式,阿莉莎把第一次乘坐泽诺维亚小船的情形给我演了一遍。当时小船超载了,船上全是卖完东西从市场回家的女人们。小船慢慢往下沉、往下沉,最后船上的人都坐在了水里。女人们只好把脚边的篮子顶在了脑袋上。我很期待能坐着泽诺维亚的小船去哥伦比亚河的源头看一看。

不过现在河流水位太低,有些河段甚至要从船上下来转而在丛林里行走。

"你怕蛇,还是算了。"普罗菲利奥对我说。

最近没怎么下雨,不过要说旱季已经赖着不走了又有点为时过早。我还是有机会的。

我在农场里四处闲逛,把脑袋伸进每一个飞棚里跟工人们打招呼。我看到塞巴斯蒂安正在研究日程表,上面有雇员的名单,我问他是按什么标准来选择雇用工人的。

我不想让塞巴斯蒂安觉得我在怀疑他,可是我确实觉得很奇怪,他的眼光怎么就那么准,雇员名单上的13个人每一个都兢兢业业,而且大部分都已经在农场工作多年。

一开始,我以为塞巴斯蒂安只雇用自家亲戚,可是他和村子里大部分人都沾亲带故,所以如果按照这个标准,候选人只会减少一点点。再说了,员工名单里跟他八竿子打不着的也不是没有。

塞巴斯蒂安说他心里会有几个备选,然后他会花很长一段时间观察他们在村子里的生活状态。

"也许有人跟村里的居民经常闹矛盾,或者反过来,村里人看他不顺眼,"塞巴斯蒂安说,"那我就会担心要是把这样的人招进来会不会和其他工人也处不好。又或者我看到有人因为自行车坏了或洗衣机没反应就狠狠踢上一脚,这样的人是不是一遇到挫折就束手无策或容易失控?要知道,对待蝴蝶必须非常温柔。"

那他要找的人是不是必须对蝴蝶或环境保护事业满怀激情?

"这不是重点，"他说，"我在找性情平和并且尊重生命的人。"

我说我现在明白为什么内斯托尔会在这里工作了。

塞巴斯蒂安马上问我这话是什么意思。我说我是指内斯托尔性格沉静，待人也特别友善，不过我在跟他聊天的过程中发现对于农场今后的发展目标他不像其他人那么兴奋——不是有一个故事吗？有人问切割石头的三个人他们在干吗，一个说他在切割石头，一个说他在养家糊口，另一个说他在造大教堂。

塞巴斯蒂安看着我，眼里深深的失望是我之前从来没见过的。

"我想是时候跟你聊聊内斯托尔了。"他说。

内斯托尔的父亲并不是一个有责任心的男人，所以他们一家子总是居无定所。内斯托尔也没法天天去学校，塞巴斯蒂安说他完全靠自学。所以当我用英语问问题的时候，内斯托尔也许并没有完全理解我在说什么，也许他没法用英语完整地表达他想说的话，因为在伯利兹，英语是一门只能在课堂上学习的语言。

塞巴斯蒂安说，内斯托尔和他爸爸完全是两种人，他非常可靠，值得信赖。即便面对像失去孩子这样难以承受的苦难时，他也没有怨天尤人，而是加倍地疼惜自己的妻子和另外几个孩子。内斯托尔从小就开始研究蝴蝶,不过在接受农场这份工作之前,塞巴斯蒂安必须先让他相信识文断字是这份工作里最不被看重的一部分,因为内斯托尔一直担心自己的拼写问题会拖塞巴斯蒂安的后腿。很明显,我没了解到内斯托尔身上的某些品质,也许同样的,我也没了解到塞巴斯蒂安是如何经营管理好农场的。他在意的不仅仅是这份工作,还有做这些工作的人。

一周后的一个傍晚,我和穆迪在屋里听到窗外的叫声:"呱——呱",这有点不同寻常。我们总是在山顶上看见巨嘴鸟,但从来没在我们的小屋附近见过它们的身影。接着又传来一声"呱——呱"。之后又是一声。

我也顾不上套上防虫装备了,穿着短裤直接跑了出去。内斯托尔正巧沿着小路走来,他已经停下脚步仰头看了好一会儿了。巨嘴鸟一只接着一只飞过来,过了一会儿又飞走了。穆迪带着望远镜冲下楼,我们三个驻足原地,看着它们在我们身边来来回回飞了十来分钟。足足有30只带着彩虹喙的大鸟在此处稍作停留,它们一定是在附近的果树上享用了一顿美味大餐,然后一个个往鸟巢飞去。这一次,我看到内斯托尔脸上充满了宁静的喜悦。

## 第十七章

## 最危险的动物

羽状叶棕榈树上散乱的海星状花朵先是变成一个个饱含种子的大豆荚,接着又变成一串串光溜溜的棕色坚果。在大蓝闪蝶的飞棚前,一只绿色的鬣蜥把卵产在沙子里,安塞尔莫说它今年来得有些早。

一连好几天,气温持续升高,空气几乎静止了,没有一丝流动。住在丛林小屋的这段日子里,每次在陡峭的"之"字形石阶上遇到农场工人,我都会问:"你们有没有……"他们马上接口道:"159!"搞得我后半句"……数过这里有多少级台阶?"都没机会说出口。这简直成了一个反复上演的经典笑话。可如果现在在石阶上遇上,我们只能停下来,大口喘着粗气,完全打乱了抖包袱的节奏。

一天,塞巴斯蒂安爬上梯子盯着下面黑黢黢的水箱看了半天，他脸上布满了亮晶晶的汗珠，写满了担忧。"我们倒是有备用水箱，但是现在换上去未免也太早了一点。"他说。

在气候变化开始前，伯利兹的季节更替是按部就班进行的。雨季一般从6月延续到11月，旱季从11月延续到第二年的6月。季节的过渡也十分平缓，雨水逐渐变少，气温慢慢升高。然而这一季，一切太过突然，从1月份开始每晚都在下雨，等到降雨突然停止，空气热得异乎寻常，皮肤暴露在外竟然有种刺痛的感觉。

那天晚上，一场雷暴像是从屋顶直接劈下来似的，把我们的屋子照得比歌舞厅里的旋转彩灯还要亮。天空中炸开的轰隆声似乎和闪电并不同步，我在等待鼓点般密集的雨声，然而它并没有如期而至。

第二天早晨，穆迪难得没起床，而我却难得起了个大早。我独自一人爬到山顶。

塞巴斯蒂安、贝纳尔多和普罗菲利奥静静地站在山脊上眺望远方。我目睹过太多次山火，所以知道他们正在查看有没有什么地方被雷电劈中后升起烟雾。这一次，我们好像比较幸运。

气温的变化导致伯利兹最危险的动物——蚊子——数量激增，这种动物造成的死亡人数要远远超过令人恐惧的矛头蛇。它是世界上最高效的疾病传播者。

## 第十七章 最危险的动物

我穿得就像从安伊艾[1]商品画册里直接跑出来的一样。早上的装束很好选：卡其色或橄榄绿的猎装裤，白色、红棕色或鸭绿色的吸汗长袖户外衬衫。出门的时候，把脚塞进黑色防蛇橡胶雨靴，加上一顶宽边帽，看，一切准备就绪，就这么简单。

现在，我又在丛林巡游的标配装束上添加了一块驱赶蚊虫用的浅紫色大方巾。但我还是被咬了。蚊子在我的衬衫上找到了突破口，只要我抬起胳膊，底下的皮肤哪怕只暴露一秒钟，马上就会鼓起又刺又痒的小包。它们居然还进犯到了我眉毛底下！虽然我是避蚊胺的忠实拥趸，经常一喷就停不下来，但是在蝴蝶农场这种药水一点都用不得，因为除了蚊子，蝴蝶也是对气味非常敏感的昆虫。

从一开始，虫子就是个大问题。我们抵达当天，我正在做瑜伽，放松一下旅途中僵硬的身体，做着做着，突然间我的手碰到了一只绚蓝色的蜂子。我没顾上灼热的刺痛，满脑子都在想，怎么我这边刚摆好船式体式，这只蜂子就在同一时间爬过地板和我的手亲密接触了呢！这家伙看上去好端端的，只有可怜的蜜蜂蜇了人后才会死翘翘。这只色彩斑斓的蜂子走远了一些，然后飞走了。之前我还从来没见过蓝色的

---

[1] 安伊艾（REI）是美国乃至全球最大的户外用品连锁零售公司。——译者注

## 落石镇：玛雅山脉的蝴蝶农场

蜂子呢！

来这儿没多久，穆迪就被什么东西咬了一下，他的手像气球一样肿了起来，看上去就像有人往外科医生的手套里吹足了气似的，他手指几乎都不能弯曲。普罗菲利奥看了后说："哦，这是虻蝇，没错，很常见。不是马蝇咬的。"

那时，考虑到有那么多东西需要担心害怕，对于马蝇我唯一想知道的竟然是它没有咬穆迪。直到现在我在写这本书，要去查一下"马蝇"这个词到底怎么拼时，我才发现当时的担心有多可笑。

马蝇将卵产在蚊子或苍蝇身上，当蚊子或苍蝇叮人的时候，马蝇的卵就会头朝下进入人体皮肤。人体的体温帮助虫卵孵化。幼虫一边进食一边不停地往里钻。等到幼虫准备好孵化的时候，它们就会转个方向，然后爬出来。

在网上输入"马蝇""伯利兹"这样的关键词后会跳出来这样的标题："蜜月旅行时腹股沟惊现神秘伤口竟是'深嵌体内的蛆虫'""马蝇在你体内狼吞虎咽、拼命疯长""有史以来最恐怖的十大寄生虫"。

我强烈建议你不要去看网文的配图。

在一个酷热难当的下午，我跟着马塞里努斯一起去采摘喂养大蓝闪蝶幼虫的树叶。我们走的是一条之前我没注意过的小路，它把我们带进了一片草木繁盛的林子。马塞里努斯

## 第十七章 最危险的动物

踮起脚伸长手臂把柔韧的枝条拉下来再用砍刀砍断。

我问他能不能让我也试一下（这看上去很好玩的样子）。

"你会被虫咬的。"他说，我注意到成群的蚂蚁正在树枝周围爬来爬去。

"你是怎么做到让虫子不咬你的？"我问。

他有些疑惑地看着我。

"它们怎么没咬我？"他说着举起露在短袖T恤外的胳膊给我看，那儿从上到下布满了蚊子叮咬的鼓包，虽然它们不像我手臂上芭比粉的咬痕那么明显，但是它们就在那里，多得数不清。

就在我们说话的时候，蚊子也没闲着，它们的新一代，不管是不同的物种还是同一物种的不同阶段，居然可以隔着衣服直接开咬。

我动用了全部意志力才没有让自己从吃苦耐劳的马塞里努斯身边跑开。可当我们互道再见后，我就像动画片里头发着了火的小人一样脚底生风地跑回小屋，跳进淋浴房，打开水龙头，舒缓一下浑身上下刺痒的皮肤，浇熄快要爆发的焦躁恐惧。从冷水里出来后，我裹着浴巾准备刷牙。我刚从牙刷架上抽出牙刷，成百上千只黑色的小蚂蚁就跟着拥了出来。我尖叫着扔掉牙刷，结果这个塑料小棍又砸到了一个蜘蛛网。

我觉得自己的恐慌症发作了。或许吧。有一种理论认为当你被咬后，身体会释放一种叫组胺的物质，进而引起皮肤瘙痒。当组胺水平过高时，肾上腺素就会自动释放以抵消组胺，同时加速脉搏跳动。发现这一理论的人在精神分裂症患者的血液里也发现了高水平的组胺。

我只知道我身上又痛又痒，就像上上下下爬满了虫子，虽然我一只都没看到。

我坐在床中间，深呼吸。

穆迪冲进来的时候（他听到了我的尖叫声），我告诉他刚才只是扔掉了爬满蚂蚁的牙刷，顺便让他帮我看一下身上有没有虫子。

"没有，"他说，"不过你身上有数不清的包，妈呀——快看这个，也太大了！"

"我还是觉得浑身上下都是虫子。"我说。

"你不会是吃了迷幻药出现幻觉了吧？"他开玩笑说。

我告诉他下一步我就准备吃了。

不过，我并没有。我们开车去西卡提，我和艾莉喝了一杯杜松子酒。

## 第十八章
## 盘式刹车和最蓝的蝴蝶

我们原本想多下载些视频好在旅行时打发时间,事实证明我和穆迪都不擅长做这件事。

这就导致我们平时能看的只有一档跟英国王室有关的电视节目,看多了,我们就开始把遇到的人往温莎城堡里的人物身上套。

这天被我们选中的是艾莉。她一直说要和我们去探秘伯利兹,可她手头上的事总是多得做不完。我希望她能给自己放一天假。

"你想要劝艾莉给自己放假,那就相当于菲利普王子想要说服伊丽莎白女王不要在58天里访问57个城镇。"穆迪说。

"不,"我说,"我是想劝女王陛下去打猎的乔治王子,唯一的不同是我的肺目前都安好,而且我也要跟着女王一起去。"

落石镇：玛雅山脉的蝴蝶农场

　　艾莉最后还是定好了日子去旅行。穆迪让她选一个目的地，她选了派恩希尔，一个位于托莱多的门诺派社区，我们都没有去过。

　　出门那天，天空就像一幅蓝底海报，上面印满了羽毛状的白云。天很好，就是太热了，不过不是那种一出门就被晒晕的热，对此我们感到十分庆幸。

　　艾莉无事一身轻，舒坦得不得了，于是她决定让孩子们逃课加入我们的旅行团。她觉得豪尔赫多半不愿意，他年长一些，而且学习很用功，不过小爱德华多应该会上钩。

　　果不其然，艾莉从学校出来的时候身边跟着她的小儿子。小爱德华多顶着一鼻子雀斑，蹬着一双橘红色的运动鞋，一刻都不得闲。他不是在试着喂兔子，就是在想办法捣鼓一个花园出来，或是到处钻进钻出想找某一种类的蜥蜴。

　　我曾问他在伯利兹生活的这段时间都看到了什么，他列了一张清单。请不要介意错别字，毕竟他只有10岁。

　　狼猪（狼蛛）

　　歇子（蝎子）

　　马路（马陆）

　　蜈蚣

　　甘蔗馋除（蟾蜍）

大蓝闪蝶

大忙蛇（大蟒蛇）

毛头蛇（矛头蛇）

青蟹

他解释说没有把兔子和豚鼠写进去是因为在得克萨斯就有。

我们钻进吉普车，沿着南部高速公路往北开了个把小时。当我们在通往派恩希尔的路上拐了个弯时，我有一瞬的恍惚，好像自己来错了地方。

眼前有绵延不绝的青山、木质的谷仓、平整的田野，还有风车。那感觉就像我们离开高速公路后直接开进了宾夕法尼亚州的乡村，唯一不同的是四周多了些棕榈树。

"快看！"穆迪边说边把车停在了两驾木头马车旁边。

我很惊讶穆迪居然对两驾马车如此着迷。门诺派是伯利兹日常多样性的一部分，在蓬塔戈尔达我们也经常看到这种马车，还有穿着吊带裤的男人和穿着自家织布做的连衣裙的女人。

他下了车，弯下腰，仔细查看车轮。

"没错，"做过自行车机械师的穆迪说，"盘式刹车，绝对一流。"

我和小爱德华多摸了摸两匹在一旁吃草的马，然后继续上路。我们开了大约5千米,经过了好些可爱的农场小屋和奶牛,不过就是没看到人影。艾莉原本以为这里会有小店或社区中心,不过就算真的有,藏得也够隐蔽的。

路开到了尽头,我们掉了个头。

这一路走来,虽然惬意但稍显平淡。

这时,车的正前方冒出一小团云似的尘土,而且这团"云"越来越大。穆迪把车靠向路边,想让马车先过去,可那辆马车却停了下来。

驾车的女人中等年纪,握住缰绳的手很大,皮肤晒得黝黑。她有一头棕色的头发,头路中分,眉毛平而直,素面朝天。这些都不重要,她的魅力无关外貌,而在于气质。她身上散发着一种特有的好奇心和颖悟力。

我担心她是不是来告诉我们这个地方不欢迎外人。没想到伊丽莎白(Elizabeth)率先自报家门,我们也马上做了自我介绍。穆迪离马车最近,他介绍说艾莉在蓬塔戈尔达附近经营一家旅馆,我和他来自加州。伊丽莎白说她很少有机会说英语,这里的其他妇女只说低地德语,男人们因为要出门做生意,所以会说克里奥尔语和一点英语。

我很吃惊,没想到我们碰到的是这里唯一一个能和我们交流的女人。

穆迪告诉她刚才实在没忍住,仔细看了下马车的刹车。

## 第十八章 盘式刹车和最蓝的蝴蝶

她笑了起来,说她不懂这些。他们的理念是避开现代化产品,使用自己亲手打造的东西,不过这里的马车都配有这样的刹车,而且肯定不是他们自己店里制造的。她也不了解内情,她不是本地人,她以前住在加拿大和玻利维亚的门诺派社区,那里更保守。

她说想要这种刹车的都是男人,尤其是上了年纪的男人。不知道是不是我想多了,不过她的语气里确实有那种美国南方女人说"愿老天保佑他们"时的不以为然。

"它们确实非常高科技。"穆迪在说刹车。

"'高科技'是什么意思?"伊丽莎白问。

穆迪事后告诉我他很惊讶,因为他意识到这并不是缺乏词汇量的问题,而是那个地方压根就不存在高科技的东西。

他转而向我这个遣词造句的高手讨教应该如何解释"高科技",可我也被难住了。

艾莉犹犹豫豫地插进来说:"复——杂?"

"哦,这么说我就懂了。"伊丽莎白说。

伊丽莎白身边的两个女孩是她的侄女,她们都很害羞,时不时偷偷地打量我们。她们有湛蓝色的眼睛和金色的头发,都不会说英语。也许她们是来伯利兹定居的第三代或第四代移民了。

门诺派教徒于1958年来伯利兹定居,他们和这个国家的诞生有着密不可分的关系。当时正值反殖民主义情绪高涨的年代，提出并践行"伯利兹和平革命"且在国家独立后成为伯利兹首任总理的乔治·卡德尔·普赖斯（George Cadle Price）彼时正在和英国就自治问题进行谈判。矛盾的焦点在于英属洪都拉斯如何解决国民的温饱问题。当时国民人口总数为10万，其中绝大多数人在殖民政府操控下的产业里工作，或是从事自给自足的农耕种植。

与此同时，门诺派教徒不得不再次迁移。作为可以追溯到宗教改革时期的基督教分支，门诺派的教徒们是非常严格虔敬的和平主义者，他们坚持远离世俗（包括政府）这一原则，所以在很长一段时间内，门诺派不得不四处迁移。

最早来到伯利兹的门诺派教徒，其祖先是17世纪迁往俄罗斯和普鲁士的弗兰德人，之后由于俄罗斯要求教徒服兵役，他们只好迁往加拿大的偏远地区。第一次世界大战后，加拿大政府同样提出兵役要求，并在门诺派学校推行英语教学，于是教徒中的传统派移居至墨西哥的奇瓦瓦州。但到了20世纪50年代后期，墨西哥要求门诺派加入社会保障计划，并准备将教徒们纳入服兵役的名单。

当时还是英属洪都拉斯总理的普赖斯和门诺派社区的几位领导人进行会晤，并达成协议。门诺派教徒提供大规模农业的专门技术，殖民地则以每英亩3美元的价格出售农田，让门诺派教徒们在没有迫害的环境下信奉自己的宗教,并承诺他们的孩子永远无须在军队里服役。

如今,门诺派教徒约占伯利兹总人口的4%,不同的门诺派社区有着不同的文化,现代化水平也不一样。我们买的芝士、酸奶、冰激凌都来自"西部乳制品工坊",一个位于北部的门诺派公司,他们运送产品用的也不是木质马车。不过,伊丽莎白所在的社区显然仍固守着"身处这个世界但不成为其一部分"的信条。

和伊丽莎白互道再见后,我们往回驶向现代化的伯利兹。在路上,我、穆迪还有艾莉一直在谈论伊丽莎白温和、友善却又不怒自威的风采。小爱德华多说:"她看上去超级自信。"

他这话说到点子上了。伊丽莎白流露出来的正是对于自己所属的世界,以及自己在其中的位置所抱有的笃定与自信。当我们和她交谈的时候,她也很有兴趣与我们交流。她还提到她和她妈妈一起生活,她们家边上种着两棵巨大的榕树。

虽然不知道具体方位,但我暗暗记下了"榕树"这个重要地标,我还想和伊丽莎白好好聊一聊。如果她不介意,我非常非常想知道更多关于她的事,还有她是怎么来到伯利兹的。

但近期我怕是没有机会了,因为我们很快就要飞回加州。这个决定来得如此突然,但又不可避免。

落石镇：玛雅山脉的蝴蝶农场

"我有点担心我们的水不够了。"就在前两天穆迪突然跟我说。

"我也是。"我一边说一边对着刚被咬的蚊子包涂苯海拉明。管子里剩下的药膏不多了，我不得不用力挤才勉强有药可涂。

没有说出口的那个问号飘在空中："是不是到了该离开的时候了？"

克莱夫来信说他起码还要再等一个月才能过来，因为英国准备退出欧盟，这个决定将引发包括蝴蝶贸易在内的一系列剧变。

落石蝴蝶农场已经启用备用水箱了。我还是老觉得有虫子在身上爬，因为刺痒感总是如影随形地跟着我。

我们一直没有定下归期，因为不知道接下来会遇见谁，会发生什么事。

那晚，太阳下山后气温依旧居高不下。我和穆迪平躺在床上看着头顶上的灯，裸露在外的灯泡将原本就热得要命的屋子烘得更热了，所以我们在外面套了个日本纸灯笼。

"你觉得自己已经准备好要走了吗？"穆迪问。

"还没，"我说，"你呢？"

"我也是。"他说。

问题是我们别无选择。我们不能一边看着塞巴斯蒂安忧心忡忡地检查水箱，一边不断地用水。我们是从加州来的，还有谁比我们更明白缺水意味着什么？

但我们会尽快回来。克莱夫已经跟我们说过任何时候都欢迎我们入住小屋。

也许气候异常能让旱季有雨水，这样的话4月或5月我们就能重返故地。

到时候我会坐着泽诺维亚的小船去哥伦比亚河的源头看一看。还有那只蓝鬣蜥，它经常在小屋的废纸篓边出没，可我们竟然没有一次看清楚它长什么样，下次来我们一定不会错过它的真容。克莱夫的信中充满了对落石蝴蝶农场的怀念，他一定会过来和我们在露台上共进晚餐——一场晚宴派对！而我，一定会再去拜访伊丽莎白。

与此同时，我还准备去英国看望卡丽，然后在斯特拉特福待一段时间以便更好地了解它和落石蝴蝶农场之间的共生关系。然后，也许我会跟随一颗来自落石蝴蝶农场的蛹去往任何一个目的地，以便更好地了解全世界对于热带蝴蝶的向往。如果收件人是一位俄罗斯寡头政客，那会非常有意思。如果蝴蝶将在电影片场客串一把，我也能勉强接受。

在伯利兹的每一天对我而言都是一堂文化体验课。我们刚到这里的时候，我总是努力跟塞巴斯蒂安描述我们在美国的日常生活，想着或许他也愿意了解一下和这里不一样的世界。我告诉他我们有两条狗——墨菲和乔治,我们带着它们一起进行公路旅行,它俩能霸占整张沙发,来伯利兹之前我们把狗狗们留在了朋友家里,这样它们也能去沙滩度假。塞巴斯蒂安就是不相信我说的这些都是真的,他老觉得我在跟他开玩笑。

塞巴斯蒂安不喜欢狗、音乐(玛雅竖琴除外),也不喜欢浪费时间,而这些都是我对生活是否抱有激情的试金石。可是不知道为什么我真的很喜欢塞巴斯蒂安,我一定会想念他。

不过,我总是忍不住想逗他。我告诉他我们必须走了,因为想狗狗了。

我们走的那个星期的某一天,我走到大蓝闪蝶的飞棚,塞巴斯蒂安正好也在那儿。天阴沉沉的,就像水泥的颜色。可是晦暗的天色却让大蓝闪蝶的身姿变得更加璀璨夺目。它们是如此活泼,不停地在空中回旋、转圈,我要把这几十只蝴蝶扑扇翅膀的声音铭刻在记忆中。

我的目光落在飞棚中间那些长长的木棍上,我曾花了好长时间把鲜绿色的蝶蛹一颗颗粘在上面。

忽然间,我想起来还有件很重要的事没有做。

"塞巴斯蒂安!"我喘着气叫道,"我还没见过蝴蝶从蛹里钻出来呢!"

他说他已经很长时间没看到蝴蝶破蛹了。其实几乎每天都有蝴蝶从蛹里钻出来，只是需要有足够的耐心等待，而他实在太忙了。

我抬了抬眉毛，他点点头。我们并肩站在那里等待着。

在期盼中度过的每一分每一秒都仿佛沉甸甸的。你的身体似乎在拥抱自己、融入自己。你在和时间捉迷藏：当你什么也不做，只是静静地等待着未来某一刻，生命仿佛暂缓了脚步。我已经盯牢一颗蛹，应该就是它了，因为我已经看到里面隐约有一只蝴蝶的轮廓了。

我们静静地站着。我等得有些心焦，塞巴斯蒂安比我沉得住气。我甚至开始怀疑这么等下去到底有没有用。我们默不作声地等了大概20分钟，然后塞巴斯蒂安冲着我看中的那颗蛹后面微微点了点头——有一颗蛹开始裂开了。

就在这时，穆迪吹着口哨沿着小路走过来了。

"我带来了有机垃圾，"他叫着，"给蝴蝶的水果皮。"

"这里，快过来，"我说，"我们正在看蝴蝶破蛹呢！"

真不公平，穆迪一刻都没等就能看到蝴蝶破蛹，不过我也很庆幸他没有错过这一幕。

这颗鲜绿色的蛹开始变成半透明，上面有环形的缝，有点像羊角面包包装盒上的环缝，往案台上一敲就能打开。透过蝶蛹能看到蝴蝶在里面倒悬着。

顶端的缝隙开了一个口，先是出现了六条腿，然后是喙，也就是蝴蝶长管状的进食器官。蝶蛹裂得更开了，蝴蝶的身体掉了出来，形状和现在变成浅绿色的蛹一样，上面有相同的条纹。蝴蝶的腿连着空蛹壳，还有两根长长的触须。我觉得我看到了蝴蝶的眼睛，不知道它们是不是也看到了我。它的翅膀湿漉漉、皱巴巴的，就像留在洗衣机里刚洗好的一件衣服，而且翅膀看上去非常小，比蝴蝶的身体还要小。

慢慢地，翅膀开始——"展开"一词并不恰当，而且它们也不是从头到尾一直在鼓胀。它们像是在一边呼吸一边生长，这里长大一点，那里又长大一点。

破茧成蝶的术语叫"羽化"。弗吉尼亚一家植物园用马克·尼波（Mark Nepo）的书名《极致冒险》来描述羽化的过程。尼波在三十几岁的时候确诊罹患癌症。面对不确定的未来，如何充实地体验人生，他在书中写下了自己的感悟。

蝴蝶从其尾端排出了一些不那么悦目的液体。

"排泄物，蝴蝶的屎。"塞巴斯蒂安生怕我没看出来。

排泄物中还包含一些注入蝴蝶翅膀血管后残留在体内的液体。在这个阶段，翅膀必须毫无阻碍地下垂，一旦血管打开，蝴蝶就会将液体抽回到体内。当翅膀晒干后，这些血管就会变硬，支撑起翅膀的结构和形状。

我们可以清晰地看到蝴蝶的头部和身体了，而且它的翅膀已经张开，看得到棕色和珊瑚状的条纹，以及由黑色和奶白色构成的大蓝闪蝶外翅上的眼睛图案。我对蝴蝶的了解有限，所以不知道还应该看什么。如果知道的话，我也许能看到翅膀的底部有一片椭圆形的薄膜，上面盖着一个小圆顶，看上去有点像一颗煎蛋，那是转换声波的器官。没错，蝴蝶的耳朵长在翅膀上。

大约有5分钟的时间，蝴蝶一直倒悬着，翅膀慢慢舒展开来，越张越大。其他蛹也开始裂开，几只蝴蝶纷纷进入不同的破蛹阶段。

第一只蝴蝶——我们的蝴蝶——扑扇着翅膀，闪动着一抹无法形容的蓝。只有一样东西比大蓝闪蝶更明艳、更耀眼、更蓝，那就是刚刚破蛹而出的大蓝闪蝶。

我永远无法忘记那抹蓝。

两天后，我和穆迪把装满衣服的箱子搬上了159级台阶，贝纳尔多像我们刚搬来那天把冰柜扛下来一样，又将冰柜扛了上去，塞巴斯蒂安和普罗菲利奥帮我们把空箱子带到车旁，那些箱子之前是用来装书和玩具的。

塞巴斯蒂安的眼睛红红的，他真的有些多愁善感。我看了看穆迪，每次他想要隐忍情绪的时候就会摆出一张扑克脸。他眼眶湿润，看上去有点不知所措。普罗菲利奥不敢看我的眼睛。我该拿这些男人怎么办？几个月后我们一定回来。

快出发的时候塞巴斯蒂安递给我们一个信封。我在车上

落石镇：玛雅山脉的蝴蝶农场

拆开了它。第一封信非常正式。在信的开头他写着"落石蝴蝶农场（有限公司）"，还有地址和日期。

亲爱的戴安娜小姐和穆迪先生，
借此机会，我谨代表落石蝴蝶农场的所有员工感谢你们和我们一起……

一笔一画，字迹无比工整，就像他教我植物和蝴蝶的名字时写的一样。他嘱咐我们照顾好彼此，一定要回来。

另一页纸上列出了凯克奇短语和对应的译文。我几乎忘了我曾问过塞巴斯蒂安能否帮我写一些凯克奇语。因为这门语言的书写体并没有完全统一，所以我让他尽力就行。我们快要到卢班顿的指示牌了，看来正是读这些话的最佳时机：

记在你的脑海，
记在你的心田，
在此处一起度过的时光，我们倍感幸福。

塞巴斯蒂安·肖尔

我哭了。
我们告诉塞巴斯蒂安和其他工人，对厨房里留下的罐头和其他食物一定不要客气。我忘了我们还给西卡提艾莉的酒吧留了些酒。

我们一到机场就收到了大伙的照片,他们都在山顶,落日为壮美的风景染上了橙色和粉色的光晕。我开始担心,他们待会儿还得骑车下山呢!

"反正也已经这么晚了,"穆迪说,"就让他们尽情玩吧!"

候机时我收到了更多照片。我一张一张地翻看着,等我们登上飞机准备关手机的时候,我看到了最后一张。

"天哪,"我对穆迪喊,"塞巴斯蒂安是在跳舞吗?"

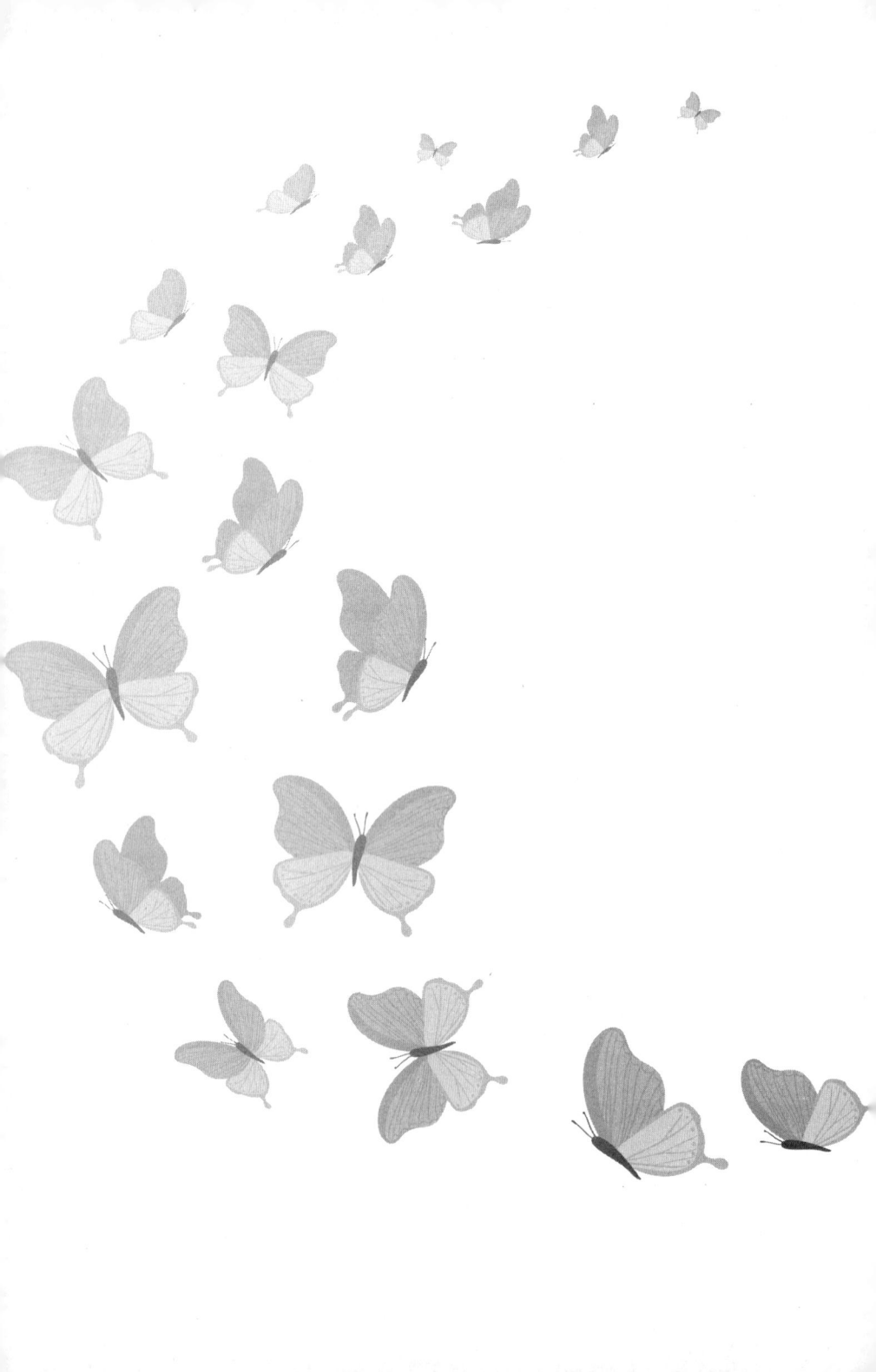

## 第十九章
## 在路上

我们离开后,克莱夫的丛林小屋并没有空置太久,塞巴斯蒂安搬了进去,准备为拯救农场放手一搏。

等我们回到加州,发现新冠病毒已经发展成了一场全球疫情。

在哥伦比亚圣佩德罗,一切出奇地安静。人们害怕出门,落石蝴蝶农场的工人也担心上班会有风险。当时伯利兹的新冠肺炎患者只有几例,但是人们已经看到在其他国家病患人数是如何飙升的。

塞巴斯蒂安在村子里跟在英国家中的克莱夫通了电话。

"所有人都吓坏了,我自己也很怕。"塞巴斯蒂安告诉他。

"照顾好你自己,也照顾好工人们,"克莱夫对他说,"无论你怎么做都没关系,只要你认为应该那么做。"

塞巴斯蒂安减少了农场繁殖蝴蝶的品种，同时精简人手。艾莉帮助其他人填写表单领取政府能立即发放的失业补助和紧急救济金。蝴蝶农场在风雨飘摇中勉强维持着蝶蛹的繁殖数量。

我和克莱夫通了电话，他家那边已经封控了。他在电话里的声音听上去十分沮丧。财务经理说如果他大幅缩减人员开支，斯特拉特福和落石蝴蝶农场还能在没有收益的情况下勉强支撑一段时间。她曾建议解雇市场部经理简，因为照现在的情况看已经没有什么可以营销的了。克莱夫说再等等。

而伯利兹已经进入紧急状态。这是个年轻的国家，无论从哪方面看都过于年轻。全国超过40%的人口都是16岁以下的青少年，这就意味着需要接受政府在医疗、教育方面提供服务的人口多于劳动力和可以纳税的人口。如果有大规模疫情暴发，现有的医疗系统支撑不了多久。另外，全国40%的就业依赖于旅游业。

"伯利兹正处于生死存亡之际，我们将为生存而战。"在一次通过电台向全国所有乡村播放的演讲中，总理这样向民众呼吁，同时他宣布采取封控措施，所有人必须待在家中，未经允许不得外出，甚至不能去自家种玉米、豆子或可可的庄稼地里，如有违反则施以罚款或逮捕。

塞巴斯蒂安又和克莱夫通了一次电话。

"克莱夫先生，我想可能撑不下去了。"塞巴斯蒂安说。

"也许真到这一步了，塞巴斯蒂安。"克莱夫说，"想办法孵化一些蛹，没准哪天我们还能东山再起。"

塞巴斯蒂安决定搬去小屋，就是我和穆迪待过的那栋小屋，也是克莱夫和雷曾经坐在露台上探讨过哲学问题的小屋。他将独自一人把剩下的毛毛虫和蝴蝶送上天空。

"我挂念这些小东西，现在除了我没人能照顾它们了。"他对霍薇塔说。

塞巴斯蒂安正在家里装大米、豆子，还有霍薇塔让他提精神用的巧克力，这时萨米出现在他家门口。

"我也去。"他对塞巴斯蒂安说。

全球疫情暴发后，他们就把西卡提边上实验农场分部里的蝴蝶都带到了山上的落石蝴蝶农场。因为要去分部的话，大卫必须先从哥伦比亚圣佩德罗坐45分钟巴士到蓬塔戈尔达，在当地一家餐馆取上他的自行车（店家同意他寄放车子以免被偷），然后骑行约5千米到实验农场，下班后再原路返回。

萨米来后没多久，大卫也跟着来了。

"我跟你一起去，"他说，"你一个人干不了那么多活儿。"

"你们知不知道这一去就意味着至少三个星期不能回家？"塞巴斯蒂安问。

"知道。"他们回答。

"我心里敞亮起来,也许有了我们三个,这事还能做下去。"塞巴斯蒂安在电话里跟我说,他的声音听上去清楚了许多。我知道山顶信号最好,所以我能想象他正站在多年前他亲手种下的凤凰树旁跟我打电话。

"对了,"我问,"你们和蝙蝠处得还好吗?"

塞巴斯蒂安说蝙蝠都飞走了。

"我喷了点香水,我觉得也许它们不会喜欢这个气味,果然,一只都没留下。"他说。

"什么?!那你为什么不告诉我?害得我每次去厨房吃东西都要哆哆嗦嗦从它们身边经过。"我说。

"我当时也不知道这个办法管不管用,"塞巴斯蒂安说,"只是有种感觉,也许它们不会喜欢这个气味。"

正值旱季,天气炎热,水箱的水很快就见了底。塞巴斯蒂安、大卫和萨米每天都要往返好几趟去瀑布那边取水,这个季节瀑布已经变成了小溪,他们用水桶接满水再提回农场。

艾莉开着车,穿过由士兵和警察把守的岗哨,把饮用水、香蕉、大米、豆子带去农场。即便在伯利兹这样多元化的国家,在市长是加里富纳人的蓬塔戈尔达附近,艾莉说她也有百分之百的把握被放行,因为她是白人。为了保住这份特权,她回来的时候总会在哥伦比亚圣佩德罗的小市场停一下,买些果汁和薯条分给驻守在路障边的士兵们。

## 第十九章 在路上

农场里的一天从天空投下第一道曙光开始,他们采摘树叶,给大蓝闪蝶、黄裳猫头鹰环蝶和绿帘蛱蝶喂食。他们清点蝶卵,养护植物,把蛹悬挂到木棍上。蝴蝶的寿命很短,他们会在蚂蚁来之前把死去的蝴蝶捡起来。中午吃饭时他们会休息一会儿,然后接着工作。日复一日,没有一天假期。

塞巴斯蒂安和大卫总是拿萨米开玩笑,因为他和妈妈住了一辈子,到现在都不会做饭。他们没有放过他,三个人必须轮流进厨房准备饭食。他们吃米饭、豆子,还有一种从丛林里找来的植物——巴拿马草。这种植物平时常被用来给游客们编装饰小篮子,篮子上千篇一律地绣着"伯利兹"三个字,外加一棵棕榈树。

三人很快就发现了我们的经验——等变频器发出恼人的噪声时就能给手机充上电;要是把所有灯都关掉,充电速度会更快。

夜里,他们坐在漆黑的露台上。蓬塔戈尔达周围有山火在燃烧,他们能看到火焰的红光。他们聊着落石蝴蝶农场的明天,不知道农场能不能支撑下去。

有一个晚上,萨米筋疲力尽,忍不住担心起来。

"我们会不会只是在这里浪费时间?要是没希望了怎么办?"他问。

大卫并不习惯表露情绪,但塞巴斯蒂安猜他跟萨米想的

落石镇：玛雅山脉的蝴蝶农场

一样。

塞巴斯蒂安说他的希望就在于让现有的毛毛虫都活下来，把它们的蛹都挂到木棍上，等它们破茧成蝶。然后，同样的事情再做一遍。他告诉萨米，希望这种东西不会突然降临到眼前，如果你不放弃，如果你继续走下去，也许你就会在路上找到希望。不管怎样，他们都得养家糊口，每工作一天就有一天的收入。

塞巴斯蒂安的心里其实有一个计划，不过他不想告诉任何人，除非他有把握这个计划能实现。

可到了第二个星期，他觉得计划可能要落空了，因为三个人要干的活儿实在太多，他们都累坏了。不过他有种感觉，他的兄弟马塞里努斯马上就会过来帮他。事实上，他从未跟他兄弟提过帮忙的事，两人甚至都没交谈过。这只是，按他的话来说，"突然冒出来的一个念头"。

马塞里努斯在塞巴斯蒂安萌生这个念头的第二天就来了，当时塞巴斯蒂安、大卫和萨米正在给大蓝闪蝶砍树枝。马塞里努斯住在哥伦比亚河的上游，那天，他朋友的小船捎了他一程，下船后他徒步穿过卢班顿，走小路成功绕过了岗哨。

"嘿，我担心你们吃不消，所以来搭把手。"说着他就跟他们一起采摘起树叶来。

第二天，他们正在喂绿帘蛱蝶，也就是教我如何数清蝴蝶卵的费利佩专门看护的那种蝴蝶。

这时，费利佩走进来了。

"嘿，我来看看我的蝴蝶好不好。"他说。

回到英国的斯特拉特福农场，由于国境封锁，全世界的航班几乎都已停飞，萨尔卡没办法将落石蝴蝶农场寄来的最后一箱蝶蛹送出去。它们被带到了展览大厅的飞棚里。在英国，因为病毒肆虐、死亡人数直线上升，蝴蝶馆也像其他地方一样关上了大门。新的蝴蝶破蛹而出。这些小生命在与世隔绝的环境中茁壮成长，数量比以往任何时候都要多。这是斯特拉特福有史以来最为壮观、最为精彩的蝴蝶展，空中到处飞舞着热带蝴蝶，可惜只有理查德和詹姆斯看到了这一幕。

在多塞特靠挖掘池塘、种植当地植物得以修复的田野里，克莱夫走啊，走啊。我能想象他戴着斗笠，拄着那根粗壮结实、留着疤节的拐杖，慢慢走过了土地神，还有梦之岛的梯子。

他在思考这一生做了什么，哪些是他真正在乎的。

"封控让我意识到大自然给予我们的一切是多么宝贵，而我们又是如何将其肆意毁坏，现在我们需要付出多少努力才能弥补损失。"他之后对我说。

在生活中，人们有时会反复想起曾经拨动自己心弦的一句话，我的那句是："在一个道德标准模糊不清的世界里，冰激凌永远是一种引人向善的力量。"出处：佚名，1993年我在一家名为"本和杰瑞"的小店里偶然看到的。

克莱夫脑海中一直回荡的那句话是："哲学始于惊奇。"出处：苏格拉底与柏拉图的对话，通过米丽娅姆·罗斯柴尔德转述而知。

他已经想清楚了，在他的一生中，除了家人，他最在乎的就是斯特拉特福和落石蝴蝶农场。克莱夫是一个精明的商人，既然是商人，自然看重利益，他在英国、瑞士、美国不同的产业中都坐拥厚利。从赚钱的角度看，在他所有的投资项目中，斯特拉特福蝴蝶展馆和伯利兹的蝴蝶养殖农场应该归到"看走了眼、押错了宝"一类，但他却将如何保住它们视为当务之急。如果最后他不得不拆了东墙补西墙，那么这两个地方就是他的西墙。

一切始于惊奇。从孩提时代，他就对蝴蝶深深着迷，它就像一种内在的催眠术，一种对蝴蝶的颜色及其复杂性的迷恋。

他是第一个开办蝴蝶展馆并将展馆打造成观光胜地的人，他认为这个项目源于个人爱好，并能让他投入全部的激情。之后许多蝴蝶馆开始纷纷效仿，数以百万的人看到了热带蝴蝶在眼前翩然起舞，而不是被无声无息地压在玻璃板下。

他一边漫步一边思索，他认为在蝴蝶馆里，每一个对蝴蝶赞叹不已的人都有机会感受惊奇。

"当你感到惊奇,你就会开始思考:这到底是什么?它是怎么生活的?在这个世界上它扮演着什么样的角色?为了帮助它在地球上继续生存,我能做些什么?然后你会以一种全然不同的眼光看待这个世界,这种不同会不断累积。"他说。

他从多塞特的家中告诉我斯特拉特福的最新消息,这一次他的声音里充满了希望。那里的蝴蝶生生不息,植物欣欣向荣,简将蝴蝶馆里的情景发送给了新闻媒体,引起了广泛关注。人们希望看到更多关于蝴蝶的消息。英国以外的其他国家和地区防控措施相对宽松些,萨尔卡和詹姆斯已经收到许多客户的咨询,他们急不可耐地想要购买蝶蛹,因为他们的蝴蝶馆还在开放中,可如果蝴蝶馆里连一只蝴蝶也没有,那像什么样子?

萨尔卡打电话给塞巴斯蒂安,问他有没有能发货的蝶蛹。塞巴斯蒂安等的就是这一天。他告诉她目前有1000颗蛹,能装满好几个木箱。

当马塞里努斯和费利佩回来后,塞巴斯蒂安逐步加大了产量,之后内斯托尔、圣地亚哥、马尔文和贝纳尔多也陆续回到农场,每周工作三天。胡里奥和安塞尔莫待在他们自家的农场里。普罗菲利奥获得晋升,他终于能去飞棚工作了。詹姆斯和萨尔卡整天守在电话边,一颗不落地卖出了所有的蝶蛹。艾莉盯着有限的几个航班的时刻表，想办法把装蛹的箱子全都送出了伯利兹。

从伯利兹发出的蛹赚得的钱填补了英国方面的部分损失。农场还在运营，应该还能坚持一年以上。克莱夫确信斯特拉特福和落石蝴蝶农场都能撑过疫情。在蝴蝶馆闭门谢客期间克莱夫准备再做一些改进，他想象着那里会有更多的植物、更多的蝴蝶，而每个人都会带着自己的祖母排队来看蝴蝶展。

## 第二十章
## 不确定性

2020年3月初,我和穆迪回到加州,那时我们并不知道一段狼狈不堪的时光正在不远处等着我们。

我起先想,因为新冠病毒的威胁,在机场办理入境手续会不会比平时慢许多,没想到在得克萨斯我们没有接受任何检查就通过了安检,我唯一看到的对病毒抱着谨慎态度的迹象就是有个游客大热天里戴着手套。在波特兰机场,我注意到两个年轻女子戴上了口罩,周围的人避之唯恐不及,生怕她们感染了新冠病毒。

我心里一直隐隐有种担心,仿佛有根手指在不停地敲击桌面。我并不是担心我们自己,我当时认为在富庶安定的美国我们肯定是安全的。我担心的是病毒可能让以旅游业为支柱产业的伯利兹受到重创。

和我们一起在伯利兹潜水的朋友爱丽丝嫁给了一位爵士音乐人,名叫本,他准备在我们回国的那个周末举行一场音乐会。我翘首以盼,从伯利兹回来后这还是我第一次见爱丽丝,还有其他许多朋友。

本事后回忆说当时乐队的成员都在观望,不知道周末的演唱会能否如期举行,因为关于新冠病毒的新闻已经铺天盖地。而我和穆迪对此几乎一无所知。我们刚从俄勒冈开车回来,狗狗们坐在后座。为了打发时间,我们尽挑那些偏僻的乡村小路走——你们肯定不知道加州乡村有多少地方没有覆盖手机信号。

乐队的键盘手有点维京血统,他认为应该继续战斗——举办演唱会;塔布拉鼓手是位药剂师,他说他很清楚流行病是怎么一回事,现在这个时间点召集人们聚在一起,大家很有可能会相互传染,这么做无论从道德还是伦理角度来看都是错误的。然而没有任何权威机构发表指导性意见。

最终他们还是取消了演唱会。日后,每当我问自己是什么时候发现原来疫情离我们如此之近时,我总会想起那场没能听成的演唱会和那些没能见上面的朋友。与人们将要遭受的苦难相比,这些都是无足道的损失。然而,当微小的失去慢慢累积,最后我们会突然发现,生活早已失去了原有的样子。

## 第二十章 不确定性

我步行去街边的美发沙龙想好好打理一下狂放的丛林发型，发型师优妮（Uni）是我的朋友，我大部分的女性朋友都是她的老客户，包括爱丽丝在内。优妮满面愁容，她的丈夫是一名在拉斯维加斯负责接待韩国旅行团的导游。亚洲的旅游业务已经中止了。导游都是短时工，收入主要依靠游客们给的小费。优妮的丈夫就这样猝不及防地失去了工作，没有遣散费，也拿不到失业救济金。

我做好头发没几个小时，优妮就来我家和我告别。美发沙龙突然宣布关门停业，店主让大家都回家去，然后她接到了房东的电话（她在弗雷斯诺和拉斯维加斯两头跑），告诉她必须马上搬离他家的房子，房东上了年纪害怕感染病毒。优妮把行李装上车，准备去拉斯维加斯。

穆迪看我把柜子塞满了食物觉得我脑子有问题，感觉我就像现代版的斯嘉丽·奥哈拉（Scarlett O'Hara）发誓永远也不要饿肚子一样。

但是看到发生在优妮身上的事，我感觉到一场危机已慢慢显形。我跑遍了街边的杂货店，把货架上的东西都扔进袋子，一定要让优妮把它们全带走。优妮和穆迪觉得我反应过度，我倒是希望如此。

3月19日，加州开始实行封控，成为美国第一个要求所有人足不出户的州[1]。其他州也紧随其后；而与此同时，意大利的医疗系统已经濒临崩溃，危机已经露出了狰狞的面目。

我很庆幸我们在弗雷斯诺的家有一个院子。我很担心乔丹，她在迈阿密的豪华寓所现在已经变得跟监狱相差无几。公共区域都被关闭，唯一一个不用乘电梯就能到达的户外场所就是她家的那个小阳台。

她一直在怀疑之前跟我们提起过去欧洲滑雪时染上的流感会不会就是新冠，她当时住在一个度假村附近，那里很有可能经历了一次新冠的先期暴发，只是当时没人知道那是什么。

我在散步时看到了认识的邻居，远远地喊了声"你好"，问问他们近况如何。

"没什么可抱怨的。"这是他们经常挂在嘴边的一句话，哪怕日子并不好过的人也是这句回复。话里有一丝苦涩。20世纪30年代美国暴发黑色风暴灾害，许多人逃难到加州的中央谷地，现在人们说话的方式中依然保留着当年难民们的语言印记。

"没什么可抱怨的。"我也要经常这样提醒自己。

---

[1] 加利福尼亚州州长加文·纽瑟姆（Gavin Newsom）于2020年3月19日宣布"居家令"，要求全州近4000万民众尽量居家，非必要不出门，如出门须保持适当的社交距离。由此可见，"居家令"并非强制执行，这也是后文中戴安娜能外出散步的原因。——译者注

我就像克莱夫巡视自己的庄园一样在家附近逛了一圈。街区尽头有棵被劈裂的树,我冲着上面的蜂巢点了点头,默许了它们不请自来;舞蹈工作室的门外有株马缨丹,我把叶子翻个面想看看底下有没有藏着毛毛虫。

我看着与内华达山脉遥遥相对的云朵,看着街角开满一树的玉兰花,看着紫薇斑驳的树皮,我爱我看到的这一切。我变得快和两杯啤酒下肚的塞巴斯蒂安一样多愁善感了。

我也爱蚊虫肆虐、让我担惊受怕的丛林,爱我在蝴蝶农场的朋友们,他们现在应该正在烹煮棕榈叶大餐。他们很担心我们,一直发信息问我们这边情况如何。伯利兹已经封锁了国境,让工人们都回家待着,政府发放失业救济金。3月底伯利兹宣布有两例新冠肺炎病例,4月中旬增长到18例。而美国在4月宣布新冠肺炎病例已超过60万人,人们沿街排队购买食物。我对美国抱有的信心全线崩塌。

我告诉他们我们一切都好,我和穆迪算是比较幸运的那拨人——可以在家里工作,也不用为食物发愁。然而,在目睹了旱灾和火灾后内化成身体一部分的恐惧还在不断地加剧。我在一所教堂边长大,这些年它几乎从没在我的记忆中出现过,可现在我忽然想起来那里的人非常喜欢预言世界末日,而那张末日名单也依旧埋在记忆深处:干旱、火灾、疾病、失职的领导人——因为这里是加州,所以地震自然是少不了的。

当能发送SOS求救信号的手摇式收音机和蜡烛到货后,穆迪开始叫我"末日准备狂",不过他也没闲着,正手脚不停地补充应急用水。

我想起了我的外婆,她叫艾琳·帕特森(Irene Patterson),一个身材娇小的爱尔兰女人,她最引以为豪的就是那口用得黑亮老熟的铸铁锅和家里永远一尘不染的地板。

外婆一生坎坷。外公是个靠不住的男人,外婆和我妈妈还有其他几个孩子都遭受过他的谩骂毒打。我大概是在12岁时问过她为什么要和我外公结婚。她说她的家人都在1918年的一场流行病中死去,她是唯一一个没和大家族一起生活的人,也因此逃过一劫。当她和18岁的外公相遇时她是一个无依无靠的14岁孤儿。她给我看过一张她和她父母拍的照片。

我很担心这场疫病会让许多人像14岁时的外婆那样流离失所。

我本来是要动笔写游记的。但是现在不能旅行,因为坐飞机非常危险,国境被封锁,而这本书的主人公蝴蝶农场现在朝不保夕。

一天,我在卧室里收拾壁橱,没错,面对末世景象,我还在整理鞋子。

"我不知道该做什么。"我忽然意识到我把心里想的大声说了出来，吓得狗狗墨菲"咻"的一下转过了脑袋。

"我不知道该做什么。"我又默念了一遍，闭着眼睛仿佛在祷告。

我想起外婆艾琳教过我一些打扫房间的小诀窍，可惜我一直没能掌握。不过，其中蕴含的智慧绝不是只有在打扫卫生方面才能派上用场的。

"如果你不知道该干什么，那就先从眼前的事做起。"她说。

摆在眼前的就是我家的院子。我的园艺师朋友珍妮特多年来反复强调铺草坪带来的危害。问题不仅仅是这些整齐划一的绿色方块需要水和化肥，更严重的是它们并不是为了蜜蜂、蝴蝶而存在的植物。我决定重新规划一下家里的院子。

穆迪觉得这主意不错，他给几家自行车行打去电话，问他们要来一堆用过的纸板箱。我们把纸板铺在草地上。接着，我们订的一卡车养护泥土用的覆盖料也送了过来。这些松土是我们没买的机票、没吃的外食、没看的电影。我们把覆盖料撒在纸板上。

古代玛雅人坚信毁灭与创造是周而复始的轮回。我们准备毁了草地，在上面打造一个蝴蝶花园。

我开始动笔写这本书，就从我第一次去落石蝴蝶农场写起。一切源于一次逃离。回到从前很有意思，那会儿横亘在眼前的最大问题就是情侣间的争吵和浴室里的蝎子。

我把卡塔里诺做的兔子口哨放在了书架上，它让我相信每一样物件都是有灵魂的。当我看到哨子，脑海中就会涌现出许多身在卢班顿的意念，那感觉更像此时此刻我已置身于一片碧色中。然而这只哨子于我而言不只是让我想起旧地的陶质明信片。当我坐在分崩离析的世界一隅涂涂改改，这尊小小的泥塑像守在一旁为我打气鼓劲。在很久以前，久到我无法想象，故事是有意义的——陶土兔子在身边轻声呢喃——甚至到了现在，也许依然如此。我知道这本书该如何收尾了。在伯利兹，萨米开始重新喂养他发现的条纹蝶。不过就算航线恢复运行，也不能按照常规的方式用木盒把萨米的蝴蝶送到克莱夫那里。这种蝴蝶的孵化期只有短短四天，而航运需要一周时间。

等我故事里的时间线和当下追平，我希望疫情已成为过去。到时候世界各地重新畅行无阻，我会飞去伯利兹，然后随身带上蝶蛹（落石蝴蝶农场已经拿到了出口蝴蝶的许可证，所以我这种操作从技术上讲就不算违法，对吧）。我会直接飞到英国，把蛹交给多塞特的克莱夫，而且一定要让他知道培育它们的是曼努埃尔·"萨米"·卡尔。然后我会去伦敦看望卡丽，我第一次去英国探访克莱夫和蝴蝶馆的时候就是为了去见她。然而，几个月过去了，疫情越来越严重。今年5月，卡丽原本准备回缅因州的家,她最爱丁香花,而5月正是开花的好时节。然而,她却没能成行。英国和美国的新冠肺炎病例增长率快得惊人,卡丽的病情会大大增加她感染新冠病毒的风险。我不敢想"明年"这个词,它让我觉得我是在眼镜蛇面前探着脑袋作死。

在美国,新冠病毒将种族间的不平等彻底暴露在太阳底下,因为这种不平等,黑人社区的患病率和死亡率更高。在这场如同末日审判的疫情中,白人警官杀死了黑人乔治·弗洛伊德(George Floyd)。他跪在弗洛伊德的脖子上长达8分46秒,身边的同事眼睁睁地看着悲剧发生却没人出手阻拦,周围的人群尖叫着让他停止暴行。一代又一代的黑人遭受苛待,不过这一次事情有所不同。也许是因为有了视频,或是因为在这样一段众生受难的岁月中,不公显得太过刺眼。抗议的人群在新冠病毒横行期间走上街头,我的朋友詹妮也在其中。

我在弗雷斯诺所生活的区域以前种族歧视非常严重,在不同肤色的人眼里,小镇所呈现的面貌是截然不同的。在这里,原本可以顺其自然发展成一段友谊的闲聊也会因为对方的肤色而拐向另一个结局。15年前,詹妮注意到自己没有关系亲近的白人朋友,她告诉我这让她感到她看到的世界是有限的。

她是虔诚的教徒,开始祈祷能结交一个白人朋友。到了

落石镇：玛雅山脉的蝴蝶农场

下一个星期，我在采访的时候认识了她。那个周末，我和朋友芭芭拉·安德森（Barbara Anderson）去酒吧听一场爵士音乐会，在那儿碰到了詹妮，我们三人一起拼桌。詹妮认为这是神迹，是上帝听到了她的祈祷，一下子给她的朋友圈增添了两个白人女性朋友。从那时起我们就经常一起玩。

一个周日上午，我打电话向她请教烹饪方面的问题，当时她正在去弗雷斯诺市中心参加游行的路上。她患有乳腺癌，心脏也有问题，我很担心，在新冠肺炎疫情期间她这样跑到人群里实在不安全。她告诉我种族主义比病毒更致命。

就在这时，穆迪的女儿凯特给我发来一张照片：一个男人站在他们小镇的法院门口，手里举了块牌子，上面写着"让暴政见鬼去吧"。他之所以这么做，只是因为当地要求人们在公共场合佩戴口罩以保护他人安全。我朝天翻了个大白眼，哈哈干笑了几声。直到城市里也出现举着类似牌子的人，除了牌子，他们还有枪。

艾莉和她的孩子们搬到了密苏里州的堪萨斯城，爱德华多的公司总部就在那里。伯利兹已经没有游客住旅馆了。密苏里州的许多公共设施依旧对外开放，她给我们发来了一家子在游乐场和保龄球馆拍的照片。他们都戴着口罩，小爱德华多看上去有点惶惑，肯定不是口罩的缘故，我知道他更愿意留在伯利兹摆弄花草。

## 第二十章 不确定性

艾莉花99美分买了一本天蓝色的笔记本，走到哪儿都带在身边，时不时拿出来记下一些突然想到的点子，以便重新回伯利兹开启想要的生活。

"那是我们的乐土，虽然不够豪华、漂亮，但我们喜欢那里，而且我们就是那里的一部分。"艾莉在给我的短信里这样写道。

爱德华多喜欢说话，一聊起来就没个完，而艾莉则是行动派。我和穆迪正好相反。

不过，现在艾莉会和爱德华多聊她的想法，她准备放弃传统的经营模式，打造一个全新的西卡提，旨在吸引想为那片土地、那里的环境出一份力的人。

就在她离开之前，她获得了伯利兹的永住权，对艾莉来说那枚红色的蜡印就是她的护身符。她已经决定回"家"了。

在落石蝴蝶农场，蝴蝶漫天飞舞。有短信达人萨米在，我和穆迪就不愁看不到表情包和蝴蝶快照。

旱季过去了，雨季终于来了。9月初，一股飓风在大西洋上空形成，直奔伯利兹而去。

塞巴斯蒂安让工人们收集好每一种蝴蝶的蛹，把它们安置在一个箱子里，再把箱子放在架子底下，上面压好石头，然后赶回去加固自家的房子。

那天我打电话给塞巴斯蒂安，可是没有接通。打给萨米时，我听到背景音里有尖锐高亢的叫声。

我问："那是什么声音？"

"哦，那是鸡在叫。"他说，"飓风快要过来了，看样子鸡都不喜欢下雨。"

这次的飓风叫娜娜（Nana）。破坏力极强的飓风居然有如此温暖好听的名字，这实在有点讽刺。不过，飓风是按照字母表顺序命名的，9月更早的时候还没听说有N打头的飓风（两周后，因为风暴过多，气象学家们已经用完了字母表里的26个字母）。

娜娜摧毁了伯利兹中部的香蕉作物，与落石蝴蝶农场以及附近的村庄擦身而过。

在这之前，我一个人坐在屋里，看着气象地图上代表飓风走向的光点正在往蝴蝶农场的方向移动。穆迪已经开始了一年一度的钓鱼之旅，去了世界上他最喜欢的地方——俄勒冈南部的一条大河，那儿有成片的松林和藤枫，还有一年一会的硬头鳟。安普夸河是穆迪心中的圣地。他带走了乔治，墨菲不能跟去，因为它会跳进河里吓跑鱼群，把垂钓的人气个半死。

就在穆迪准备回家的前一天，一场风暴从他们的营地呼啸而过，吹倒了一棵树，挡住了穆迪和他哥哥的去路。这时正好有一个人开着一辆小本田经过，他车上带着一把大链锯。

他锯断了树。正当穆迪他们忙着谢他的时候,林场管理员开着车冲过来大喊着让他们赶紧撤离。山脊上突然冒出了阵阵浓烟。

幸亏那个男人带着链锯。他们把车开了出来。穆迪不断更改回家的路线,在路上东拐西绕开了足足两天。那几天发生了成千上万起雷击,气象学家称之为"雷电围攻"。遭雷电袭击的区域自2017年旱灾后干涸至今,之前又被毒辣的阳光炙烤了一整个夏天。西海岸上下山火熊熊燃烧,很快就失去了控制。

我暂时停止在电脑屏上追踪飓风光标,转而开始查看道路封锁情况以及山火烧到了哪里。穆迪给我发来一张照片,被火光映成深橘色的天空就像夜晚一样昏暗,而这张照片是在中午拍的。

穆迪到家后,乔治绕着圈又跑又叫了10分钟,我紧紧抱着穆迪不肯放手。我等着告诉他我们附近的山上也烧起来了。由于干旱的气候和数量失控的树皮甲虫,树木不堪重压,纷纷爆裂。森林野火是加州自然循环中的一环,大火之后树木得以幸存,到了春天,底下的灌木又能重新生长。但是这次不同。

穆迪勉强算是个遵纪守法的公民,可是有一年他在安普夸河附近挖了一棵糖枫带回家,种在了我们的院子里。

他凝视着那棵糖枫。

"你说它会不会是安普夸河唯一活下来的东西？"他问。

我的朋友谢莉（Shelley）是32个三年级小学生的老师，孩子们的父母大多务农。她每天都在想办法通过断断续续的网络信号给挤在双层床或趴在桌底下找地方的学生们上课。然而越来越多的孩子关闭了摄像头，她连孩子们的脸都看不到了。

谢莉已经开始在电话里留言了，翻来覆去只有一句话"一切都会好起来的"，语气怪异，听上去有些紧张，说完就开始大笑。

"这个世界快不行了。"我对着穆迪——我唯一能看到的人说。

"也该不行了。"他说。

无论从哪方面，我能看到的只有不确定性。我紧紧抓住这种不确定，把它当作最接近真实的希望。

气候变化正在使海水变暖并形成威力更强的风暴。继飓风艾瑞丝之后落石蝴蝶农场可能会再一次遭受风暴袭击。加州的山火季节才刚刚开始——如果还有什么可烧的话。三K党最近一次死灰复燃的迹象是在美国各大城市聚众游行。新冠病毒可能会在全球造成500万人的死亡。

然而，一切尚未可知。

## 第二十章 不确定性

世界末日并非预言中的结局。蝴蝶依然璀璨耀目，森林依然蓬勃生长，友情长存。也许塞巴斯蒂安说得对，只要你继续前行，希望也许就在路上。

一天，当我正在为身处这样一个世界、为不能旅行却要写游记而抓狂不已时，穆迪跑了出去，然后拿着冰激凌走进来：在一个道德标准模糊不清的世界里，冰激凌永远是一种引人向善的力量。

他还带回来一个巧克力蛋糕。他给了烘焙店一张大蓝闪蝶的照片，让他们用糖霜在蛋糕上画了一只，他拼了一颗心将蝴蝶围了起来——用的是葡萄干。

珍妮特会帮我和穆迪重新打造院子，园艺也可以在安全距离内完成。我们第一次见面的时候，珍妮特还是个苍白瘦弱的15岁女孩，穿着乡村田园款短裙和亮晶晶的芭蕾舞鞋。那年我17岁，认为任何短裙都不会太短，只要上面搭一件超大的露肩运动衫。我们的家庭背景注定我们没有多大机会实现飞黄腾达的梦想，但是，我们同样有过属于我们自己的闪亮时光。

院子里还有一车土在等着我们。珍妮特正在给我们理想中的花园画设计图。卫生部警告大家务必待在家里以免吸入山火生成的浓烟。不过等到空气好一点，我们就会种上蝴蝶卵和毛毛虫的寄主植物，还有蝴蝶喜欢的花蜜丰沛的鲜花，当然，都必须是耐旱的。

  这些都是小事。但那些蝴蝶会成为我走到哪儿就带到哪儿的无敌便利贴。它们会提醒我大自然给我们带来了多少美好，而我们应该做些什么将这些美好保留下来。记在你的脑海。记在你的心田。

## 如何打造蝴蝶花园

为了让生活中充满扑扇着翅膀的小动物,也许我们得先调整一下对自家院子的期待值。市面上确实存在着一个价值400亿美元的行业,它致力于将院子里草坪的大小与你的身份地位画上等号。其实,我们不必固守欧洲贵族的审美标准,力求复刻一个迷你版的唐顿庄园,因为家里的院落就该多一点自然公园的感觉。执着于每片树叶、每根枝条都要修剪,喷洒农药来驱虫,落叶最好都能被吹落到邻家院子——这些想法都违背了自然界的规律。大自然就应该是乱糟糟的,它早晨醒来不会想着先把床铺收拾整齐。与其培植一片死气沉沉、虚有其表的草坪,不如打造一个生机勃勃、蜂鸣蝶舞的小小生态圈。

如果你家没有院子,或者还没想好放弃草坪,那也没关系,在花盆里种些花草等待它们开花,哪怕只是一角阳台也能打造出一个热热闹闹的蝴蝶花园。

首先,要对蝴蝶有所了解,不要脑袋一热就买下一整套多功能蝴蝶花园用具，那不管用。为蝴蝶选好适合在你所居住的区域蓬勃生长的植物才是头等大事。别担心，网上可以查找到大量相关资料，比如北美蝴蝶协会（NABA.org）就是很好的资源库。

选择一些你喜欢的本地蝴蝶。帝王蝶虽然吸引人，但是它可能并不是你所住区域的原生动物。全世界有两万种蝴蝶，其中575种生活在北美，而它们中的大部分已经处于濒危状态。

接下来，找到蝴蝶的寄主植物。这是至关重要的一步，因为没有合适的寄主植物，蝴蝶就不会产卵。你也可以先从当地蝴蝶的寄主植物清单里挑选植物，然后看它们会引来哪些蝴蝶。

如果你的花园里已经种得满满当当该怎么办？那现在是时候好好看一看每一种植物了。如果你的花草每年都需要喷洒让人讨厌的杀虫剂，那就给它们一铲子，直接把它们送进绿色垃圾桶。那些需要反复修剪才能保持形态、特别容易感染疾病或者不那么赏心悦目的草木都可以一并处理掉。吐故才有空间纳新，就把这当成一次壁橱大清理吧！

大多数蝴蝶的寄主植物都是蝴蝶原生区域的本土植物，所以蝴蝶花园一定也要集中挑选本地草木。乔木和灌木经常被我们忽略，其实它们是非常重要的生态组成部分。蝴蝶需要高大结实的植株来挡风遮雨，在炎热的季节也需要有树荫来避暑乘凉。所以可以考虑在花园里添加一些本地的乔木和大型灌木为蝴蝶提供方便。在酷暑之日，下午3点左右骄阳似火，你和你种的花草，还有其他生物，都会感谢一方浓密的绿荫。

种植小型的寄主植物是为了给毛毛虫提供食物，数量要足够喂养一小群蝴蝶幼虫。没有什么比让它们忍饥挨饿更糟糕的事了。被啃食得七零八落的植物也许成不了花园的门面担当，所以可以避开花园正前方或中心位置，试着把它们种在其他植物后面或视线范围之外。

在大型植株入驻后，可以在四处随意放置一些石头、陶罐或其他能储存热量的装饰性物件。蝴蝶喜欢在温暖的地方晒太阳，尤其是在破蛹而出之后。除此之外，这些小玩意儿也能让你的花园多一些色彩，添几分情趣。

当一个拥有寄主植物、树荫、毛毛虫食物以及能好好晒太阳的栖息地准备停当，那么是时候给空白处填满鲜花了，它们的花蜜（也就是糖）是蝴蝶的美味佳肴。虽然这一步很让人心动，不过先别急着去买苗圃里已经盛开的鲜花。

记得把花期考虑在内（冬末春初、春末夏初和秋天），确保每个季节都有足够多的鲜花来喂饱蝴蝶。花朵的颜色我推荐选用特定的色系，不然视觉上会显得杂乱无章。就个人而言，我喜欢紫色/蓝紫/蓝色、白色、黄色，再点缀少量的红色。不过，也许你的内心住着一个艺术家，借此机会激发一下你的艺术潜能吧！蝴蝶喜欢各种形态的花朵组成的大杂烩，尤其喜欢许多小花朵簇拥而成的花团（比如马缨丹或大叶醉鱼草），还有那些中心部位如同"停机坪"一样的花朵（比如大滨菊）。要让蝴蝶轻而易举地找到它们的食物，同一种类的"糖源"最好能组合起来成片种植（通常单数效果最佳，比如三、五、七、九株为一组），每朵花尽量占地约60平方厘米左右。最好有三个这样的小花圃，并且分散在花园各处。在冬末春初、春末夏初和秋天开花的植物中至少各选一种。当然，不同花期的鲜花种类多多益善，直到你的花园种不下为止。

唤醒你的童心，在院子里加一些小水潭。小鸟、蜜蜂、蝴蝶都需要水源，如果没有，它们宁可离开繁盛美好的花园。找一个浅浅的小盘子或是茶杯碟，放一量杯的土进去，加一些鹅卵石（避免它们掉落淹死），然后盛满水。土壤中的矿物质会析入水中，然后蝴蝶通过饮水吸收。每周更换一次水。

把杀虫剂和化肥都扔了，全部！马上！你肯定不希望把蝴蝶招引来只是为了让它们发现这个美丽的花园被投了毒吧。要当心标注"昆虫限用"字样的肥料，尤其是内吸性的肥料。使用有机覆盖料、堆肥和有机肥料。如果可能，尽量从种子开始培育开花的植物（尤其是马利筋），这样的话你就能确定它们没有喷洒过除虫剂或其他东西，而且买种子比买花便宜，同样的钱你可以种出更多的植物。

坐下来休息一下。不要忙着清理花床，让凋谢的花朵、掉落的树叶还有虫卵在那里过冬。让花儿结籽，为小鸟提供急需的过冬食物。让落叶堆积在地上，或者扫到某处堆成堆，它们会分解成土壤和虫子需要的养分。每年一次的秋季清扫会把卵、毛毛虫，还有其他过冬的有益生物全都清理掉，千万别干这种吃力不讨好的事。

让朋友和邻居帮忙播种多出来的种子，让他们把小花盆带回去种植。我的邻居和她的孙女们种了一盆盆马利筋，然后把它们放在人行道上，上面贴着纸条，写着"请带它们回家"，到了晚上所有花盆都被人领走了。请记住，蝴蝶到处飞，这个世界对它们而言就是一个大院子。

积极加入当地公园、露天场所和市政规划的绿植项目中，建议他们多种本地的寄主植物以及适合在当地生长的树木。在欧洲，道路两边、工业园的景观区域，还有屋顶上，都种满了蝴蝶和其他传粉昆虫喜欢的草甸。

也许你只关注蝴蝶，可自然是一个环环相扣的整体。蝴蝶产卵，孵化的毛毛虫有时也会成为小鸟的食物。96%的鸣禽需要昆虫（蚜虫、蛾、毛毛虫等）的蛋白质来喂养自己的后代。种植寄主植物不仅是为了蝴蝶产卵，小鸟也会在你的

落石镇：玛雅山脉的蝴蝶农场

花园安家。

想方设法在你能做主的空间里增添生机，每一株开花的植物都能助你一臂之力。花蜜之源可以在任何地方生长，露台、阳台、高层建筑的屋顶，甚至窗台也能成为它们的栖身之地。

一人一个小举动，也许就能带来巨大改变；一人迈出一小步，也许就能重建生态圈。

珍妮特·斯勒伊斯（园艺家）

## 致　谢

我要感谢的人很多、很多，希望这份名单日后还能不断更新。

在英国，埃文河畔的斯特拉特福蝴蝶农场于2021年重新对外开放。我要感谢克莱夫·法雷尔，感谢他慷慨无私地给予我大量的时间，让我入住丛林小屋，感谢他传授给我智慧——一切始于惊奇。我要感谢詹姆斯·西普、萨尔卡·博哈克、简·肯德里克，以及斯特拉特福的其他所有职员——还有在各地蝴蝶农场、惊奇之地工作的人们——是你们想办法坚持下来，等待着我们所有人，等待着世界重新开放。

我要感谢伯利兹的塞巴斯蒂安·肖尔，以及在我们逗留期间遇到的所有职员：马塞里努斯·肖尔、内斯托尔·洪、费利佩·霍茨、曼努埃尔·"萨米"·卡尔、圣地亚哥·科克、马尔文·基亚克、安塞尔莫·伊卡尔、胡里奥·卡尔、大卫·科、贝纳尔多·肖尔和普罗菲利奥·桑谢斯。这是你们的故事，谢谢你们教会我那么多东西，谢谢你们没有因为我在边上碍手碍脚而生我的气。谢谢你们挽救了落石蝴蝶农场。

感谢艾莉·冈萨雷斯，希望在读到这本书时她已经回到伯利兹，旅馆已开始迎接四方来客，有助于当地发展的出口业务蒸蒸日上。在新冠肺炎疫情肆虐的一年里，我们摸索着寻找出路，彼此成为WhatsApp（一款即时通信软件）好友。艾莉创办了一家名为"亚达利亚棕"的公司（www.experiencecohune.com），出售伯利兹手工艺品以帮助偏远地区的妇女，以及在托莱多建立社区。她在探索和建立人与人之间关系中的每次探险都让我无比激动。

感谢我的编辑劳拉·范德维尔（Laura Van der Veer），她才智出众，善解人意，你能在她身上找到一名优秀编辑所具备的所有品质，而且远不止于此。在我们编辑这本与"坚韧"相关的书时，劳拉本身就是这一主题的再现。在新冠肺炎疫情期间，她感染了新冠病毒，康复后怀上身孕，接着又要在纽约找一间大一点的住处。在我看来，找房的难度一点也不亚于她之前遇到的两大挑战，这一切都需要同时具备聪明的头脑和坚韧的毅力才能完成。（是的，她暂时失去了嗅觉和味觉，不过这么一来她和丈夫就不怕在小公寓里煎鱼了。书编好的那个星期顺便把家也搬了吧！）

谢谢卡门·约翰逊（Carmen Johnson）、艾玛·雷（Emma Reh）、露西·希拉格（Lucy Silag）、玛丽德斯·莫罗尼

## 致　谢

（Merideth Mulroney）以及出版社的每一位成员，感谢她们在出版过程中尽心守护这本书直到它能与广大读者见面。一如往常，感谢我的经纪人邦尼·纳德尔（Bonnie Nadell）。正是因为有这群了不起的女人，我的书才得以"破茧而出"。

感谢我在弗雷斯诺的邻居佩兴斯·米罗德（Patience Milrod）、保罗·皮尔斯（Paul Pierce）、琳达·迈耶斯（Lynda Meyers），同样感谢伯利兹的西蒙娜·亨特（Simone Hunt），他们兴致盎然地看了初期的手稿，并且鼓励我把书写完。感谢迈克尔·梅休，他给了我详细且颇有见地的反馈意见，通常这么做他是要收费的（我付不起，哥们，只当欠你一顿饭了）。谢谢乔和唐娜·马修斯，因为有他们照看狗狗，我才能去看蝴蝶。谢谢芭芭拉·安德森，她在读到后期手稿结尾时哭了，这给了我点击"发送"键的信心。感谢珍妮特·斯勒伊斯为本书作结。

感谢我的女性朋友们，无论是在写作还是在书写生活这本书时，无论过程是平顺还是艰难，都有她们陪着我一起度过。书里出现的好友中有几位用的是化名。

特别感谢才华横溢的卡丽·霍华德，她是永远的乐天派、务实的新英格兰人、杰出的语言大师，她相信生活就是要拥抱所有的疯狂、喜悦与悲伤。

感谢马克·克罗斯（Mark Crosse），也就是本书中一贯淡定的杰克·穆迪。他陪我一同搬到丛林里,每次我问他:"想不想听一下我刚写的东西?"他总是说"好"。我很高兴在这段人生旅程中我们始终在一起,我也很高兴在写这段文字的时候他就坐在沙发的那一头。我跟他说下一次去哪里冒险由他来定,不过我希望他说的南极洲只是在开玩笑。

Copyright © 2022 by Diana Marcum
This edition is made possible under a license arrangement originating with Amazon Publishing, www.apub.com, in collaboration with The Grayhawk Agency Ltd.
Simplified Chinese translation copyright © 2023 by China Translation & Publishing House
ALL RIGHTS RESERVED

著作权合同登记号：图字 01-2023-0567

**图书在版编目（CIP）数据**

　　落石镇：玛雅山脉的蝴蝶农场 /（美）戴安娜·马库姆（Diana Marcum）著；王海颖译 .—北京：中译出版社，2023.8
　　书名原文：THE FALLEN STONES
　　ISBN 978-7-5001-7417-2

　　Ⅰ.①落… Ⅱ.①戴…②王… Ⅲ.①长篇小说—美国—现代 Ⅳ.①I712.45

中国国家版本馆 CIP 数据核字（2023）第 114281 号

**落石镇：玛雅山脉的蝴蝶农场**
LUOSHIZHEN : MAYA SHANMAI DE HUDIE NONGCHANG

**策划编辑**：温晓芳　方宇荣
**责任编辑**：温晓芳　方宇荣
**营销编辑**：梁　燕
**封面设计**：仙境设计

出版发行：中译出版社
地　　址：北京市西城区新街口外大街 28 号普天德胜主楼 4 层
电　　话：（010）68002926
邮　　编：100044
电子邮箱：book@ctph.com.cn
网　　址：http://www.ctph.com.cn
印　　刷：北京盛通印刷股份有限公司
经　　销：新华书店
规　　格：880 毫米 ×1230 毫米　1/32
印　　张：9.5
字　　数：166 千字
版　　次：2023 年 8 月第 1 版
印　　次：2023 年 8 月第 1 次

ISBN 978-7-5001-7417-2　　定价：58.80 元

版权所有　侵权必究
中　译　出　版　社